신부

priest

신부 ✕

이상룡 지음

좋은땅

프롤로그

　세상엔 살고 싶은 사람들이 읽고 읽어야 할 책들이 넘친다. 죽고 싶은 사람은 책조차도 거추장스럽다.

　그냥 죽고 싶으니까.

　그래도 죽고 싶은 사람에게 단 한 권의 책이 필요하다면,

　'어떻게 죽을 것인가?'

　투정이 아니라 정말로 죽고 싶은 사람에게

　어떻게 죽을 수 있는가를 은밀히 속삭인다.

　죽기를 소망하는 것이 믿음의 표징이고,

　죽어도 괜찮다고 하는 사람만이 진리를 아는 사람이기 때문이다.

　그대가 이 지상에서 단 한 번이라도 신을 마주친 적이 있다면…….

***

"하느님, 저에게서 하느님을 없애 주십시오."

눅눅한 지하 골방의 습한 공기처럼 최 신부의 기도는 서늘했다. 믿음이란 상대를 믿는 게 아니라 자기 자신을 믿지 않는 거라며 그의 기도는 늘 자기를 향했다. 그럼에도 탄식처럼 겨우 한두 마디 뱉어 내고는 이내 끝이 났다. 두 무릎 사이에 머리가 닿도록 깊이 몸을 낮추고는 곧바로 침묵에 들어갔다.

두터운 이불 같은 침묵이 최 신부를 짓누른 듯 그의 숨소리조차 들리지 않았다. 온갖 상념들이 구름 떼처럼 몰려들 때면 최 신부는 진저리 치듯 몸을 떨며 외마디 비명처럼 '주여'라는 말을 반복했다. 촛불 모양의 희미한 전등 빛에 벽화 속의 주인공인 듯한 이름 모를 성자의 얼굴이 물끄러미 내려다보고 있었다.

"신부님, 밖에 손님이……."

조심스러우면서도 나지막한 카타리나 수녀의 목소리가 최 신부의 깊은 침묵을 흔들어 깨웠다. 최 신부는 저린 무릎을 겨우 일으켜 세우고는 양손으로 얼굴을 비비며 천천히 자리에서 일어났다. 마치 신의 임재 가운데서 아늑한 안식을 경험한 사람처럼 그의 얼굴은 평온해 보였다. 삶의 많은 문제들이 은밀한 침묵의 시간이 없어서 일어난다고 교우들에게 종종 강론했던 최 신부였다. 그는 사제 생활 틈틈이 휴식처럼 침묵의 시간을 가졌고 그 자리에서 영적으로 재충전을 했던 것이다.

"어디?"

"조금 전까지 계셨는데."

텅 빈 사무실엔 아무도 없다는 듯 낡은 선풍기만 고개를 힘겹게 가로저으며 돌아가고 있었다.

"누구라고 하시던가?"

"저도 처음 본 젊은 여자분이었어요."

"아, 그래요."

최 신부는 더 이상 관심이 없다는 듯 이층 사무실로 올라갔다. 어쩌면 내일 있을 청년부 금강 뗏목 탐사에 온 신경이 곤두서 있기도 했다. 곧 장마가 시작된다는 일기예보도 있었고, 갑자기 강물이 불어나면 뗏목 탐사가 어려울 수도 있어 모두들 서두르고 있었던 것이다.

야트막한 우성이산을 등지고 고만고만한 단독주택들이 어깨를 견주고 있는 동네 한가운데에 신성동 성당이 거북이 등껍질처럼 고즈넉하게 붙어 있다. 성당이 대덕연구단지 안에 위치해 있는 탓에 신도의 대부분이 연구원들과 그의 가족들이었다. 금강 뗏목 탐사도 주로 인근 연구소에 다니는 청장년 교우들 중심으로 진행되고 있었다.

성당 뒤편 우성이산의 능선을 따라 북쪽으로 불무산 줄기를 타고 넘으면 산의 밑동을 휘감아 도는 금강의 자태를 한눈에 내려다볼 수 있다. 주일 미사가 끝나고 모든 교우들이 돌아가고 나면 최 신부는 알 수 없는 공허감에 피로가 엄습했다. 가끔 헛헛한 마음을 달랠 겸 최 신부는 청년 한두 명과 불무산을 올라 흘러내리는 금강을 바라보며 한 주 동안 일어났던 온갖 상념들을 털어내곤 하였다.

이번 금강 뗏목 탐사도 평소 최 신부와 동행했던 청년들이 산을 오르내리며 금강에 대해 토론했던 대화에서 시작됐다. 말도 많고 탈도 많았던 4대강 사업의 폐해를 직접 조사하고 아름다운 금강을 어떻게 유지시킬 것인가에 대한 청년들의 환경의식 고취 차원에서 준비된 것이다. 다소 모험적이기는 하지만 4대강 사업 이후 금강 녹조가 더욱 심해진 것에 대한 정의사제구현단의 발표와 시민환경단체의 주장, 여야 정치권의 주장이 각기 달라서 청년들이 직접 탐사해 보자는 의도였다. 원자력, 지질, 전자 연구소 등 대덕연구단지에 근무하는 청년들이라 나름 전문성도 있고 직접 금강 탐사를 하면 보다 객관적으로 견해를 정리할 수 있을 거라는 순수한 취지도 없지 않았다.

최 신부는 얼마 전 금강 제방을 따라 청년들과 함께 자전거 하이킹도 했었고, 금강 너머 공주 무령왕릉으로 야외 피정도 다녀온 적이 있어서 금강 탐사는 크게 부담스러운 일은 아니었다. 특히 이번 뗏목 탐사의 총 책임자가 원자력연구소 홍병기 책임연구원으로 우리나라 원자로를 책임지고 있는 인물이 아닌가. 수년 전 북핵 문제가 대두되었을 때 IAEA 한국 팀원으로 참석하여 회담을 이끈 인물이기도 했다.

"신부님, 안녕하세요."

"네, 홍 박사님 뗏목은 어떻게 잘 옮기셨어요?"

"그럼요, 무진동 차량으로 잘 옮겨 놨습니다. 내일 날씨도 좋다고 하네요."

평소 연구원답게 매사가 합리적이고 꼼꼼한 성격의 교우였다. 이번 금강 탐사의 총책이며 선장인 셈이다.

"봄 가뭄으로 강물의 유량은 3월보다 많이 줄었고요. 유속은 2에서 3 노트로 안정적입니다. 바람도 없어서 뗏목 탐사에 아주 적합한 날씨랍니다."

자신감이 넘친 홍 박사의 설명에 모두들 기대 반 설렘 반으로 마지막 점검도 무사히 마쳤다. 일찍 시작된 열대야로 밤잠을 설친 최 신부는 아침 경건 시간을 평소처럼 지하 골방에서 보냈다. 침실에서 간단한 묵도로 아침 경건 시간을 가질 수도 있었지만 뗏목 탐사에 대한 부담감에 조금 일찍 지하 기도실을 찾았다. 성가 몇 구절을 읊조리며 뗏목 탐사의 무사 귀환을 위해서 간절한 기도를 올렸다. 장마철이 임박해서인지 후덥지근했고 눅눅한 지하 골방의 습기가 몸에 묻어났다. 왠지 몸도 조금 무겁게 느껴졌다. 그래도 조급한 마음에 서둘러 기도를 마치고 지하 골방을 나온 최 신부는 문득 하늘을 올려다봤다. 장마가 임박한 여름 날씨치고는 비구름도 많지 않고 바람도 잔잔했다. 뗏목 탐사를 위해서는 그런대로 괜찮아 보였다.

"신부님, 일찍 나오셨네요."

카타리나 수녀였다. 지난 2년 동안 최 신부를 도와서 청년부 사역을 함께한 동역자인 셈이다. 상담심리를 전공한 탓도 있겠지만 평소 화통한 성품으로 청년들과 스스럼없이 어울리기도 했고 그들의 애환을 잘 들어주어서 청년부의 '친절한 금자 씨'로 통하고 있었다.

"카타리나, 혹시 모르니 오늘 뗏목 탐사에 참여하는 청년부 대원들의 비상 연락망을 다시 한번 확인 좀 해 주세요."

"네, 알겠습니다."

"신부님, 안녕하세요."

성당 인근에서 헬스장을 운영하는 박 코치였다. 평소 래프팅을 즐겨했던 청년이라 홍 박사와 함께 뗏목 탐사의 전체 진행을 맡았다. 청년부 뗏목 탐사 대원들이 박 코치 주변으로 하나둘 모여들기 시작했다. 박 코치의 지시에 따라 자기 차를 갖고 온 청년들이 삼삼오오 짝을 지어 먼저 탐사 장소로 향했다. 몇몇은 성당에서 최신부와 함께 자전거로 출발하기로 했다.

"신부님 먼저 출발하시면 저희들이 뒤를 따르겠습니다."

김 신부였다. 혹시 모를 사고에 대처하기 위해서 한의사 출신인 김 신부가 기꺼이 동행을 하기로 했다.

"네, 출발합시다."

최 신부가 먼저 자전거의 페달을 힘차게 밟았다. 종종 청년들과 자전거 하이킹을 했던 터라 최 신부를 중심으로 익숙하게 대열을 맞췄다. 장마 무렵의 후덥지근한 날씨에 금방 땀방울이 솟았지만 볼을 스치는 바람의 살결은 오히려 상쾌하게 느껴졌다. 이십여 분

정도 지나 구즉 다리를 건너니 금강 상류의 자태가 눈에 들어왔다. 홍 박사의 말대로 바람도 적고 강물의 유속도 잔잔해 보였다.

6월 하순의 뜨거운 태양빛에 반사된 금강의 등줄기가 마치 용틀임을 하는 것처럼 찬란한 위용을 드러냈다. 먼저 온 청년들이 삼삼오오 모여서 웃고 떠들며 마치 야유회를 나온 것처럼 들떠 있었다. 최 신부와 함께 자전거로 현장에 도착한 사람들이 조금 늦게 합류했고 일찍 도착한 몇몇 탐사 대원들은 벌써부터 뗏목에 실을 물건들을 정리하고 있었다. 나무 그늘 하나 없는 강변이라 작열하는 여름 날빛이 뜨겁게 느껴졌지만 시원한 강바람이 그나마 더위를 식혀 주었다.

"신부님, 혹시 뗏목 탐사를……"

뗏목 탐사의 전체 진행을 맡았던 홍 박사였다. 좌우 노잡이를 맡았던 탐사 대원 가운데 한 명이 급한 일로 결장되어 남자 한 명이 꼭 필요하게 되었다는 것이다. 결국 홍 박사는 최 신부나 김 신부가 참여하면 될 것 같아서 조심스럽게 물었던 것이다.

"네, 제가 할게요."

곁에 있던 김 신부가 나섰다.

"아냐, 김 신부, 내가 청년 담당이니까 내가 할게, 김 신부는 여기 남아서 전체적인 상황 파악을 해 줘요."

"네, 그럼 최 신부님이 함께하시죠."

홍 박사는 아무런 생각 없이 최 신부의 동참을 반겼지만 최 신부는 수영을 못 해서 약간의 두려움이 없지 않았다. 어릴 적 동네 인근 냇물에서 물놀이를 하다가 교각 밑 소용돌이에 휩쓸려 죽을 뻔했던 적도 있어서 최 신부는 일찍부터 물을 싫어했다. 결국 그 사고 이후로 단 한 번도 수영을 제대로 배워 보지도 못한 최 신부였다. 어쩔 수 없이 최 신부는 구차한 변명도 못 하고 예상치 않았던 뗏목 탐사에 동승하게 되었다. 탐사 준비를 마친 사람들이 하나둘 뗏목 있는 쪽으로 모여들었다. 헬스장을 운영하는 박 코치의 우렁찬 구령에 맞추어 탐사 대원들이 준비 운동을 시작했다. 여기저기서 깜짝 놀란 듯 물새들이 떼 지어 날아올랐고, 준비 운동을 마친 탐사 대원들이 강물 속의 녹조를 채집할 간단한 도구와 생수를 뗏목에 실었다.

"하느님, 세상의 처음과 끝을 주장하시는 주님의 권능으로 청년들의 뗏목 탐사를 지켜 주시고 계획했던 성과를 잘 거두고 무사히 귀환할 수 있도록 대원들의 안전을 지켜 주시옵소서. 성부와 성자와 성령의 이름으로, 아멘."

최 신부의 안전을 기원하는 기도 소리가 고요한 강변에 울려 퍼졌다. 모두들 성호를 그을 땐 평소보다도 더 하늘의 가호를 의식해서인지 성부를 향한 손동작에 힘이 들어갔다. 멀리 상류 쪽에서 강바닥을 준설하는 바지선의 움직임이 마치 커다란 뗏목의 움직임처럼 흐릿하게 배경그림으로 눈에 들어왔다. 작업하던 사람들의 강렬한 호기심이 느껴질 정도로 여러 사람들이 뗏목 탐사팀의 일거수일투족을 지켜보고 있었다.

"자, 모두들 내 구령에 맞추어 일시에 힘을 쓰도록, 하나, 둘, 셋에 함께 동작을 하도록."

마치 잘 훈련된 조교처럼 박 코치가 탐사 대원들을 조율했다. 연습했던 대로 박 코치의 구령에 맞추어 대원들이 뗏목의 사변에 붙어서 뗏목을 강변으로 힘껏 밀어붙였다. 모두들 생각보다 뗏목이 무겁게 느껴졌는지 힘들어 보였다. 굵은 소나무 이십여 개를 엮어서 플라스틱 물통을 받침으로 덧댄 뗏목이 강물에 일렁거렸다. 뗏목 탐사를 응원하러 나온 여자 교우들의 함성과 환호 속에 뗏목은 서서히 강물의 한가운데로 밀려들어 갔다. 물결은 여름 햇빛에 반사되어 그들을 환영하는 듯 찬란한 빛을 반사했다. 노를 잡은 청년들이 뗏목의 사변을 지켰고 여자 청년들과 나이가 있는 여자 교우 한 분은 뗏목 가운데서 사진도 찍고 간식거리들을 챙겼다.

모두 10명이 탑승을 했다. 뗏목 크기에 비해 인원이 좀 많은 듯했다. 그래도 모두가 금강 탐사에 대한 열망이 넘쳐서 누구를 빼고 넣고 이야기할 상황이 못 됐다. 몸을 풀듯 가볍게 노를 젓는 청년들의 구릿빛 팔뚝에 힘이 들어가기 시작했다. 뗏목이 서서히 강바닥이 보일 정도의 깊이를 벗어나자 차츰 강물의 흔들림에 공명하듯 강물과 한 몸이 되어 갔다. 뗏목의 수평면이 강물의 등을 타고 오르락내리락할 때면 일반 배와는 전혀 다르게 강물과 밀착된 일체감에 금방이라도 강물 속으로 휩쓸려 들어갈 것만 같았다. 홍 박사의 구령과 지시에 따라 뗏목의 사변에 붙어서 노를 젓는 청년들의 움직임이 민첩해졌다. 강의 중심부로 뗏목은 서서히 이동했고 뗏목의 흔들림도 강물의 깊이만큼 묵직하게 다가왔다.

작열하는 6월의 날빛에 등 푸른 생선처럼 금강의 자태가 더욱 도드라졌다. 평소 오르내리며 금강을 발밑으로 내려다봤던 불무산의 품새도 꽤 넉넉해 보였다. 뗏목이 서서히 강물 한가운데로 진입했다. 깊은 강이 멀리 흐른다고 했던가, 강물은 그 깊은 속을 다 드러내지 않았다. 녹조 때문인 듯했지만 강물이 깊을수록 흔들림도 적어졌다. 뗏목이 강 한가운데로 들어서니 강둑의 좌우 변이 들녘처럼 시원스럽게 펼쳐졌다. 모두들 생각했던 것보다 강폭이 넓은 것에 놀라는 표정이었지만 그럭저럭 뗏목 탐사의 출발이 순조롭다고 생각했다. 대원들이 물도 마시고 노잡이도 교체를 해 가며 뗏목 탐사에 순조롭게 적응하는 것처럼 보였다.

몇몇은 강물의 흔들림에 몸을 맡기고는 금강의 사변을 둘러보면서 아름다움에 탄성을 자아냈다. 기웃대는 물새들도 뗏목 탐사를 반기는 듯했다. 어떤 대원은 녹조를 채취하며 탐사 기록을 남기기 위해 사진을 찍느라 여념이 없어 보였다. 뗏목 탐사를 응원하러 나왔던 교우들이 뗏목의 움직임을 지켜보며 강변을 따라 강 아래쪽으로 이동했다. 몇몇은 무사 귀환을 기원하며 집으로 돌아가기도 했다.

김 신부는 자전거로 강변을 타고 내려가며 점점 작아 보이는 뗏목의 흔들림을 예의 주시하며 자전거 페달을 천천히 밟고 있었다. 뗏목 속도로 흘러 내려가면 3시간 정도 됨직한 20여 킬로미터 떨어진 금강 하류에 이미 무진동 차량과 뗏목 대원들을 이동시킬 봉고차도 대기시켜 놓았다. 최 신부와 탐사 대원 몇몇이 김 신부를 향해 모든 게 순조롭다는 듯이 손을 흔들어 보였다. 김 신부도 뗏목 탐사 대원들을 향해 무사히 돌아오라는 듯이 손을 흔들어 주며 자전거 페달을 밟고 있었다. 멀리 물새들이 떼 지어 있는 구즉교의 교각들이 초병처럼 지켜보고 있었다. 바지선의 일꾼들도 호기심에 뗏목에서 눈을 떼지 못하고 있었다.

눈이 부시도록 작열하는 여름 땡볕의 하늘을 올려다보던 김 신부의 입에서 '주여 감사합니다'라는 기도가 저절로 나왔다. 뗏목 탐

사가 무사히 잘 진행될 것만 같았다. 순간, 홍 박사의 불호령 같은
외침이 하늘의 응답처럼 여름 강변에 울려 퍼졌다.

"우변 노 세게, 박 코치 좌변은 멈춰, 모두들 자세를 낮추고."

평소 자기 아내에게도 존대를 하는 샌님 같은 홍 박사의 목소리
가 거칠어진 걸 보니 상황이 예사롭지 않아 보였다. 뗏목 뒤쪽에서
지켜보던 최 신부의 눈에는 그렇게 위험해 보이지 않았지만 홍 박
사의 목소리는 다급해 보였다. 멀리서 지켜보던 김 신부도 자전거
에서 급히 내려 강변에 서서 뗏목을 지켜보았다. 거대한 강물의 흐
름에 비해 뗏목의 흔들림은 너무도 작게 느껴졌다.

"좌변 노 멈추고, 우변, 노 세게 저어, 더 세게!"

"아니, 좌변을 멈추면 안 돼요. 뗏목이 뒤집힌다고요."

평소 래프팅을 즐겼던 박 코치가 자리에서 벌떡 일어나 홍 박
사를 향하여 큰소리로 항변했다. 그러나 박 코치의 말이 홍 박사의
귀에 닿기도 전에 뗏목은 크게 출렁거렸다. 홍 박사와 박 코치의
의견이 엇갈렸지만 홍 박사는 아랑곳하지 않고 밀어붙였다.

멀리서 메아리가 들리듯 홍 박사의 다급한 외침이 강변까지 전
해졌다. 뗏목 앞쪽 가운데에서 방향을 잡던 홍 박사의 몸짓이 당황
스러워 보였다. 우측 노를 담당했던 박 코치의 움직임도 빨라졌다.
뗏목이 좌변으로 약간 기울어지기 시작하며 강 중심에서 출발했던

강변 쪽으로 방향을 선회하기 시작했다.

"우변, 더 세게, 더, 더, 빨리!"

결국 뗏목의 좌변 노를 담당하던 청년 둘이 노를 뽑아서 우변에 힘을 보탰다. 무엇인가를 비켜 가겠다는 홍 박사의 의도가 파악된 순간 멀리서 소용돌이치는 물결이 최 신부의 눈에 들어왔다. 그렇게 세찬 물살은 아닌 것 같은데 홍 박사가 너무 과민한 것은 아닌가, 라는 생각이 스쳤을 때, 이미 뗏목은 노의 힘으로 제어할 수 없는 강물 속의 또 다른 흐름에 마치 발목을 잡힌 것처럼 좌변으로 머리를 둔 채 휩쓸려 내려가기 시작했다. 홍 박사가 몸을 낮추었고 청년들이 비틀거리며 우왕좌왕하는 모습이 무척이나 위험스러워 보였다. 최 신부도 사력을 다해 청년들과 함께 노를 저었다.

"모두 밧줄을 잡아, 빨리!"

홍 박사의 외침이 떨어지자마자 뗏목이 또 한 번 심하게 요동쳤다. 뗏목에 설치한 밧줄을 잡지 않았다면 모두들 뗏목 밖으로 내던져질 만큼 크게 출렁거렸다. 여자 교우들의 외마디 비명소리가 여름 강변에 울려 퍼졌고 모두들 당황한 모습이 역력했다. 사실 안전 밧줄이라고 했지만 뗏목 여기저기에 등산용 자일을 묶어서 혹시라도 뗏목이 전복되었을 경우 뗏목이라도 붙잡고 살아남기 위해 조치를 해둔 것이었다. 모두들 홍 박사의 명령대로 밧줄을 단단히 부여잡고 몸을 낮추었다.

더 이상 노를 젓는 것도 소용이 없었다. 그냥 강물의 흔들림에 맡기는 수밖에 없었다. 멀리서 보기에는 잔잔한 물결 같아 보였지만 가까이 들어서니 마치 커다란 웅덩이처럼 거친 물살이 소용돌이치고 있었다. 그래도 계곡에서 래프팅을 경험했던 청년들이라 노를 저으며 강물의 소용돌이를 피해 보려고 애를 썼다. 작은 계곡에서 고무보트를 이용한 래프팅에 비해 깊은 강물의 흔들림에 뗏목은 너무 경직된 구조였다. 청년들도 힘에 겨운 듯 노를 접고는 뗏목 바닥에 몸을 낮추었다. 홍 박사를 제외한 모든 사람이 뗏목을 붙들고 납작 엎드렸지만 소용돌이치는 물살에 뗏목이 또 한 번 크게 출렁거렸다. 시퍼런 강물이 마치 성난 파도처럼 뗏목을 집어삼킬 듯이 흔들어 댔다. 여자 교우들의 날카로운 비명만 메아리쳤고 결국 뗏목은 일순간에 뒤집히고 말았다.

안전 밧줄을 설치했지만 단 한 사람도 뗏목을 부여잡지 못하고 모두들 강물 속으로 내동댕이쳐졌다. 여기저기서 비명 소리가 들렸지만 어느 누구도 도움을 주고받을 수도 없었다. 파편처럼 튕겨져 나간 대원들의 자리가 너무도 멀었다. 몇몇은 엉겁결에 수영을 시작했고 몇몇은 허우적거리며 강물과 함께 휩쓸려 내려갔다. 뒤집힌 뗏목만 무심히 강물의 잔등에서 흔들리며 떠내려가고 있었다.

강변에서 지켜보던 김 신부가 '주여', '주여'라는 말을 비명처럼 내뱉으며 상류 쪽으로 자전거 페달을 밟았다. 뗏목의 출발 지점에서 보았던 그 바지선을 향하여 내달렸다. 자꾸만 자전거 페달에서 발이 미끄러졌다. 턱밑까지 숨이 찼지만 아무리 페달을 밟아도 자전거가 제자리에서 헛바퀴만 도는 것 같았다. 김 신부는 거의 반 미친 사람처럼 무어라 알 수 없는 소리를 질러대며 상류 쪽 바지선을 향해 질주를 했다. 강 한가운데서 준설작업을 하던 바지선을 향해 소리를 질렀다.

　"사람 살려요, 저기요, 저기요!"

　팔을 휘저으며 실신한 사람처럼 김 신부는 강물을 향해 자전거로 내달으며 외쳐 댔다. 자전거와 함께 강물 속으로 자맥질을 하면서 목이 터져라 소리를 질러댔다. 마치 꿈속에서 허공을 향해 소리를 질러 대는 것처럼 무기력하게만 느껴졌다. 그래도 김 신부의 간절한 외침을 알아들었는지 인근에서 채굴을 하던 바지선 한 척이 움직이기 시작했다. 왜 그렇게도 움직임이 둔해 보였는지 김 신부는 속이 터졌다.

　바지선의 움직임이 조금씩 빨라지더니 속도를 내기 시작했다. 바지선의 일꾼들이 밧줄에 묶인 검은색 튜브를 여기저기 던져 놓고 밧줄을 급히 풀어내고 있었다. 바지선을 중심으로 양쪽에서 검은색 튜브들이 빠르게 흘러내려 갔다. 바지선의 움직임보다도 민첩해 보이는 튜브들이 앞서거나 뒤서거나 하며 결 고운 강물의 잔등을 타고 흘러내렸다. 그 사이 수영을 할 줄 아는 청년들은 제 힘으로 강변 쪽으로 나오기도 했고, 바지선의 도움으로 몇몇은 흘러내리는 튜브를 겨우 부여잡고 구조됐다.

결국 저들이 4대강 사업의 일환으로 겨울 동안에 강바닥을 준설하면서 드문드문 강물 웅덩이가 형성되어 소용돌이치는 구간이 생겼던 것이다. 병 주고 약 주는 꼴이 되었지만 그래도 그들의 구조작업이 큰 도움이 됐다. 그러나 진두지휘를 맡았던 홍 박사와 청년 세 명은 끝까지 눈에 띄질 않았다.

뗏목이 뒤집히면서 앞쪽에 위치했던 네 명 모두 묵직한 뗏목에 깔려 휩쓸리고 말았던 것이다. 뒤쪽에 탔던 사람들은 뗏목이 뒤집히면서 튕겨져 나갔지만 강물 웅덩이에 휩쓸리다가 곧바로 강물 위로 솟구쳤던 것이다. 어떤 대원들은 강물 속으로 자맥질을 몇 차례 하면서 떠내려갔고 몇몇은 허우적대다가 겨우 수영을 해서 튜브를 잡았던 것이다. 뗏목은 뗏목대로 사람들은 사람들대로 모두 각자도생이 어떤 것인지를 강물은 무심히 보여 주고 있었다. 김 신부는 망연자실했다. 김 신부가 신음처럼 '주여', '주여'를 외치면서 곧바로 119에 신고를 했지만 구급대원들이 도착했을 땐 이미 여섯 명은 구조가 되었고 나머지 네 명은 모두 휩쓸려 내려가 버린 뒤였다. 역시 구조라는 것이 시간 싸움이었다.

강물은 아무 일도 없었다는 듯이 끔찍한 사건의 흔적을 순식간에 삼켜 버리고 말았다. 언제 그랬냐는 듯, 무슨 일이 있었냐는 듯, 모두들 잠잠하라고 너무도 평온한 수평의 자세로 강물은 시치미를 뗐다. 마치 인간들의 비극에 눈 하나 꿈쩍 않는 하느님의 무심한 표정 같기도 했다. 김 신부는 당장이라도 강물 속으로 뛰어들어 홍박사와 청년들을 찾고 싶었지만 다리가 풀려 어떻게 할 수가 없었다. 김 신부는 금강 하류 쪽으로 강물을 따라 자전거 페달을 하염없이 밟아 댔다. 제발 살려 달라고 무의식적으로 기도를 하며 간절한 마음으로 청년들을 찾았다. 강물의 잔등에서 잘게 부서지는 햇살이 물빛으로 반사되어 눈이 부셨지만 금강 구석구석을 눈을 부릅뜨고 살폈다.

그러나 어디에서도 홍 박사와 청년들의 모습은 보이질 않았다. 구조대원들도 날이 저물도록 찾아 헤맸지만 벌써 금강 하구로 흘러갔을 거라며 비관적인 말을 했다. 김 신부는 병원으로 실려 갔어도 의식을 못 찾고 있는 최 신부의 안위도 걱정됐지만 아예 흔적조차 없이 사라진 홍 박사와 청년들이 더 걱정스러웠다.

김 신부는 이틀째 금강 변에서 뜬눈으로 밤을 지새웠고 강물 위로 그들의 환영이 넘실대는 것만 같았다. 그렇게 사흘이 지났고 그들이 살아 돌아오리라는 기대도 차츰 식어졌다. 가족들도 이젠 시신이라도 찾았으면 하는 가난한 마음으로 그들을 기다렸다. 지옥 같았던 나흘이 지나서야 금강 하구 부근에서 부서진 뗏목 잔해와 홍 박사, 그리고 청년들의 시신이 하나둘 발견되었다.

119 대원들의 연락을 받고 황급히 찾아간 금강 하구 둑엔 이미 구급대원들에 의해 실려 나온 홍 박사와 청년들의 시신이 하얀 천에 덮어져 있었다. 대원들의 도움으로 네 구의 시체를 확인했지만 옷차림이 아니고는 누가 누구인지 구별이 쉽지 않았다. 그러나 김 신부는 홍 박사와 청년들의 얼굴을 이내 알아보았다. 김 신부는 반 실성한 사람처럼 그 자리에 주저앉고 말았다. 함께 온 유족들의 오열이 여기저기서 일시에 터져 나왔다. 모두들 죽음을 흔들어 깨워 보고 싶은 충동에 미쳐 버릴 것만 같았다. 그러나 죽은 자들이 남겼을 마지막 외마디 비명을 산자들의 애곡이 결코 깨우질 못 했다. 산자들의 날 선 기도와 죽어가는 자들의 목숨을 건 사투도 여지없이 빗나갔음이 드러났다. 전능은 무능으로, 희망은 절망으로, 기다림은 탄식으로, 오직 죽음만 구출됐을 뿐이다. 이제 산자들이 죽은 자들을 거두고 죽은 자들을 아프게 기억할 뿐이다. 죽음으로 죽음을 이긴다는 사랑의 무능을 탓하며.

일렬로 누워 있는 홍 박사와 청년들의 시신 위로 일찍 찾아온 가을 철새 몇 마리가 슬픈 듯 낮게 선회했고 강변 억새들마저 머리를 풀어헤치고는 몸을 낮추어 애도를 하는 듯했다. 최 신부와 함께 의식을 잃고 병원에 입원했던 여 청년은 곧바로 퇴원을 했지만 최 신부는 여전히 식물인간처럼 중환자실에서 인공호흡기로 연명하고 있었다.

*　*　*

　　네 명의 교우가 한 번에 변고를 당한 것도 흔치 않은 일이었다. 성당 건립 사십여 년 동안 단 한 번도 없었던, 아니 앞으로도 없을 법한 대단위 장례 미사가 펼쳐졌다. 성당 행사를 치르다 일어난 변고라 유족들의 마음의 상처를 고려해서 본당 사제들이 뒤로 빠지고 중앙 교구에서 파견된 사제들이 능숙하게 장례 미사를 준비했다. 교우들과 유족들이 뒤섞여 성당 안팎이 혼란스러웠지만 성당 안은 깊은 슬픔에 짓눌려 있는 듯했다. 여기저기서 울음을 참고 선 참담한 표정들이 눈에 띄었다. 죽음이라는 사건 앞에 세상 모든 게 잠시 멈춰 선 것만 같았다.
　　"오늘 우리는 주님 안에서 먼저 세상을 떠난 고인들의 죽음을 애도하는 유족들과 슬픔을 함께 나누고 주님의 무한하신 자비를 간구하기 위하여 이 자리에 모였습니다."

집전 사제가 성당 입구에서 고인들의 관에 성수와 향을 뿌리며 간단한 기도를 올렸다. 미사 준비가 다 되었다는 신호처럼 본당 성가대의 입당 성가가 무겁게 울려 퍼졌다.

"주여, 영원한 안식을 그들에게 주소서. 그리고 영원한 빛을 그들에게 비추소서……."

십자가를 선두로 복사단과 흰색 제의를 입은 사제들이 천천히 입장했다. 그 뒤를 고인들의 관을 밀며 연령 회원들이 입당했고, 상주와 유족들이 성당 안으로 천천히 들어섰다. 흰색 백합과 국화꽃으로 장식된 제대 앞에 네 개의 관이 나란히 놓였다. 관마다 작은 십자가와 함께 영정사진이 놓였다. 제대 양 옆에 밝혀 놓은 촛대에서 흘러나온 불빛이 영정 사진에 반사되어 일순간 고인들의 얼굴빛에 생기가 도는 듯했다. 중앙 교구에서 파견 나온 집전 사제의 묵직한 저음의 기도 소리가 침묵을 흔들어 깨웠다.

"성부와 성령의 이름으로, 아멘.

긍휼을 베푸시는 아버지 하느님과 은총을 내리시는 우리 주

예수 그리스도와 일치를 이루시는 성령께서 여러분과 함께,

　여러분과 함께,

　또한 사제와 함께,

　또한 사제와 함께."

　사제들과 성도들이 연합한 지체이듯 한 목소리로 주고받으며 기도를 했다.

　"지극히 인자하신 아버지 하느님, 저희는 그리스도를 믿으며 세상을 떠난 모든 교우들이 마침내 그리스도와 함께 부활하리라는 것을 굳게 믿으며 여기에 누운 교우들도 주님께 맡기나이다. 주님께서는 교우들이 이 세상에 살아 있는 동안 풍성한 은혜를 베푸시고 저희에게는 주님의 선하심과 그리스도 안에서 이루어지는 모든 성인의 은총을 보여 주셨나이다.

　주님, 저희 기도를 자비로이 들으시어 주님의 자녀들에게 천상 낙원의 문을 열어 주시고 남아 있는 저희는 그리스도 안에 함께 모여 주님 앞에서 영원한 행복을 누릴 때까지 믿음의 말씀으로 서로 위로하며 살게 하소서. 우리 주 예수 그리스도를 통하여 비나이다. 아멘."

　집전 사제의 위령기도가 끝나자 성가대의 연주가 이어졌고 말씀

의 전례 순서가 되었다. 말씀의 전례는 히브리서 9장 27절을 교우
인 유족 대표가 앞에 나아가 읽었다.

"사람은 단 한 번 죽게 마련이고 그 뒤에는 심판을 받게 됩니다.
그리스도께서도 단 한 번 당신 자신을 제물로 바치셨습니다. 그러
나 많은 사람의 죄를 없애 주셨고 다시 나타나실 때에는 인간의 죄
때문에 다시 희생제물이 되시는 일이 없이 당신을 갈망하고 있는
사람들에게 구원을 가져다주실 것입니다. 아멘."

"야, 이 새끼들아, 사람을 죽여 놓고 이게 무슨 짓이야, 우리 정식
이 살려 내라고, 우리 정식이…… 하느님이 어디 있어…… 어디 있
냐고, 우리 정식이 살려내……."

　말씀 전례가 채 끝나기도 전에 어디에선가 울분과 분노에 가득
찬 목소리가 느닷없이 성당 안을 휘저으며 미사 분위기를 망쳐 놓
고 말았다. 제단 앞에 서 있던 사제들과 앉아 있던 모든 교우들이
일제히 소리 나는 쪽으로 고개를 돌렸다. 몇몇 보좌 사제들이 성당
뒤편 소리가 나는 쪽으로 쫓아갔고 여기저기서 웅성거리는 소리로
성당 안은 순식간에 혼란에 빠져들고 말았다.

"우리 정식이 살려내라고……."

차츰 멀어지는 그의 목소리가 성당 안을 공명한 듯 애처로이 울려 퍼지고 있었다. 모두들 그가 누군가에 관심이 쏠렸다.

차정식, 한국전자연구소에 다니는 청년 교우인 정식의 아버지였다. 미국 MIT에서 박사학위를 받은 전도양양한 청년이었고, 평소 믿음도 신실해서 성당 행사에 빠지는 일이 없었다. 이번 뗏목 탐사에도 홍 박사를 도와서 열정적으로 참여했다. 안타깝게도 곧 결혼을 하게 될 신부도 청년부 교우였던 것이다. 그러니 믿음이 없었던 아버지로서는 자기의 귀한 아들을 빼앗아 간 하느님이 원망스럽기만 했던 것이다. 모두들 그 아버지의 아픈 마음을 이해하는 듯 성당 안은 이내 적막에 휩싸였다. 잠시 소란이 잦아들었고 중앙 교구회 주임 신부의 강론이 이어졌다.

"강론에 앞서서 이번 사고로 유명을 달리하신 고인들과 유족분들께 주님의 위로가 임하시길 기원합니다. 히브리서의 말씀은 우리에게 죽음이 있다는 뻔한 사실을 다시 한번 깨우쳐 주고 있습니다. 뿐만 아니라 죽음 뒤에 심판이 있다고 말씀하고 있습니다. 죽음과 심판, 두 단어는 우리 모두가 가장 싫어하는 것들입니다. 피하고 싶습니다. 그러나 피할 수 없다는 것이 우리의 처지입니다. 우리는 죽음이라는 것과 아무 상관도 없고 안 죽을 것처럼 살아갑니다. 여기저기 남의 장례식을 쫓아다니며 문상을 하고 주기적으로 조상들의 제사를 드리기도 하지만 나와는 아직 무관한 것으로 여깁니다. 그러나 지금 우리는 뜻하지 않게 여기 형제, 친척, 교우들의 죽음 앞에 섰습니다. 좀 전에 소리를 지르신 정식 씨의 아버님의 아픈 마음을 무엇으로 위로를 하겠습니까. 그 큰 슬픔과 상처를 무엇으로 치유할 수 있겠습니까. 안타깝지만 이 세상엔 죽음을 극복할 만한 처방이 없습니다. 아마 세월이 가면 조금 잊히겠지요. 그러나 자식의 죽음은 가슴에 묻는다고 했습니다. 결코 부모는 자식의 죽음이 잊히질 않는다는 거지요. 오히려 그 죽음을 가슴 깊이 간직한 채 죽음과 더불어 살아가라고 히브리서의 기자는 말씀하고 있는 겁니다. 그래도 죽음은 누구에게나 반갑지 않은 손님입니다. 그러나 언젠가는 마주하게 될 피할 수 없는 손님이기도 합니다. 우리 모두에게 죽음이 한없이 무거운 까닭은 언제, 어디서, 어떻게 죽을지 모른다는 겁니다. 모두 죽지만 혼자서 죽음을 마주해야 한다는 사실이 두렵기도 합니다. 그럼에도 죽음에 대한 성찰은 삶을 바꾸는 힘이 있습니다. 무엇보다도 강력한 힘이 있습니다. 그래서 날마다 죽음을 기억하라고 히브리서의 기자는 말씀하고 있는 겁니다. 유대의 어느 시인은 경건한 자에게 죽음은 하느님의 입맞춤이라고 고백했습니다. 아프고 슬프고 참담하지만 죽음 너머에 계신 주님을 바라보며 다시 일어서시길 기원합니다."

평소보다 짧게 강론을 마친 주임 신부가 자리에 돌아가 앉았다. 마지막 순서인 듯 본당 원로 신부님이 힘겹게 자리에서 일어서더니 강단 앞으로 나아갔다.

"주님의 품에 안긴 고귀한 영혼들의 안식을 위해서 기도드립시다.
하늘에 계신 우리 아버지시여,
세상을 떠난 교우들에게 영원한 안식을 주소서,
영원한 빛을 그들에게 비추소서,
주님의 나라에 입성한 모든 이들이
하느님의 자비로 평화의 안식을 얻게 하소서,
성부와 성자와 성령의 이름으로. 아멘."

교우들과 유족들의 탄식과 슬픔이 가득한 기도 소리가 너무도 무기력하게 성당 안에 울려 퍼졌다. 이번 일로 기력이 다 소진된 듯한 원로 신부님의 맥 빠진 기도로 장례 미사가 마무리되었다.

평소 미사 때보다 한 옥타브 정도의 낮은 성가와 애끓는 기도 소리가 마음을 더욱 무겁게 짓눌렀다. 늘 입던 검은 사제복이었지만 교우들까지 온통 검은색 옷을 입어서인지 성당 안의 분위기에 숨이 막힐 지경이었다. 여기저기서 꾹꾹 참았던 슬픔들이 신음소리처럼 흘러나왔다. 누구보다도 뗏목 탐사를 주도했던 홍 박사의 아내가 깊이 흐느꼈다. 그녀는 둘째를 임신 중이었다. 아무도 울지 않는 밤이 없듯이 아무도 죽지 않는 날도 없겠지만 그녀의 슬픔이 유난히 애절해 보였다. 거의 실신 지경까지 이르러서야 가족들이 그녀를 부축해서 성당 뒤편 사무실로 들여보냈다.

"주여, 죽음을 생명으로 바꾸어 주시고 어둠의 통곡소리를 그치게 하소서……."

김 신부는 늘 들어오던 장송곡이었지만 왠지 오늘처럼 교우들이 불러주는 성가가 공허하게 들린 적도 없었다. 하느님이 사랑하시는 아들딸들이 아닌가. 어떻게 나쁜 짓을 한 것도 아니고 사회 공헌을 위해 성당 공동체의 행사를 치렀는데 이렇게 비참한 사고가 일어날 수 있단 말인가. 최 신부가 무사고를 위해서 얼마나 간절히 기도를 올렸는데 하느님이 없는 것만 같았다. 인간들이 자기를 보살펴 달라고 찾아 부르는 하느님은 애당초 없었다는 하느님의 응답인지도 모를 일이었다. 김 신부는 하느님에 대한 생각은 온데 간데없고 그냥 사고를 당한 유족들의 아픔만 크게 느껴졌다. 차라리 내가 뗏목의 노를 잡고 내가 죽었어야 하는데, 라는 후회만 속절없이 밀려들었다. 최 신부의 동료 신부로서 그들에게 너무도 큰 죄를 지은 것만 같아서 고개를 들 수 없을 지경이었다. 유족들 가운데 성당엘 나오지 않는 피붙이들은 성당을 향해 원망과 질타를 해 댔다. 심지어 신부 새끼들 나오라며 소리를 지르거나 사무실 집기를 들먹이며 행패를 부리기도 했다. 동료 신부들과 수녀들이 어찌할 바를 몰랐다.

김 신부 역시 이번 뗏목 사건으로 또 한 번 절망했다. 한의대를 졸업하고 병원 스텝으로 남을 수도 있었지만 평소 무의촌 진료에 관심이 많았던 터라 시골 한적한 곳에서 개원을 고집했던 것이다. 소외된 독거노인들 위주로 진료를 하며 복음도 전해 주었고 가끔씩 농사일을 돕기도 했다. 그러다 평소 심장병을 앓고 있었던 노인 환자의 중완 부위에 침을 놓다가 환자가 절명하는 사고를 겪고 말았던 것이다.

결국 그 사건으로 환자 가족들에게 멱살을 잡히며 모멸감을 느낄 정도의 온갖 고초를 겪고는 한의사의 길을 포기하고 말았던 것이다. 어쩌면 그때 당시 시골에서의 참담한 의료사고가 없었다면 신부의 길을 선택하지도 않았을 것이다. 뗏목 사고 역시 성당 공동체의 행사를 치르다 일어난 불가항력적인 우연한 사고였는데, 신부나 수녀들에게까지 행패를 부리는 피해자 가족들의 분노를 이해는 하면서도 지나치다는 생각에 김 신부는 자기의 처지에 화가 났던 것이다.

"신부님, 운구차가 떠난대요."

카타리나 수녀의 목소리가 창밖에서 들렸다. 김 신부를 부르는 소리였다. 창밖으로 운구차의 행렬이 서서히 움직이는 게 보였다. 월송공원 뒤편 으슥한 곳에 위치한 정수원 화장터를 거쳐서 하늘의 문 묘원에 안치될 것이다. 김 신부는 그동안 여러 신도들의 장례 미사를 집전했던 터라 너무도 익숙했던 일정이었지만 이번 장례 미사는 낯설게만 다가왔다.

굵은 빗방울이 간간이 가로수 잎사귀를 훑고 지나갔다. 덕분에 한낮 더위가 조금 누그러졌다. 그러나 여전히 김 신부의 속마음엔 누군가가 불을 지핀 것만 같았다. 강물에 삼킨 바 된 저들은 과연 안식을 누리고 있는 것일까. 의식을 잃고 누워 있는 최 신부는 지금 무슨 생각을 하고 있을까, 이런 참담한 상황을 알기나 할까, 이런저런 생각에 김 신부는 신부로서의 삶에 자괴감이 밀려들었다.

김 신부는 죽음이라는 사건 앞에 과연 누가 피해자이고 누가 가해자인지 혼란스럽기만 했다. 죽음이라는 게 죽은 자의 슬픔만 있는 게 아니라 죽음을 지켜보는 산 자들의 안타까움도 있지 않은가. 떠난 자의 슬픔과 남겨진 자의 아픔이 뒤엉켜 김 신부의 목을 조르는 것만 같았다. 김 신부는 '강물에 빠져 죽은 저들만 피해자가 아니라 남겨진 자들도 피해자가 아닌지'라는 어이없는 망상이 들기도 했다. 김 신부는 중환자실에 누워 있는 최 신부를 대신해서 유족들의 거친 항의를 진정시키느라 장례 미사가 어떻게 진행되었는지조차 기억이 없었다. 그냥 먹먹한 공황 상태였다. 아니 이대로 증발되었으면 딱 좋겠다는 생각뿐이었다.

* * *

뗏목이 뒤집히면서 대원들과 함께 최 신부도 강물 속으로 곤두박질쳤다. 대원들의 외마디 비명소리가 마지막까지 부여잡았던 밧줄처럼 물속까지 따라왔다. 최 신부는 숨이 막혔다. 팔다리를 힘껏 휘저었지만 무중력 상태의 깊은 나락으로 떨어지는 것만 같았다.

어릴 적 물에 빠졌을 때 느꼈던 죽음에 대한 공포가 일순간 몰려들었다. 최 신부는 곧바로 의식을 잃고 말았다. 순식간에 찬란한 빛의 터널을 빠져나온 듯 눈이 부셨다. 비릿한 피 냄새가 최 신부의 코를 찔렀다.

"신입 제사장 티모테오, 티모테오!"

누군가 최 신부를 부르는 것만 같았다.

"네, 레위 지파 티모테오입니다."

티모테오, 언제나 신을 공경한다는 뜻의 최 신부의 세례명이었다. 유월절을 앞두고 각 지파에서 선출된 신입 제사장 교육 현장이었다. 강론 시작 전 훈령 제사장의 출석 호명이었던 것이다. 곧이어 강론을 맡은 대제사장이 강단에 올랐다. 짙은 눈썹과 잘 어울리는 구레나룻, 희끗희끗한 수염이 그의 나이와 경륜을 말해 주고 있었다. 모두들 아히멜렉 대제사장의 강직한 성품을 소문으로 들었던 터라 다소 긴장된 표정으로 그의 일거수일투족을 지켜봤다. 그가 낡은 가죽 가방에서 각기 다른 세 종류의 칼을 꺼내 탁자 위에 나란히 펼쳐 놓고는 한참을 들여다보고 있었다. 칼끝이 얼마나 예리한지 흐릿한 불빛에도 순간 빛이 났고 잠시 어색한 침묵이 흘렀다. 천천히 고개를 들고는 신입 제사장들의 얼굴을 일일이 살피더니 작심한 듯 단호한 어조로 말을 뱉었다.

"제사장은 죽고, 또 죽이는 사람이야."

그렇지 않아도 레위 율법을 배우고 암송하고 토론하느라 지쳐 있는 신입 제사장들에게 아히멜렉 대제사장은 또 한 번의 충격을 주려는 듯 눈빛만큼이나 날카로운 화두를 던졌다. 제사장의 책무는 유대 전통으로 레위 지파에서 독차지했다. 그러나 언젠가부터 그 필요한 숫자를 다 채우지 못하면서 사독 계열의 자손들도 제사장 일을 거들기 시작했다. 그래도 제사장의 직무에 대한 모든 자료와 정보는 혈통적으로 레위 지파를 통해서 내려오고 있었다. 사독 계열 출신들은 주로 성전의 행정적인 일들을 도왔고 제사에 관한 한 레위 족속 사람들이 독차지했다.

그래서 레위 출신 제사장들은 수천 년 동안 이어온 하느님의 제사에 관한 한 상당한 권위와 자부심이 있었다. 마치 신의 친위대 혹은 대리인이라도 되는 듯한 선민의식이 뼛속 깊이 찌들어 있었다. 티모테오 역시 아히멜렉 대제사장을 보는 순간 심오한 영적 권위에서나 나올 법한 후광이 느껴졌다. 그가 느닷없이 강대상 오른편으로 내려서더니 허리춤을 구부려 자기 속옷을 들춰 보였다.

"이게 뭔지 알아? 내 속옷이야, 에봇이라는. 죽은 시체를 감쌀 때 쓰는 세마포로 만든 거야. 늘 죽음을 기억하라고. 옛날 광야에서는 성전 울타리마저도 세마포로 감쌌다는 거야. 죽음의 제사를 드리는 곳이라고."

제사장은 누구든지 죽음을 기억하는 것뿐만 아니라 이미 죽은 자라는 사실을 잊지 말라고 세마포로 만든 속옷을 입고 산다고 아히멜렉 대제사장은 목소리를 높였다. 살아 있으나 죽은 자나 진배없다는 뜻이었다. 아니 산 채로 죽음의 의미를 드러내라는, 과연 그러한 삶이 가능할까. 신입 제사장들은 갖가지 궁금증이 솟아올랐지만 어느 누구 하나 손을 들고 질문을 한다거나 토를 달 수 없는 분위기였다. 티모테오 역시 삶과 죽음이 어떻게 공존할 수 있는지 늘 궁금했던 내용이었다.

아히멜렉은 대제사장뿐만 아니라 모든 제사장들이 세마포로 만든 에봇을 죽을 때까지 입고 산다는 것을 유난히 강조했다. 사람이 죽으면 당연히 세마포로 만든 수의를 입히게 되니 결국 제사장들은 일평생 죽음을 상징하는 세마포 속옷을 입고 세마포로 만들어진 성전에서 사는 셈이다. 성전 안에서도 평소엔 청색 계열의 제사장복을 입지만 지성소에 들어갈 때는 세마포로 만든 흰색 에봇만 입고 들어간다고 했다.

"제사장들은 산송장이나 다름없어."

예리하게 날이 선 세 자루의 칼과 세마포 에봇, 결국 아히멜렉 대제사장이 보여 준 것은 죽음과 관련된 소품들이었다. 모두들 레위 지파의 대표로 추천을 받아서 신입 제사장으로 선출된 것만으로도 가문의 영광이요 크나큰 자부심이었는데 출발부터 칼을 들고 세마포 이야기를 해 대니 분위기가 싸늘했다.

그럼에도 아히멜렉 대제사장은 아랑곳하지 않고 들고 온 세 자루의 칼을 내보이며 교육을 계속했다. 마치 죽음의 실체를 당장이라도 보여 줄 듯이 열변을 토했다. 최고참 원로 제사장으로 그렇지 않아도 늙어서 곧 죽을 텐데 뭘 저렇게 죽음을 강조하는 걸까, 아니 생명의 주인이라는 신이 하느님이라면 도대체 왜 죽음의 잔치를 요구하는 걸까, 이렇게 죽여 버릴 거라면 아예 생명을 만들지나 말 것이지 참 이상한 신이었다. 티모테오와 신입 제사장들은 아히멜렉의 강론을 들을수록 성전 밖에서 경험했던 하느님과 성전 안에서 제사를 통해 만나는 하느님이 다른 존재인 것처럼 느껴졌다.

"이 칼은 슴베라고 부르는 동검이야, 소를 잡을 때 쓰는 제일 큰 칼이야, 바벨론의 에슬란 지역에서 나오는 동으로 만든 칼이지 일반 칼은 물로 담금질을 하지만 이것은 초에 담금질을 해서 불순물을 제거한 칼이라서 부드럽지만 날카로움이 오래가는 특성이 있어. 자 여기를 보라고. 슴베의 칼날 모양이 전쟁터에서 적을 찌르거나 벨 수 없도록 되어 있지, 두서너 뼘밖에 되지 않아서 전쟁 무기로는 쓸 수 없는 거야, 단지 제사장의 권위와 힘을 상징했고 성전 안에서만 사용토록 했다고."

아히멜렉 대제사장은 칼을 만든 철의 산지서부터 만드는 방법까지 상세하게 설명을 이어 갔다.

"칼은 찌르는 것이 아니라 밀어 넣는 거라고."

순간 아히멜렉 대제사장은 슴베라는 칼을 자기 팔뚝에 꽂고는 금방이라도 찌를 듯이 칼을 곧추세웠다. 흰색 세마포 에봇 속에 숨어 있던 구릿빛 팔뚝에 힘이 들어갔다. 여기저기 크고 작은 칼자국이 보였다.

"칼로 찌르는 것은 전장의 군인들이나 검투사들이 하는 짓이야, 제사장의 칼은 찌르는 것 같지만 미끄러지듯 밀어 넣는 거야."

칼로 찌르는 것이나 밀어 넣는 것이 별반 다를 게 없을 것 같은데 아히멜렉 대제사장은 반복해서 강조를 했다. 사람이든 짐승이든 목을 건드리면 생명의 위협을 가장 크게 느끼면서 온몸이 극도로 긴장을 하게 된다고 했다. 결국 짐승의 목을 칼로 찌르면 곧바로 전신의 근막이 긴장을 해서 칼이 비켜나게 되고 혈맥을 단칼에 끊을 수가 없다는 것이다. 싸움터에서 쓰는 칼끝엔 검투사의 분노와 살인의 충동이 더해져서 어디든 마구 찔러서 결국 죽이면 되겠지만, 성전에서 드려지는 제물은 순식간에 숨을 끊어 주도록 정확히 밀어 넣어야 목을 지나는 두 개의 혈맥을 단칼에 그을 수 있다고 했다. 그래야 희생 제물도 고통스럽지 않게 숨을 거두고 피가 단번에 쏟아지게 된다는 것이다. 하느님께 바쳐질 제물은 죽은 시체가 아니라 누군가의 죄를 씻기 위한 희생의 피를 쏟는 죽음이라는 것이었다. 눈에 보이는 시체가 아니라, 눈에 보이지 않는 죽음을 하느님은 제물로 받는다는 것이다. 죽음의 피, 피의 죽음만이 하느님이 흠향할 만한 제물이 된다는 레위 족속들의 전통적인 가르침이었다. 결국 제사장들은 제물을 죽이는 게 목적이 아니라 피를 얼마나 잘 받아 내는 것이 중요한 업무였다. 청동 대야에 가득한 핏물을 들고 지성소를 향하여 걸어 들어가기 위해 짐승을 죽이는 행위를 반복했던 것이다. 지성소 속의 법궤 위에다 그 피를 쏟으며 백성들의 죄 용서를 간구하는 것이 대제사장의 직무였던 것이다.

하지만 닭 모가지도 한 번 비틀어 본 적이 없는 티모테오는 성전에 들어오면서 기대했던 엄위하신 하느님 앞에 드려지는 경건한 제사에 대한 환상이 다 깨어지고 말았다. 아니 아히멜렉 대제사장의 강론을 들으며 제사장직에 입문한 것조차 후회가 됐다. 신출내기 신입 제사장들에게 소는커녕 양이나 염소의 목을 따서 피를 받는다는 것은 결코 쉬운 일이 아니었다.

일 규빗, 어른 팔뚝만 한 크기의 가장 긴 칼은 소를 잡을 때 사용하고, 반 규빗 정도로 중간 크기의 칼은 양이나 염소를 잡을 때 쓰며, 한 뼘 정도로 작은 칼은 비둘기나 새의 목을 찌를 때 사용하는 것이라는 부연 설명을 마치고 아히멜렉 대제사장이 자리에 앉았다.

티모테오와 신입 제사장들은 훈령 제사장들을 따라 이방인의 뜰을 거쳐 어둑한 성전 안으로 들어섰다. 성소 입구엔 야긴과 보아스라는 주물 놋기둥이 초병처럼 우뚝 서 있었다. 어디에선가 비릿한 피 냄새가 물씬 났다. 수십 마리의 황소 조각상이 떠받치고 있는 번제단만 아니면 이건 성소가 아니라 도살장이나 다름 아니었다. 피 냄새에 짐승들의 배설물 냄새까지 더해져서 숨쉬기조차 힘들었다. 제사장들이 손을 씻는 정결 행위를 하는 물두멍엔 매일 아침저녁으로 드려지는 상번제 때문인지 아직도 핏기가 가시질 않았다. 동쪽으로 자리한 지성소는 여러 장의 가죽을 덧댄 휘장으로 가리어져 있었고 성소엔 분향단과 정금으로 만들어진 촛대와 떡상이 마주 보고 배치되어 있었다. 금 촛대에서는 감람유로 지펴진 불빛이 가늘게 흔들리고 있었다. 외부 세계와 엄격히 차단했던 탓에 성소 내부를 밝히는 유일한 빛인 셈이다.

흐릿한 불빛에 커다란 그림자처럼 한쪽 벽을 막아선 지성소의 휘장이 신입 제사장들의 앞을 막아섰다. 지성소는 하느님의 지상 임재의 장소라고 훈령 제사장의 설명을 들은 탓인지 모두들 긴장된 모습이 역력했다. 그럼에도 지성소 안이 몹시 궁금한 표정들이었지만 지성소는 아무리 제사장 교육이라 해도 들여다볼 수 없다고 했다. 신성불가침 영역이라고 했다. 티모테오 역시 지성소 속에 안치되었다는 황금 법궤가 궁금했다. 천상의 하느님이 지상에서 인간들을 만나 주었다는 장소로 설명된 지성소였으니 혹시 하느님의 흔적이라도 볼 수 있을지 모두들 기대가 상당했던 것이다. 그러나 설명을 하던 훈령 제사장은 캄캄한 어둠뿐이어서 지성소의 휘장을 들춰도 아무것도 보이지 않는다고 했다. 결국 티모테오와 동료 제사장들은 영적 호기심을 접은 채 성전 안에 동서남북으로 배치된 각종 제기들의 용도와 전례적 의미를 설명하는 훈령 제사장을 따라 성소 회랑으로 나갔다.

티모테오와 신입 제사장들은 성전 밖에서 들었던 성전 내부의 신비스런 환상에 대한 기대가 무너지기도 했지만 제사 과정이 생각보다 번잡하다고 느껴졌다. 어둡기도 했고 환기시설이 변변치 않아서 모두들 답답함을 느꼈다.

번제단 주변에 수십 마리의 양들이 울음소리를 내며 뒤엉켜 있었다. 자신들의 운명을 아는지 모르는지 우왕좌왕하며 소란스럽게 성소 주변을 배회했다. 훈령 제사장의 지시에 따라 신입 제사장들을 2인 1조로 편성을 하고는 양을 한 마리씩 배당받았다. 또 다른 훈령 제사장은 가죽 칼집에서 손바닥만 한 칼을 꺼내 한 자루씩 나누어 주었다. 얼마나 많은 제물을 다루었는지 손잡이가 낡아빠진 단검을 티모테오도 받아 들었다. 기분이 묘했다. 이 칼로 저 양들을 죽여서 피를 제단에 뿌려야 하는 게 제사라니 생각만 해도 끔찍했다. 어떤 신입 제사장은 칼을 자기 목에 대어 보기도 했고, 어떤 이는 칼로 양의 목을 건드려 보기도 했다. 소나 염소로 할 수도 있지만 그래도 초보자들에겐 온순한 양의 목을 따 보는 게 그나마 쉬울 것 같아서 배려를 했다는 훈령 제사장들의 실전 교육이 이어졌다.

"자, 모두들 왼팔로 양의 목을 한 번 감아 보도록. 오른손엔 칼을 들고."

대다수 양들은 저를 귀여워해 주는 줄 알고 온순하게 목을 내놓았다. 그러나 몇몇 양들은 죽음의 낌새를 느꼈는지 그리 고분고분하지 않았다. 냅다 소리를 지르거나 도망 다니는 양들도 있었다.

"양의 목덜미를 왼팔로 감싸 안고, 양의 우측 귀 밑 유양돌기 부근에서 양의 턱을 향하여 칼을 밀어 넣되, 주춤하면 안 되고 단번에 쓱 밀어 넣어야 양의 머리로 가는 두 개의 혈맥을 단칼에 끊을 수 있는 거야."

훈령 제사장이 양 한 마리를 겨드랑이에 낀 채 칼로 양의 목을 툭툭 건드리며 실전처럼 설명을 했다. 그럼에도 신입 제사장들은 두 개의 혈맥은커녕 멀쩡한 양의 피부조차도 칼로 찌르기가 쉽지 않은데 단번에 끝내야 한다니 모두들 당황한 기색이 역력했다. 여기저기서 양들의 비명이 터져 나왔고 도망 다니는 양을 잡으려고 쫓아다니는 신입 제사장들로 인해 난장판이 벌어졌다. 거의 대다수가 살아 있는 짐승의 목을 찌른다는 것이 그리 만만한 일이 아님을 드러냈다. 양들도 놀랐겠지만 신입 제사장들의 긴장도 만만치 않았다.

"자, 모두들 조용히, 여기를 보라고, 일단 팔에서 힘을 빼라고."

보다 못한 또 다른 훈령 제사장이 목소리를 높였다. 턱수염이 그 럴듯한 훈령 제사장이 양 한 마리를 껴안듯이 목을 감싸는 순간 양 의 고개가 떨구어졌다. 순식간에 선혈이 솟구쳤다. 훈령 제사장의 옷에도 피가 튀었고 청동 대야에 핏물이 흥건했다. 순간적인 칼의 움직임도 못 느꼈지만 칼자국도 없었다. 섬뜩했다. 모두들 숨을 죽 였고 청동 대야에 핏물 떨어지는 소리가 유난히 크게 들렸다.

"여기를 보라고, 모든 동물들의 목에는 일곱 마디의 뼈가 있어, 목이 긴 기린도 그렇고 토끼도 그래."

피투성이의 칼을 들고 허공을 휘저으며 훈령 제사장이 목소리를 더욱 높였다. 모두들 그의 얼굴보다는 피가 뚝뚝 떨어지는 칼끝에 시선이 집중됐다. 그의 상기된 얼굴에도 핏빛이 감돌았다.

"숨이 끊어지는 순간, 몸속을 관통하는 통로에 위치한 일곱 개의 문이 모두 열려 버리는 거야, 그래서 어떤 놈은 사정도 하고, 어떤 놈은 똥오줌을 다 갈기기도 하지."

그는 피가 묻은 칼끝으로 자기 입술을 가리키며 비문이라고 했 다. 누런 이빨을 드러내면서 두 번째 호문, 후두 부위에 칼끝을 겨 누고는 흡문, 명치 부분인 식도와 위장 사이에 분문, 배꼽 부근인 위장과 십이지장 사이에 유문, 대장과 소장 사이에 난문과 마지막으로 항문을 일컫는 백문이 있다고 했다. 사람이든 어떠한 짐승이든 숨이 끊어지는 순간 칠충문이라는 일곱 개의 문이 다 열려서 바람이 통과하는 하나의 길이 되어 자연과 하나가 되는 게 죽음이라고 무심한 듯 그는 설명을 이어 갔다.

"양의 목 부위를 왼팔로 감쌀 때 순간적으로 목뼈 일곱 마디 가운데 셋째, 넷째 마디를 느낌으로 찾아야 해, 대략 귀 밑 부분이 될 거야. 여기에 칼을 대 보면 양의 맥박이 느껴질 거야. 그 맥박이 칼끝을 툭툭 치는 순간 바로 그때 칼끝은 턱을 향해서 좌측에서 우측으로 돌려 찌르면 목의 전면부에 위치한 일대 혈맥과 목의 측면을 흐르는 이대 혈맥을 단번에 절단 내어 숨이 끊어지게 되는 거야. 이렇게 해야만 피를 단시간에 쏟을 수 있지. 혈맥을 잘못 건드리면 피가 내장 속으로 솟구쳐서 제물을 못 쓰게 되는 거야. 찌를 때는 힘을 빼고 슬며시 밀어 넣는다는 느낌으로 하라고. 그래야 제물이 긴장을 안 하고 칼을 받아 주거든."

그가 느닷없이 핏물이 뚝뚝 떨어지는 칼끝으로 자기 목을 가리키며 전면과 측면에 위치한 두 가닥의 혈맥에서 맥동을 칼끝으로 느껴보라고 설명했다. 금방이라도 자기 목을 찌를 것처럼 그의 칼끝에서는 묘한 살기가 느껴졌다. 한낱 미물일지라도 남의 목숨을 절단 내는 작업은 왠지 힘들어 보였다. 그는 제사장으로서 제물을 일순간에 절명시켜야 하는 가장 중요한 작업이라며 반복해서 설명했다. 잔뜩 긴장을 한 신입 제사장들은 자기 손가락으로 목 주변의 맥동처를 찾고 있었다. 몇몇은 서로 마주 보며 자기의 맥동을 느껴 보라며 목을 내밀었고 몇몇은 아직도 자기 맥동처도 찾지 못하고 당황스러운 표정이었다. 훈령 제사장들이 신입 제사장들을 찾아다니며 두 개의 혈맥의 위치를 잡아 주기도 했다. 강단에서 칼을 들고 설명하던 제사장이 목이 말랐는지 그가 물을 한 사발 들이켜더니 의자에 털썩 주저앉았다. 훤칠한 키에 뚜렷한 이목구비만큼이나 그의 가르침은 선명했고 적확한 느낌이었다. 어디서 몰려왔는지 질척한 성소 바닥엔 파리들이 들끓고 있었지만, 이상하리만치 피비린내에선 싱싱함이 느껴졌다. 환기 시설이라고는 채광을 위해 천정 가까이 뚫어놓은 작은 틈이 전부였다.

또 다른 훈령 제사장이 제물을 죽여서 피를 받고 기름과 내장을 분리해서 번제단에서 태우는 절차를 진행했다. 피비린내에 이제는 짐승의 사체 타는 냄새까지 더해졌다. 모두들 여기저기서 쿨럭거리기 시작했고 이내 성소 안은 숨을 쉴 수 없을 정도로 공기가 탁해졌다.

티모테오도 순간적으로 갑갑함을 느꼈다. 양들의 비명소리가 동료들의 비명처럼 들렸다. 죽어가는 것들이 만들어 내는 소리는 너무도 무거워 한이 된다고 했던가. 밑도 끝도 없이 나락으로 떨어지는 느낌이 들면서 마치 헤어 나올 수 없는 깊은 강물 속으로 빠져드는 느낌에 숨이 턱밑까지 차올랐다. 대다수 신입 제사장들은 어떻게 이런 것들이 하느님이 받으시는 향기로운 제물인지 이해가 되지 않는다는 표정들이었다. 제물로 받쳐진 짐승들의 사체만 태우는 것이 아니라 형편이 어려운 백성들을 위해서는 곡식을 가루로 내어서 태우기도 했고, 비둘기를 태우기도 했다.

얼마나 많은 제물들이 피를 흘렸는지 번제단뿐만 아니라 성소 바닥조차 핏빛이 감돌았고 피비린내가 가시질 않았다. 성소 어디를 만져도 피가 묻어날 것만 같았다. 번제단 위에서 제물을 태울 때는 사체 타는 냄새에 연기까지 더해져 앞을 분간할 수 없을 정도로 혼미했고 구역감이 들기도 했다. 훈령 제사장들은 익숙한 듯 태연하게 제사를 진행했지만 몇몇 신입 제사장들은 입과 코를 틀어막고 전전긍긍했다.

피투성이가 된 훈령 제사장들이 정해진 동선을 따라 분주히 오갔다. 짐승들의 사체 타는 냄새와 연기로 가득한 성소의 한 가운데를 창틈 사이로 비집고 들어온 햇살이 사선을 그으며 성소의 윤곽을 드러냈다. 마치 신의 임재처럼.

이튿날, 신입 제사장 교육의 마지막 날이었다. 오늘부터는 제사장 위임식이 일주일 동안 진행된다고 했다. 모두들 아침 일찍부터 몸을 씻었고 세마포로 만들어진 에봇을 착용하고 푸른빛이 감도는 제사장복으로 갈아입었다. 허리에 띠를 두르고 우림과 둠밈을 장착한 흉패를 붙인 뒤 머리에 관을 썼다.

그리고 각기 다른 크기의 칼 세 자루씩을 받아 들었다. 가죽으로 만들어진 혁대에 칼을 찼다. 마치 전쟁터에 나가는 군인들처럼 모두들 긴장된 표정이었다. 어색한 옷차림에 다소 불편해 보였지만 옆구리에 찬 세 자루의 칼로 인해 영락없는 죽음의 전사들 같았다. 훈령 제사장의 지시에 따라 성소로 이동했다. 에봇 위에 두른 칼들이 보폭에 따라 흔들리면서 부딪치는 소리가 적요했던 성소의 침묵을 깨웠다. 소리가 거슬렸는지 몇몇 신입 제사장들은 한 손으로 칼을 부여잡고 걷기도 했다.

앞으로 일주일 동안은 이렇게 아침 일찍 몸을 씻는 것부터 제사장복을 차려 입고, 성소로 이동하는 과정 및 절차를 반복하고 아침 저녁으로 양을 잡아서 번제를 드린다고 했다. 특히 성소 안에 비치된 향단, 등대, 떡상, 번제단 등 성물들을 어떻게 다루어야 하는지에 대한 구체적인 지침을 받기도 했다. 모두들 하루 이틀은 어색했지만 차츰 제사장복을 입는 것부터 성소 안의 피비린내와 코를 찌르던 연기조차도 익숙해졌다.

위임식 마지막 날 아침 신입 제사장들은 익숙하게 제사장복을 차려 입고 성전 입구에 도열하고 있었다. 훈령 제사장들이 신입 제사장들을 무릎을 꿇게 하고는 머리에 감람유를 붓기 시작했다. 끈적하고 미끌미끌한 기름이 머리로부터 목덜미를 타고 흘러내리기 시작했다. 찝찝했지만 이내 기름은 에봇과 몸속으로 흡수되었고 상큼한 향내가 온몸을 감쌌다. 피 냄새와 짐승 사체 타는 냄새로 가득한 성소였지만 움직일 때마다 제사장의 세마포에서는 그윽한 기름 향내가 풀썩풀썩 올라왔다. 신의 은총을 입는 제사장 위임식의 마지막 의례라고 했다. 일종의 신탁이었다. 모두들 훈령 제사장을 따라 성전 회랑 쪽으로 이동을 했다. 제사장들의 숙소 쪽으로 붙어 있는 회랑엔 수십 개의 의자들이 마주 보고 앉도록 배치되어 있었다.

환한 날빛이 회랑 벽의 작은 창틈으로 들어왔다. 훈령 제사장의 설명으로는 위임식 마지막 날엔 선배 제사장들과 함께 그동안 배웠던 레위 율법을 복습하고 제사법에 대해 토론하는 하브루타의 시간을 갖는다고 했다.

아히멜렉 대제사장을 비롯해 훈령 제사장들과 신입 제사장들이 마주 앉아 그동안 배운 것들을 토론하며 정리하는 시간이라고 했다. 그동안 제사장 교육을 받으면서 궁금했던 내용이나 의문점을 가감 없이 물어볼 수 있는 자리였다. 회당이나 집에서 율법을 가르쳤던 하브루타라고 일컫는 히브리인들의 전통적인 교육 방법과 비슷했다. 둘이 토론을 하면 내 생각과 네 생각, 그리고 우리의 생각이 합쳐져 또 다른 깨달음을 얻을 수 있다는 토라 교육이 성전에서부터 시작되었던 것이다.

고대 근동 지역의 모든 신들은 이름과 형상을 갖고 있었다. 그러나 히브리인들이 섬겼던 하느님만 이름도 얼굴도 없는 신이었다. 아무리 신이라고 하지만 얼굴이 없으니 볼 수도 없고, 이름이 없으니 부를 수도 없었던 신을 믿고 섬긴다는 것은 쉬운 일이 아니었다. 결국 히브리인들은 자손대대로 알 수 없는 신을 믿고 가르치기 위해 신의 얼굴과 이름을 상상하며 추론해 가는 하브루타 교육이 불가피했던 것이다.

그러한 추론의 결과로 눈에 보이는 신을 믿었던 이방인들보다 오히려 히브리인들이 더욱 굳건한 믿음도 지켰고 깨달음도 얻었다고 했다. 수천 년 동안 수많은 종교와 신들이 명멸을 거듭했지만 히브리인들의 신앙은 숱한 어려움 속에서도 흔들리지 않고 견고하게 지켜올 수 있었던 이유이기도 했다. 티모테오는 그렇지 않아도 제사장 교육 과정 중에 궁금한 것들이 많았기에 잘됐다 싶었다.

"그동안 제사장 교육을 받느라 고생들 많았습니다. 지금부터 제사장 위임식의 마지막 과정인 하브루타를 진행하겠습니다. 혹시 교육을 받으면서 궁금했던 내용이나 아히멜렉 대제사장님께 질문이 있는 사람은 손을 들어 주세요."

나이가 지긋한 훈령 제사장의 말이 끝나자마자 기다렸다는 듯이 아히멜렉 대제사장을 향해 티모테오가 번쩍 손을 들었다.

"신입 제사장 티모테오입니다. 대제사장님, 세상엔 황금이나 보석처럼 얼마나 귀하고 좋은 것들이 많은데 왜 하필 하느님은 짐승들의 죽음을 제물로 받으시는지?"

모든 제사장들이 날마다 소나 양을 죽여서 하느님께 제물로 드리는 희생 제사를 반복하고 있었지만 아무도 그 이유에 대해서는 물어본 적이 없었다. 조상 대대로 물려받은 율법의 가르침대로 정성껏 제사를 드리기만 하면 되는 것처럼 불문율로 여겼던 것이다. 백성들의 죄를 용서하기 위한 희생 제물이라는 정도의 상식만 있었을 뿐이었다. 왜냐면 어느 누가 감히 엄위하신 하느님의 깊은 속내를 알아낼 수 있단 말인가. 하느님의 뜻을 인간들이 헤아린다는 것은 애당초 불경스러운 일로 여겨온 탓도 없지 않았다. 그래서 전통과 전승을 목숨처럼 지켰고 정성껏 제사를 올려 드리는 것만이 최선이라고 생각했던 것이다.

선배 제사장들도 아히멜렉 대제사장에게 감히 물어 볼 엄두를 내지 못했던 것이다. 그의 영적 위세에 짓눌려 그냥 다들 아는 척만 했고 시키는 일만 반복했던 것이다. 모두들 티모테오의 질문에 공감이라도 한 듯 아히멜렉 대제사장의 입만 쳐다보고 있었다. 한참을 궁구한 듯 고개를 숙이고 있던 아히멜렉 대제사장이 천천히 고개를 들면서 질문을 했던 신입 제사장을 똑바로 쳐다보며 입을 열었다.

"티모테오라고 했지, 자넨 생명이 뭐라고 생각하지?"

"네?"

느닷없는 질문에 당황한 티모테오는 반사적으로 답을 했다.

"살아 있다는 것, 죽음의 반대 개념이 아닐까요."

"그럼, 죽음은 또 뭐야?"

아히멜렉 대제사장은 다그치듯 티모테오에게 다시 물었다. 티모테오는 말문이 막혀 버리고 말았다. 아히멜렉 대제사장과 훈령 제사장들이 그토록 열변을 토하며 죽음을 설명했고 죽음의 현장을 보여 줬지만 티모테오의 머릿속에는 아직도 죽음에 대한 개념이 없었다. 티모테오는 끝까지 아히멜렉 대제사장에게 오히려 당신의 답을 듣고 싶다는 표정으로 역시 질문으로 답을 대신했다.

"생명과 죽음은 상대적 개념이 아닐까요."

아히멜렉 대제사장은 기다렸던 답이 아닌 듯 고개를 가로저으며 말을 이어 갔다.

"죽음의 반대말은 생명이 아니라 생존이겠지. 생명과 생존, 과연 그게 그걸까. 인간은 매사가 살고자 하는 생존을 지향하지. 밥을 먹는 것도 그렇고 돈을 벌기 위해 일을 하는 것도, 모두가 살아남기 위해 남들보다 조금 더 잘 살아 보기 위해 한평생 애를 써 보지만 결국은 죽음의 자리에 이르러 내가 생명이 아니었음을 드러내고 마는 거라고. 지금도 공동묘지의 수많은 주검들이 난 생명이 아니었다는 걸 웅변하고 있잖아. 그럼에도 인간들은 죽는 순간까지도 생명이 뭔지 무관심한 채 생존만을 갈망하지. 그러나 하느님은 생명을 주관하시는 분이야. 그래서 생존만을 갈망하는 자들은 결국 생명 없는 곳으로 가겠지만, 이 땅에서 생명을 누리는 자들은 이미 생존 문제를 초월하고 있는 거라고. 이렇게 마주 앉아 있는 자네와 나도 생존하고 있다지만 떼어 낼 수 없는 죽음의 그림자가 늘 붙어다니지. 어쩌면 모두가 잘 살아 보겠다고 몸부림을 치지만 어쩔 수 없이 죽어가고 있다는 사실이 인간 실존의 비극이야. 모두가 불행한 거라고. 원치 않는 죽음이 기다리고 있으니. 최선을 다해 몸부림치며 살아 보지만 결국 죽음의 문턱에서는 모든 게 허물어지고 마는 거라고. 죽기 위해서 살았던 셈이지. 죽음에 갇혀 있다고나 할까, 모두가 죽음의 세력에 짓눌려 있는 거야. 더 큰 비극은 모두가 죽어가면서도 정작 그 죽음을 모른다는 거지. 도대체 이러한 죽음을 넘어서는 생명은 뭘까. 그래서 제사장들이 제물의 피를 받아서 지성소엘 들어가는 거라고. 피가 곧 생명의 본체이니까, 지성소속의 하느님의 현존 앞에 피를 쏟는 행위를 통해서 생명을 생명의주인께 돌려드리는 거라고 그걸 제사라고 하는 거야. 받은 생명을돌려드리고 우리는 죽음을 누리는 게 성전 제사의 의미야. 그러니하느님은 우리를 생명으로 보시는 게 아니라 죽음으로 보신다고.그 시선으로 세상을 보라는 거야. 인간들은 소나 양이나 제물을 들고 하느님께 나아오니까 자기 것을 드린다고 하잖아. 웃기는 소리야. 그 소나 양이 들녘에 있을 때는 하느님의 것이 아니었나. 신앙이라는 것도 결국 율법을 잘 지켰는지가 아니라 위로부터 받은 게있는지 물어보는 거야. 여러분들 속에 하늘로부터 받은 게 있는지살펴보라고. 그걸 누리는 게 생명이고 돌려드리는 게 제사야. 그게없으면 제사장 백날 해도 소용없어 헛짓이야."

"네, 대제사장님, 지금 말씀하신 것처럼 모든 인간들이 때가 되면어차피 죽을 건데, 구태여 왜 하느님은 죽음을 제물로 드리라고 했냐는 거지요."

티모테오는 조급한 마음에 아히멜렉 대제사장의 설명에 공감을하면서도 본질적인 답변이 좀 더 필요하다는 듯 조급하게 질문을 이어 갔다. 아히멜렉 대제사장은 한 수 가르쳐 주어야겠다고 작심한 듯 목소리를 높였다.

"죽음의 실체는 내가 목숨이 끊어져서 시체가 되는 게 아니라 나를 죽이는 분을 만나는 순간이야. 사람이 하느님과 만난다는 것도 결국 죽음과의 만남이라고. 하느님이 누구신지 말할 수 있는 사람도 자신이 죽어 마땅한 이유를 깨달은 사람뿐이라고. 자네들이 실습을 했던 것처럼 양이나 염소를 제사장들이 칼로 죽이지만 죽음의 주체는 하느님이신 걸 잊으면 안 되는 거야. 그 하느님의 일을 제사장들이 대신하는 거지. 일종의 중보자라고 할까. 그래서 제사장의 임무는 죽이는 일뿐이야. 물론 자기도 죽어야겠고. 인간들은 숨을 쉬니까 자기가 살아 있다고 우기겠지만 하느님은 우리를 죽은 자로 보는 거라고. 그 하느님의 시선으로 다른 사람들을 보고 세상을 보는 게 제사장들이야. '나는 어떻게 하면 살 수 있을까'가 아니라 '나는 왜 꼭 죽어야 할 존재인가'를 묻고 또 물어야 하는 거라고."

"왜 하느님은 인간들을 세상에 태어나게 하시고는 다시 죽으라고 하지요?"

티모테오는 하느님에게 따지듯 아히멜렉 대제사장에게 집요하게 질문을 계속했다.

"자네와 내가 죽음에 대하여 이야기를 나누고 있지만 우리는 아무도 죽음을 몰라. 죽어 본 적이 없잖아. 아니 죽었다가 살아온 자가 없는데 어느 누가 죽음의 실체에 대하여 설명할 수 있겠나. 그러니 인간들의 죽음에 대한 이야기는 모두 다 거짓말이라고. 환상일 뿐이야. 왜냐면 자네도 그렇겠지만 모든 사람들이 죽음을 일단 나쁜 거라고 생각하는 경향이 있잖아."

"네, 저도 죽기 싫습니다. 그럼 죽음이 나쁜 게 아닌가요?"

"죽음은 인간들의 좋고 나쁨이라는 판단을 넘어서는 모든 인간에게 천형처럼 새겨진 어느 누구도 지워 버릴 수 없는 하느님의 심판의 흔적이야. 그래서 사람이 살고 죽는 것은 개인의 잘잘못과는 아무런 상관이 없는 일이지. 모든 인간에게 굴레처럼 덮어진 죽음에는 그 원인이 숨어 있다고. 바로 죄라는 거야. 결국 인간은 하느님께서 설계해 놓으신 세상 속에서 죽음과 죄가 무엇인가를 알려 주는 도구에 불과한 거야. 사람이 죽는다는 것은 자기가 죄인임을 드러내는 거라고. 그걸 깨닫고 죽는 사람이 있고 그냥 모르고 죽는 사람이 있을 뿐이야. 소나 양이 제사장들의 손에 죽임을 당하는 것처럼 죽으라고 태어난 거야. 그래서 죽음을 품고 말하지 않는 인간들의 모든 진리나 정의나 윤리는 다 껍데기에 지나지 않아 가짜 종교라고. 도저히 믿을 수 없는 죽음의 신을 믿는 게 진리야."

아히멜렉 대제사장은 목이 말랐는지 물을 한 사발 들이켜더니 다시 목소리가 커지기 시작했다.

"제사장인 자기가 스스로 죽지도 않고 소나 양을 죽여서 제물을 드리는 것은 도살장의 백정이나 다름없는 일이야. 양은 양대로 자기가 왜 죽는지도 모르고 멍청한 제사장은 자기가 왜 양을 죽여야 하는지도 모르면서 제사를 드린다는 것은 일종의 죄악이고 미신이야."

"죽기를 싫어하는 저희들이 이렇게 시퍼렇게 살아 있는데 어떻게 죽은 자로 제사를 드리라는 거지요?"

"그래, 이 세상에 죽음이 두렵지 않은 사람은 없어. 정작 그 죽음이 무엇인지 아는 사람도 없고. 그래서 모두들 자기 죽음에 얽매이는 거라고. 죽음이 두려운 게 아니라 자기가 죽는다는 사실이 두려운 거야. 살았으나 죽은 자라는 것은 더 이상 자기에 대해 관심이 없다는 거야. 자기가 어떻게 되든 상관 않는 사람이 죽은 자이지. 그러니 어떠한 상황에서든 자기를 고집하거나 자기 정당성만을 주장하는 사람은 이방인이나 다름없는 거야. 자기가 죽어 마땅한 죄인임을 깨달은 사람, 그래서 자기 불가능성을 날마다 확인하는 사람, 자기 구원을 확인하는 게 아니라 자기가 죄인임을 확인하는 사람, 그가 용서받은 사람이고 구원받은 사람이야. 자기 죽음을 제물로 바친 사람이지, 이런 사람을 제사장이라고 하는 거야, 마치 죽음의 계곡을 향하여 뚜벅뚜벅 걸어가는 전사처럼 자기 죽음을 즐기며 사는 거라고. 자네도 이제 죽었다치고 살게."

티모테오를 비롯한 신입 제사장들뿐만 아니라 훈령 제사장들도 아히멜렉 대제사장의 영적 통찰에 고개를 끄덕였다. 모두들 제사장으로서의 마음가짐을 새롭게 하는 듯이 보였다.

또 다른 신입 제사장이 손을 번쩍 들었다.

"제사장님, 죽음 뒤에는 정말 구원의 세계가 있나요."

"그걸 나한테 물으면 어떻게 하나, 죽음 뒤에 또 다른 세계가 있나 없나 궁금하겠지만, 죽음 뒤의 구원의 세계는 아무나 못 들어간다는 사실이 더 중요한 거야. 피조물인 인간 주제에 자기 구원을 자기가 이야기한다는 것도 우습지 않나. 이 세상의 모든 관계는 자네와 내가 이렇게 살아서 이야기를 나누듯이 모두들 지금보다 어떻게 해서든 조금 더 잘 살아보기 위하여 관계를 도모하지, 자기만은 꼭 살아야 될 이유가 있는 사람처럼. 하느님도 그런 이유로 믿는다고. 안 죽을라고 믿는다는 거야. 나를 더 가치 있게 만들기 위해서 자기 구원을 모색하지만 헛짓이라고. 그래서 구원은 얻는 게 아니야 이미 받았기 때문에. 천국은 내가 가고 싶은 곳이 아니라 내가 없어져도 좋은 세계라고. 내가 사라져도 괜찮은 죽음이 주는 자유를 누리는 곳이지.

　자네, 지금 당장 죽어 없어져도 좋은가. 그렇지 않다면 그때 가서 다시 한번 구원을 생각해 보게. 이러한 죽음의 의미를 모르고 레위 율법을 지키겠다고 애매한 양이나 소를 잡아서 제사나 드리는 것은 어리석은 짓이라고. 자기를 위한 제사는 결국 우상일 뿐이지. 자기를 위한 하느님이겠지. 그런 하느님은 없어, 성전에도 없다고. 그런 사람들의 하느님은 자기 주머니 속에 숨어 있을 거야. 하느님은 내가 어떻게 하면 구원받을 수 있을까, 잘 살 수 있을까를 가르쳐 주는 분이 아니야. 내가 누구인가를 폭로하시는 분이 하느님이라고. 하느님이 정말 살아 계시다는 것을 언제 알 수 있겠어, 기적적인 사건의 현장일까, 아니야. 내가 저 양들처럼 죽어 마땅한 사람이구나, 라는 것을 깨닫는 그 순간뿐이라고. 죽어 마땅한 내가 여태껏 하느님 때문에 살아 있었구나, 라는 자각이 들 때 바로 그때가 죽음으로부터 자유로워지는 순간이야.

　그것도 잠깐이겠지만 속죄제가 뭐야, 죽음이잖아. 번제도 죽음이고 화목제도 죽음이고 성전에서 하는 짓들이 다 뭐야, 죽이고 내장을 찢고 불태우고 가루를 내고 처참한 죽음을 반복하는 거라고. 왜 그러겠어, 인간들로부터 아무것도 받을 게 없다는 뜻이야. 그런데 인간들은 끊임없이 뭔가를 들고 나오잖아. 집도 필요치 않은 분에게 성전도 지어 바치겠다고, 어떻게 해서든 하느님께 보탬이 되겠다고 그러니까 하느님이 죽여 버리시는 거라고. 이 세상에서 가장 잔인한 분이 누군지 알아, 바로 하느님이야. 그 하느님을 믿는다고, 모든 걸 죽이고 없애고 태워 버리시는 분을 믿는다고, 그분을 아버지라고 부르겠다고 웃기는 짓이야. 하느님은 믿을 수 없는 분이야. 어쩌면 그분은 우리가 가기 싫어하는 곳에서 기다리고 계신지도 모른다고."

"그렇다면 이러한 죽음을 넘어서는 생명은 도대체 어디로부터 오나요?"

"음, 죽음보다도 강한 것은 사랑이야. 아니, 사랑과 죽음은 같은 길을 가는 거야. 사랑과 죽음, 둘 다 자기라는 존재가 없어져야만 가능한 사건이잖아. 사랑도 그렇고 죽음도 그렇고. 그래서 사랑 속에 죽음도 생명도 숨어 있지. 인간들의 사랑 말고, 인간들의 사랑은 아무리 절절해도 죽음 앞에서 다 허물어지고 말잖아. 더구나 사람은 이미 태어날 때부터 자기가 자기의 유일한 사랑의 대상이 되어 버렸어. 자기 사랑을 포기 못하는 존재가 된 거지. 때문에 내가 죽어 없어져도 괜찮을 정도의 사랑의 대상을 잃어버린 거라고. 그러니 누가 누구를 사랑할 수 있겠나. 그래서 인간들의 입에서 나오는 사랑이라는 말보다 더 큰 거짓말은 없어. 모두 자기 사랑뿐이고 가짜라고. 다 그 이유가 있잖아. 이유가 있는 사랑은 홍정이고 거래일뿐이야. 죽음이 찾아와도 빼앗기지 않을 사랑은 아무런 이유가 없어. 그 지고지순한 사랑의 노예가 되는 게 신앙이고. 그런 사람이 죽음으로부터 자유로운 영혼이겠지. 아마도 장차 오시게 될 메시아도 이러한 죽음을 통해서 이 땅에 임하실 거라고. 죽음을 극복하는 과정 속에서 메시아의 실체가 드러날 거야."

아히멜렉 대제사장은 예언이라도 하듯 신중하면서도 깊이 있게 말을 이어 갔다.

"소나 양처럼 인간들의 손에 죽임을 당하면서 버려지는 모습으로, 전능이 아니라 무능으로 그러니 누가 그 메시아를 하느님으로 맞이할 수 있겠나. 인간들의 손에 죽임 당해서 버림받은 하느님, 그 메시아가 이 땅에 임하시는 날이 올 거야. 그때까지 우리는 양이나 소를 죽이면서 죽음을 기억하는 거라고. 혹시 내 손으로 메시아를 죽이는 안타까운 일이 벌어지지 않아야 할 텐데. 그래서 예로부터 제사장들이 세마포로 둘러싼 성막에서 세마포로 만든 에봇을 입고 일평생 살았던 거라고. 죽음을 기억하라고."

"제사장님, 좀 어리석은 질문인데 저 지성소 속에 하느님이 정말 계신가요."

"자네는 어떻게 생각하나."

아히멜렉 대제사장도 랍비들과 별반 다르지 않았다. 무엇이든 질문을 하면 질문한 사람에게 네 생각은 어떤지 꼭 되물었던 수많은 랍비들의 태도와 비슷했다. 그러니 질문을 하려는 사람은 질문에 대한 어설픈 답변이라도 준비를 해 놓으라는 뜻이었다. 신입 제사장은 나름의 답변을 이어 갔다.

"특정 장소에 하느님이 머무신다는 것은 신의 속성상 맞지 않는다고 봅니다."

"그렇다면 자네에겐 저 지성소는 마술사의 거짓 손을 가리는 볼품없는 휘장에 지나지 않겠지. 그러나 어떤 이에게는 하느님의 임재가 느껴지는 곳이기도 하지. 우리 조상들은 수천 년 동안 없는 하느님을 있는 것처럼 속았던 것일까, 그랬다면 그것은 미신이야. 하느님은 어디에도 존재하지 않는다네. 자네가 지금 내 앞에 있는 것처럼 존재하지 않는다는 말이야. 그런데 자네는 저 휘장 너머에 지금 자네가 여기에 있는 것처럼 하느님도 그곳에 있기를 바라는 거야. 그러니 하느님을 만날 수가 없지. 하느님은 자네처럼 존재하는 분이 아니라 스스로 계신 분이라고. 세상에 어느 인간이 누추한 입으로 하느님을 다 설명할 수 있겠나. 하느님에 대한 설명은 아예 설명을 하지 않는 것이 상책이야. 나도 지금 헛소리를 한 거라고."

신입 제사장은 '나처럼 존재하는 분이 아니라'는 아히멜렉 대제사장의 지적에 하느님의 존재 방식을 조금 알겠다는 듯이 질문을 계속했다.

"그럼, 어떻게 하면 하느님을 만날 수가 있지요?"

"자네, 정말 하느님을 만나고 싶은가. 죽을 텐데 그래도 좋아? 피조물인 인간이 하느님을 만나고 싶다는 것도 한낱 욕망에 지나지 않아. 한 여인을 그리워하는 것처럼. 아무리 사무치게 그리웠어도 품에 안는 순간 그 여인에 대한 환상은 다 무너지고 또 다른 욕망이 스며드는 게 인간이라고. 결코 채울 수 없는 밑 빠진 독이야, 하느님을 만나고 싶다는 간절한 욕망도 갸륵하지만 별수 없어. 자네가 산 채로는 결코 만날 수 없는 거야. 하느님을 만나는 순간 자네가 기대했던 신에 대한 환상이 다 무너질걸. 결국 우상으로 전락하고 말걸세. 그래서 하느님은 늘 저만치 물러서 계신 분이라고. 아마 자네가 죽어야만 그 욕망은 이루어질 거야. 결국 진정한 하느님은 죽음의 통로에서만 마주칠걸세. 그래서 인간이 하느님을 찾아 만난다는 것은 어불성설이야. 하느님이 인간에게 문득 나타나는 거라고. 그러니 기다리게, 오늘 자네들 머리 위에 기름을 부은 것처럼 하느님의 은총이 임하는 순간이 있을 거야. 이것은 경험한 사람만 알게 되는 일종의 신비로운 사건이야. 설명할 수도 흉내 낼 수도 없는 은밀한 신탁인 거야. 인간이 하느님을 찾아 나서게 되는 순간 우상을 만날 수밖에 없어. 왜냐면 이미 인간은 태어나면서부터 자기가 먼저 신이 되어 버렸거든, 신의 속성은 유일하고 절대적이잖아. 남을 인정하지 않는 배타적 존재라고. 그러니 모든 인간이 자기밖에 몰라.

　자네도 그렇지 않은가. 일평생 자기밖에 모르는 일종의 타락한 신들이지. 그러니 어떻게 진정한 하느님을 만날 수 있겠나, 이미 자기가 신인데 불가능하다고. 결국 자기를 신처럼 대우해 주고 자기 마음대로 조종할 수 있고 자기를 잘되게 해 주는 가짜 신을 진짜 신으로 믿을 수밖에 없는 거라고. 이게 인간의 절망적 한계야. 그래서 인간은 자기 죽음을 통해서만 하느님을 경험할 수 있다고. 하느님을 만나겠다고 날마다 죽을 수는 없잖아. 그래서 대신 소나 양을 죽이는 거라고. 그러니 내가 하느님을 믿은 것도 아니고 내가 하느님을 사랑하는 것도 아니야. 하느님이 나를 사랑했고 하느님이 나를 믿어 주어서 그나마 이렇게 일평생 제사장으로 늙을 수가 있었지. 결국 나를 없애는 게 제사야. 소나 양처럼 죽음을 드리는 제사라고. 내가 죽어 마땅한 존재라는 것을 깨달은 사람에게는 축복 아닌 게 없다고. 죽는 것조차도 축복이야. 그래서 제사장은 매일 죽는 맛으로 사는 거라고. 어때 좀 이해가 됐나?"

　"네, 감사합니다."

신입 제사장은 아히멜렉 대제사장의 경륜과 영적 통찰에서 우러나오는 지혜의 말씀에 고개가 끄덕여졌지만 아직도 그 깊은 속은 가늠할 수가 없었다. 거침없는 그의 답변에서 아무나 대제사장 소리를 듣는 게 아니라는 것을 확인이라도 한듯 아히멜렉 대제사장을 향해 벌떡 일어나서 허리를 굽혀 인사를 올렸다.

* * *

다음 날, 모두들 신입이라는 딱지를 떼고 정식 제사장으로서 성전을 둘러보는 일과를 분담 받았다. 몇몇 선배 제사장들과 한 조를 이루어 성전 안팎을 살피고 성물들이 온전한지 둘러보았다. 신입들은 주로 매일 아침저녁으로 드려지는 번제단의 뒤처리를 맡아서 청결 작업을 했다. 성전 핏물이 흘러가는 길을 따라 진행되는 청결 작업엔 늘 하베르 제사장이 붙어 다녔다. 하베르 제사장은 성전 핏물의 흐름을 꿰뚫고 있었고 잿물에 조개가루를 섞어서 번제단을 청소하는 청결법도 가르쳐 주었다.

"어이, 하베르, 지난 번 3구역 땅 매매는 잘 됐나?"

"예, 제사장님 덕분에 한 건 했습니다. 조만간 찾아뵐게요."

같은 조의 선배인 하베르 제사장은 다른 제사장들과 달리 유독 재리에 밝아보였다. 성전 구조나 성전 주변 땅에 대해서는 손금 보듯 들여다보고 있었다. 그는 메세드 제사장과 함께 성전 주변 땅을 사고팔며 재미를 보고 있었다. 예루살렘 성전 인근의 3구역은 부동산 업자들 사이에서도 인기가 아주 높은 땅이라고 했다. 동쪽을 향하는 성전 입구보다 다소 지대가 낮아서 성전에서 발생되는 온갖 하수가 잘 흘러들어 땅이 기름졌기 때문이었다. 유월절, 칠칠절, 장막절 등의 절기가 되면 성전 안에서 소나 양이나 염소 등 수많은 짐승들의 피를 제단에 뿌려서 제사를 드리게 되므로 성전 바닥은 늘 핏물로 질척댔다.

성전 구조 자체가 사람이 사는 곳이 아니라 하수도 시설이 변변치 않았다. 그래서 성전 안에만 들어서면 비릿한 피 냄새가 진동하는 질펀한 도살장에 다름 아니었다. 제사장들이 맨발로 다니다 보니 핏물과 기름이 엉겨 붙어서 바닥이 매우 미끄러웠다. 결국 각종 제물을 태워 버리는 번제를 하고 남는 재를 뿌려 보기도 했지만 늘 미끄러질까 조심스럽기만 했다. 산헤드린에서도 제사장들이 모일 때마다 성전 하수 처리에 대한 묘수를 찾아보았지만 별수가 없었다. 그럼에도 하베르는 메세드 제사장의 도움을 받아 남들이 골치 아파하는 성전 하수를 이용해 짭짤한 뒷돈을 챙기고 있었던 것이다. 성전 주변에 도랑을 파서 성전에서 흘러내리는 핏물을 특정한 지역의 땅으로 공급을 해 주면 기름진 거름이 되었던 것이다. 팔레스틴 지역의 건조한 기후 탓에 마땅한 거름 재료가 늘 부족한 인근 주민들로서는 성전에서 흘러내리는 핏물이 아주 좋은 거름이 되었던 것이다. 메세드 제사장은 하베르를 통해 성전 밖으로 도랑을 파서 성전 핏물을 팔아먹고 있었다.

하느님께 드려진 거룩한 핏물이 결국 제사장들의 또 다른 탐욕을 채워 주고 있었던 셈이다. 백성들의 죄악을 씻어 준 핏물이 다시금 성전 밖으로 흘러나와 또 다른 죄악의 도구가 되어 버린 것이다. 제사장들 사이에서는 공공연한 비밀이었지만 어느 누구 하나 이의를 제기하거나 부도덕하다고 매도하지는 않았다. 그만큼 하베르는 핏물을 팔아 챙긴 돈으로 선후배 제사장들에게 향응을 제공하여 입을 막았던 것이다. 이번 예루살렘 3구역 땅도 메세드 제사장이 지난 두 달간 성전 핏물을 보내 줘서 매매가 수월했던 것이다.

"제사장님, 약소하지만, 그래도 제사장님 덕분에……."

하베르는 메세드 제사장에게 성전 핏물을 받은 대가로 묵직한 은전 주머니를 몰래 건네주었다.

"다음 절기 땐 어느 구역으로 보낼지 미리 말해 줘, 고마워 잘 쓸게."

메세드 제사장이 흡족한 듯 입가에 미소를 머금더니 얼른 돈주머니를 받아들고는 성전 회랑 안으로 들어갔다.

유월절이 점점 가까워지면서 성전 주변이 소란스러워졌다. 제사에 쓰일 짐승을 사고파는 사람들, 성전에서만 통용되는 세겔로 돈을 바꾸어 주는 환전상들, 온갖 잡동사니 난전들이 펼쳐졌다. 여기저기 장사꾼들의 상스런 대화와 욕설들이 난무했고 짐승 우는 소리에 사람들의 싸우는 소리까지 더해져 혼이 빠질 지경이었다. 경건하고 거룩한 신심을 돋우기보다는 흥정에 정신이 팔린 저잣거리의 난전에 다름 아니었다.

언젠가 하베르 제사장을 따라 세포리스에 갔을 때, 이방 신전에서 마주쳤던 짙은 화장을 한 여인네들까지 눈에 띄었다. 티모테오는 신입 제사장으로서 도무지 이해가 되질 않았다. 우상 숭배자들과는 인사도 나누지 말라고 목소리를 높였던 선배 제사장들의 이중적인 태도가 못마땅했다.

"아니 저 더러운 것들이 어떻게 여기까지 들어왔지."

얼굴에 핏기가 있어서 평소에도 혈기가 있어 보였던 갈릴래아 출신 동료 신입 제사장이 금방이라도 욕을 해댈 것처럼 투덜댔다. 머리에 두른 흰색 수건을 보니 인근 제우스 신전의 여사제 창녀들이었다. 대다수 여사제들이 삭발을 했고, 삭발한 머리를 감추기 위

해 흰색 수건을 쓰고 다녀서 언젠가부터 흰색 수건은 창녀들의 상
징이 되어 버렸다. 몇몇은 성전 구역 안까지 들어와 제사장들과 농
담을 주고받으며 시시덕대는 모습이 거침이 없어 보였다.

유독 메세드 제사장 주변을 맴도는 것을 보니 익히 잘 아는 사이
처럼 보였다. 하베르가 부동산을 매매하며 메세드에게 수수료처럼
건네 준 상당한 금액의 세겔도 그녀들 주머니로 들어가고 있었다.
그녀들 가운데 키가 제법 크고 미모가 돋보이는 한 여인이 메세드
와 은밀한 귓속말을 주고받고 있었다. 아크네라는 제우스 신전의
유력한 여사제였다.

"하베르 제사장님, 어떻게 이방신을 섬기는 사람들이 성전엘 드
나들 수 있지요."

티모테오는 이방인들은 성전에 들어올 수 없다는 레위 율법을
모른 척하며 하베르에게 물었다.

"글쎄, 보기가 안 좋지."

하베르 역시 성전 제사장이라는 사람이 그것도 훈령 제사장이
이방신의 여사제들과 성전 회랑에서 노닥거리는 모습이 눈에 거슬
렸지만 부동산으로 짭짤한 수익을 올리고 있는 하베르로서는 가타
부타할 입장이 못 되었다. 티모테오는 제사장으로 피택되면서 성
전에 대한 호기심도 많았고 자부심도 대단했지만 제사장 교육을

마치고 오히려 실망감만 더해졌다. 도살장 같은 성전 분위기도 그랬고 경건해 보이던 제사장들의 일탈도 실망스러웠던 것이다.

티모테오는 성전의 제사 과정도 몹시 피곤하게 느껴졌지만 성전 밖 난전의 북새통은 더욱 견디기가 힘들었다. 좀 조용한 곳으로 몸을 피해 쉬고 싶었다. 성전 앞 석조 제단 아래에 있는 제사장들의 회랑으로 향했다. 돌로 만들어진 선반 위에는 죽은 지 얼마 안 돼 보이는 동물들의 사체가 핏물로 뒤범벅된 채 김이 모락모락 올라왔다. 질척한 핏물이 청동으로 만들어진 분수대 밑까지 흘러내리고 있었다. 피로 얼룩진 옷을 입은 채 제사장 몇몇이 물두멍이라고 불리는 청동 대야에서 손을 씻고 있었다.

티모테오가 고린토 형식의 문양이 장식된 청동으로 만들어진 미문을 열어젖히니 이방인의 뜰이 나타났다. 선택받지 못한 이방인들의 참배를 위해 만들어졌다는 광장이었다. 의외로 조용했다. 죽어가는 동물들의 울음소리도 잦아들었고 짐승들의 배설물 냄새와 뒤엉킨 피비린내도 사라졌다. 티모테오가 이방인의 뜰에 들어서자 숨통이 트였다. 멀리서 웅장한 자태를 뽐내고 있는 헤롯의 저택인 아스모니아궁전과 로마 경비대의 탑이 그의 눈에 들어왔다. 신의 특별한 선택을 받았다는 유대 백성들의 성전에서는 날마다 피비린내 나는 죽음의 제사가 드려지고 있는데, 버림받았다는 아니 선택받지 못한 이방인의 뜰은 왜 이렇게도 적요한 것인가 문득 이상한 생각이 스쳤다.

원근 각처에서 몰려든 유월절 참배자들은 저마다 형편에 맞추어 제물을 준비해 왔다. 돈 좀 있는 사람들은 살찐 황소를 끌고 오기도 했지만 형편이 어려운 사람들은 비둘기 한 마리라도 들고 나와야 했다. 어떠한 제물이든 레위 율법에 견주어 흠결이 없어야 했다. 그럼에도 제사장들은 참배자들의 제물을 샅샅이 검색하며 흠을 지적했고 참배자들이 수치심을 느낄 정도로 책망을 해 댔다.

"아니 이런 형편없는 것을 거룩하신 하느님께 드리겠다고 가져왔다니 천벌을 받을 놈들."

"하느님은 드린 만큼 복을 주시는 분이라고, 너희들 정성이 이것밖에 안 되는 거야?"

마치 자기가 제물을 받는 하느님이나 된 것처럼 참배자들을 다그쳤고 멀쩡한 제물도 트집을 잡기 일쑤였다. 멀리서 참배하러 오는 사람들의 편리를 위해 산헤드린에서는 성전 인근 감람산에다 축사를 마련해 놨지만 참배자들은 제사장들의 비위를 거스르지 않기 위해 성전 안에서 제물을 구입하곤 했다.

어떻게 아는지 제사장들은 성전 안에서 구입한 제물과 밖에서 끌고 온 제물을 귀신처럼 가려냈고 자기들로부터 구입하지 않은 제물은 퇴짜를 놓곤 했다. 몇몇 제사장들과 제물 장사들이 은밀한 유착관계를 형성하여 참배자들의 호주머니를 교묘히 털고 있었던 것이다. 수만 명의 참배자들이 몰려오는 유월절 절기에는 시중가의 몇 배씩 받기도 했고, 심지어 가난한 자들의 제물로 쓰일 비둘기 한 쌍에 일주일 분의 노동자 품값을 요구하기도 했다. 그러니 유력한 제사장들의 식솔들까지 나서서 성전 주변 상점들을 차지하기 시작했고 성전 안은 너저분한 장터로 변질됐다. 성전 안의 행정적인 일들을 도맡았던 사두가인들은 황제의 초상이 그려진 로마화폐를 쓰는 것은 우상숭배이므로 자체적으로 은화를 만들어서 성전 전용 동전으로 사용하도록 지시하기도 했다. 결국 모든 유대인들은 의무적으로 반 세겔의 성전세를 내어야 했고, 외부에서 온 성전 참배자들은 돈을 바꾸어 주는 환전상을 통할 수밖에 없었다. 성전에서는 참배자들의 편의를 위해 절기마다 성전 뜰에 탁자를 놓고 환전을 해 주기도 했다.

그러나 어떤 사두가인들은 10세겔 정도의 가치가 있는 은전 하나를 바꾸어 주면서 3 내지 4세겔 정도의 수수료를 챙기기도 했고, 많을 땐 두세 배 정도의 폭리를 취하기도 했다. 여기에도 어떤 제사장이 배후에 있느냐에 따라 좋은 자리를 놓고 다툼이 일어나기 일쑤였다. 로마의 식민 통치로 피폐했던 백성들의 삶은 성전 제사장들과 사두가이파 사람들의 착취로 더욱 곤궁해질 수밖에 없었다. 티모테오는 막연하게만 느껴졌던 성전의 부패상이 신입 제사장으로 입소하여 직접 현장을 다녀 보니 숨이 막힐 지경이었다. 시끌벅적한 저 지성소 속의 하느님은 귀가 먹었는지 눈이 멀었는지 자기 백성들의 타락한 신심을 방치하는 것만 같았다. 티모테오가 이런저런 생각을 하며 제사장 회랑 쪽으로 걷고 있는데 어디선가 분노에 찬 커다란 외침이 창공을 갈랐다.

"이 성전을 박살 내버려라, 내가 사흘 만에 다시 짓겠다."

잠깐이지만 순간 성전 뜰에 적막감이 감돌았다. 감히 어떤 미친놈이 엄위하신 하느님의 성전을 부순단 말인가. 신성모독도 저런 신성모독이 없어 보였다. 46년 동안 지었다는 성전을 헐어 버리고 사흘 만에 다시 짓겠다는 그의 말은 터무니없는 헛소리에 불과했다. 알렉산드리아로부터 왔다는 어느 유대인이 환전에 바가지를 썼다고 환전상과 말다툼을 하고 있었고, 수십 마리의 양과 염소 떼가 환전상들이 늘어선 그 앞을 지나가고 있었다. 낯선 청년이 가축 떼를 몰고 가는 사람의 채찍을 뺏어 들고는 환전상들의 탁자를 내리치고 있었던 것이다.

몇몇 성전 직원들과 사두가이파 사람들이 청년에게 달려들었고 그 사이 환전상들은 몸을 피해 달아났다. 환전에 불만이 있었던 참배객 서너 명이 청년 쪽에 가세하기도 했다. 여기저기서 사람들이 웅성거리며 몰려들었고 로마 경비대 소속 호위병들이 황급히 쫓아왔다. 그러나 청년은 개의치 않고 채찍을 더 세게 휘둘렀으며 환전상들이 달아난 탁자 위로 뛰어 올라섰다. 채찍을 한 손에 들고는 그가 무어라 외쳐 댔다. 뜨거운 모래바람에 그 소리는 묻혀 버렸지만 그의 눈빛엔 예사롭지 않은 기운이 감돌았다.

* * *

"제우스 신전에서 사람이 죽었다며……."

유월절 무렵 장터 여기저기서 죽음을 앞둔 짐승들의 울음소리처럼 사람들의 수군대는 소리가 들렸다.

"잘 죽었지, 이놈 저놈 피를 빨아 먹더니 그년 얼굴값을 했구먼"

예루살렘 성전에서는 날마다 피의 죽음이 일상이었지만, 인근 제우스 신전 지하 골방에서는 거의 매일 향락과 쾌락의 신음소리로 질척거렸으니 느닷없는 여사제의 살인 사건은 충격적인 소식일 수밖에 없었다. 소문은 금방 퍼졌고 범인이 밝혀지지 않았다는 것 때문에 사람들의 호기심이 더해졌다.

에피파네스 안티오쿠스 4세 무렵, 유대의 중심지였던 예루살렘 성전의 세력을 약화시키기 위해 정치적으로 제우스 신전이 세워졌다. 각종 이방신을 섬기기도 했던 제우스 신전에서는 유대인들이 목숨처럼 여겼던 율법을 교묘히 폐기 처분하도록 가르쳤다. 공공연히 안식일을 무시했고, 할례를 반대했으며, 돼지고기 식용을 권장하여 철저히 반유대적 사상을 퍼뜨려서 유대 종교지도자들의 세력을 약화시켰던 것이다. 더욱이 신전 지하에는 벌집처럼 수십 개의 쪽방을 만들어 놓고 여사제들을 이용하여 백성들을 음란에 빠뜨렸던 것이다.

"아크네를 넘보는 놈들이 많았으니, 아마 어떤 힘 좋은 놈이 그랬겠지."

특히 미모가 출중했던 아크네 여사제의 행실을 아는 사람들은 어떤 놈이 그랬을까 궁금했지만 동정조차 하지 않았다. 평소 빼어난 미모로 뭇 남성들에게 인기가 많았던 그녀였다. 그녀는 로마 군인들이나 관료들 가운데 돈 좀 있는 사람들만 골라서 상대를 했고, 그들의 권력을 이용하여 온갖 이권에도 개입하며 주변 사람들을 괴롭히기도 했다. 때로는 신전 출입이 금기시됐던 검투사들까지 불러들여 신전의 금기 사항들을 거침없이 넘어서기도 했다. 고분고분하지 않은 여사제들을 가차 없이 쳐내기도 했고 붙들려온 노예들 가운데 쓸 만한 여자들을 골라서 그 자리를 채우기도 했다. 결국 아크네는 제우스 신전에서 여자 대제사장처럼 군림했던 것이다. 예루살렘 성전 벽에는 이방인 출입 금지라는 팻말과 함께 위반 시 사형에 처한다는 산헤드린의 칙령도 붙어 있었지만, 오직 아크네만 예루살렘 성전을 제 집 드나들 듯했던 것이다. 언젠가 예루살렘 성전 회랑에까지 들어와 메세드 제사장과 시시덕거리던 바로 그녀였다. 로마 권력자에서 유대 제사장들까지 그녀의 사랑과 권력의 올가미가 대단했던 것이다. 머리를 삭발한 수백 명의 여사제들은 아프로디테 여신을 흥분시키기 위해 뭇 남성들에게 자신들의 몸을 기꺼이 바쳐서 성적 제물이 되는 것이 제우스 신전의 여러 제사 의식 중 하나였다. 유대의 예루살렘 성전에서는 날마다 짐승들의 비명과 피비린내 나는 제사가 반복되고 있었지만 제우스 신전에서는 향락과 쾌락이 흥청대는 축제의 제사가 진행되고 있었다.

예루살렘 성전과 제우스 신전, 성전에 있는 신은 죽음의 피를 제물로 받았고, 신전에 있는 신은 인간들의 향락과 쾌락을 제물로 삼았던 것이다. 두 신은 삶과 죽음이라는 정반대의 제물로 인간들을 만나고 있었던 셈이다. 어떻게 이렇게 상반된 취향으로 인간들을 상대하는지 누가 진짜 신인지 궁금해하는 사람들도 없지 않았다.

누구에게나 신은 절대적이고 독자적이다. 신이 둘이나 셋일 수는 없는 것이다. 죽음을 제물로 받는 신과 쾌락을 제물로 받는 신, 둘 중 하나는 분명 가짜일 텐데 사람들은 신이 누군가에 대해서는 전혀 관심도 없었고 무조건 자기 정성을 다하여 복을 빌고 또 빌기만 했다. 어쩌면 많은 사람들이 피의 죽음보다는 향락과 쾌락을 더 좋아했다. 예루살렘 성전 주변에서는 늘 제물로 드려지는 짐승들의 비명과 피비린내가 진동했지만 제우스 신전에서는 향락과 쾌락의 축제가 벌어지곤 했었다. 당연히 제우스 신전 쪽에 많은 사람들이 몰려들었고 매일처럼 웃음과 기쁨이 충만한 잔치가 벌어지곤 했다.

예루살렘 성전에서는 주로 짐승들을 죽여서 제사를 드렸으니 별 문제될 게 없었지만, 제우스 신전의 여사제들은 수많은 남성들과 몸을 섞고 정사를 벌였으니 늘 치정 문제가 생길 수밖에 없었다.

특정 유력 남성들과 육체적 관계를 가진 여사제들도 있었고 향응에 따라 상대를 바꾸기도 하며 남성들의 질투심을 자극하기도 했다. 심지어 신전 밖에 숙소를 잡아놓고 아예 살림을 차리는 경우도 없지 않았다.

몇몇 미모가 출중했던 여사제들로 인해 제우스 신전 지하에서는 크고 작은 싸움이 끊이질 않았고 대다수 치정에 얽힌 다툼이었다. 아마도 이번 살인 사건도 제우스 신전에 속한 여사제들 가운데 단연코 미모가 뛰어났던 아크네라는 여인이어서 더욱 그러했을 것이다.

수많은 남성들이 그와 한 번이라도 관계를 맺고 싶어 했지만 선택권은 언제나 그녀에게 있었다. 그것도 한두 남성과 깊은 관계를 유지했고 돈이 있거나 권세가 있어 보이는 남자들을 골라 관계를 지속했다. 소문에 의하면 아크네 여사제의 방을 드나들었던 인물 중 예루살렘 성전의 모 제사장도 그중 하나라는 소문이 파다했다.

그러던 어느 날, 아크네 여사제가 죽었던 것이다. 처참한 살인 현장을 목격한 사람들은 이구동성으로 아마도 로마 군인들 아니면 검투사들의 짓이 아니겠느냐고 입을 모았다. 그러나 선혈이 낭자했음에도 목 주변의 칼자국이 크지 않았다는 사실에 예루살렘 성전의 몇몇 사람들은 직감적으로 제사장의 소행이 아닐까 의심하기도 했다. 그러나 대다수 사람들은 성전지기인 제사장들의 평소 품행을 아는 터라 아무도 제사장들을 의심하는 경우는 없었다. 평소 제사장들은 회당에서 토라를 가르쳤고 민사판결의 주심을 맡기도 해서 더욱 그러했다. 특히 제사장들이 성전 깊숙한 곳에서 날마다 동물들의 목을 찌르고 짐승의 피를 받아서 제사를 드린다는 사실을 아는 사람들은 별로 없었던 것이다. 이방인들은 감히 성전 안을 기웃댈 수도 없었기 때문이었다.

당시 유대 지역은 로마의 통치권하에서 자치 기구인 산헤드린이 실권을 쥐고 있었다. 성전을 중심으로 한 유대 사회의 종교적 특성을 고려한 간접 통치였던 것이다. 산헤드린에서도 아크네라는 사람의 비중을 아는지라 급히 제우스 신전 살인 사건 조사단을 꾸렸다. 대제사장 안나스와 가야파는 혹시라도 종교적 분쟁이라도 생기면 유대 지방의 권력 유지가 약화될 수도 있어서 자기 사람들로 수사단을 꾸렸다. 상황에 따라서 조사 결과를 조작해 버리겠다는 속셈이었던 것이다.

"하베르, 자네가 수사단장을 좀 맡아 줘야겠어."

"아니, 제가 어떻게."

"필요한 사람들을 뽑아 줄 테니 내가 시키는 대로 해."

역시 대제사장 안나스는 평소 성전 핏물을 이용해 번 돈을 자기에게 상납했던 하베르를 자기 사람으로 여겼다. 하베르는 대제사장 안나스와 가야파의 세력권을 아는지라 거부할 수도 없었다. 결국 하베르는 신입 제사장 티모테오를 불렀고 성전 행정일을 맡고 있는 사두가이파 사람들과 수사단을 꾸렸다.

"안녕하세요, 하베르입니다. 산헤드린에서 나왔습니다."

미리 연락을 받았는지 알렉산드리아 출신이라는 건장한 이방 사제와 삭발한 여사제들이 기다리고 있었다.

트루키 지역의 고급 대리석으로 지었다는 제우스 신전이 마치 눈 덮인 산처럼 우뚝 서 있었다. 이방 사제를 따라 우윳빛 대리석 계단을 내려가니 길게 뻗은 복도를 사이에 두고 양 옆으로 쪽방처럼 여사제들의 침실이 배치되어 있었다. 빛이 잘 들어오질 않아서 어둑했지만 띄엄띄엄 밝혀 놓은 작은 등잔 빛이 묘한 분위기를 자아냈다. 방마다 여사제들의 취향에 따라 독특한 향내가 풍겼다. 얼마나 많은 사내들이 드나들며 욕정을 풀어 놓았을까 생각하니 불결하게 느껴지기도 했고 은근히 호기심도 발동했다.

"하베르 제사장님, 엉뚱한 질문인데 어떻게 남녀의 정사를 제물로 받는 신이 있지요."

티모테오는 이방 신전인 제우스 신전을 처음 방문하기도 했지만 피와 죽음을 제물로 드리는 제사장 교육을 받았던 터라 제우스 신전의 여사제들의 행태가 도무지 이해가 되질 않았다.

"여신들 때문이야."

하베르는 그게 뭐 대수라는 듯이 시큰둥하게 답을 했다.

"아니, 신도 남녀가 있나요."

"티모테오, 사람들이 보이지 않는 신을 찾는다면 어디에서 찾았겠나."

"하늘 아닐까요?"

"그래, 우리가 밟고 있는 땅에 있는 것들은 좀 시시하지. 하늘에 떠 있는 태양과 달이 그럴듯하고. 그래서 태양을 남신으로 달을 여신으로 섬겼던 거야. 그런데 고대 근동 사람들은 여신이 더 매혹적이고 모성애적이며 남신을 뒤에서 조종한다고 생각했던 거야. 당연히 남신보다 여신을 더 좋아했겠지. 아마 여신의 출발은 우르 지역에 살던 수메르 사람들이 섬기던 이난나 여신일 거야. 당시 사람들은 이 여신이 흥분하고 땀을 흘리면 비도 내리고 농사가 잘됐대. 그래서 봄철에 이난나를 숭배하는 기간 동안 모든 여성이 남성들과 자유로운 성교를 즐길 수 있게 했다는 거야. 결국 그들의 신전은 공공연한 난교의 장이 되고 말았지.

이 이난나 여신이 가나안 지역으로 가서는 아스다롯 여신이 되었고, 바벨론으로 가서는 이쉬타르가 됐어. 그리스로 가서는 자네도 알다시피 아름다움과 사랑의 여신인 아프로디테가 된 거야. 지금 로마에 있는 비너스도 거기서 온 거라고. 얼마나 신전이 성적으로 난잡했으면 사람들이 성병을 비너스 병이라고 부르잖아. 결국 그들은 여신을 섬기는 것으로 끝나지 않았고 하늘에 닿을 만큼 높은 제단을 만들었지. 그중에 하나가 바벨탑이라고. 그게 이난나라는 여신을 섬기는 제단이었다니까, 좀 심했지."

"그럼, 제우스신은……."

"제우스는 태어날 자기 자식에게 권력을 빼앗기는 게 두려워서 임신한 자기 마누라인 메티스 여신을 통째로 먹어 버렸다는 신이야. 남편에게 잡아먹힌 메티스는 제우스신의 뱃속에서 현명한 충고를 계속했다는 말도 안 되는 신화일 뿐이지. 티모테오 결혼했나?"

"아뇨."

"아직 모르겠구먼, 남자는 자기 마누라를 잡아먹어야 현명해지는 건데, 하하."

티모테오는 하베르를 성전 핏물만 팔아먹는 삯꾼 제사장인 줄 알았는데 의외로 그의 설명은 제우스 신전의 허상을 꿰뚫고 있음에 그가 달리 보였다.

"그래도 성전에 비해 신전이 훨씬 그럴 듯해 보이는데요."

"성전엔 약속과 계시가 있지만 신전엔 허무맹랑한 신화만 있는 거야. 결국 인간들이 찾는 신이라는 게 욕망의 투사일 뿐이야. 일종의 음녀지."

언젠가 하베르도 메세드를 통해서 제우스 신전의 지하 풍경에 대해서 들은 적이 있었다. 하베르 역시 이방 여사제들을 후릴 만큼 돈도 있었고 정력도 있었지만 하느님께 벌을 받을 것만 같아서 꾹꾹 참았던 것이다. 그러나 메세드는 무슨 배짱으로 이런 곳을 드나들었을까, 라는 궁금증도 없지 않았다.

"여깁니다."

숨진 아크네의 방문을 건장한 이방 사제가 열어젖혔다. 순간 피비린내가 물씬 풍겼고 선혈이 낭자했던 그대로 방바닥엔 말라 버린 핏자국이 선명했다.

"아크네의 시신은 어디에 두었지요?"

"신전 뒤쪽 지하 안치소에 있습니다."

하베르는 수사 전문가도 아니고 이러한 살인 사건을 경험해 본 적도 없이 대제사장 안나스의 명령대로 왔을 뿐이었다. 그러나 동행한 사두가인이 수사 전문가답게 현장을 섬세하게 종이에 그렸고 주변에 널려진 소품들을 챙겼다. 티모테오는 아크네가 생각보다 많은 피를 흘리고 죽었구나, 라는 생각이 들었다. 순간, 방바닥의 핏자국을 살피던 티모테오가 갑자기 하베르 제사장을 불렀다.

"하베르 제사장님, 여기 좀 보세요."

"왜 그래 티모테오."

하베르는 티모테오가 지적한 우윳빛 대리석 바닥에 얼룩진 핏자국을 동행한 사두가인과 함께 샅샅이 살폈다. 아크네가 피를 흘리며 쓰러졌던 자리에 피로 흐릿하게 쓰여진 글씨가 드러났다. 사두가인이 방바닥의 핏자국을 따라 나타난 글자 형상을 그대로 옮겨 적었다.

יהוה

흐릿한 불빛에 말라버린 핏자국이 형체를 알아볼 수 없을 정도로 지저분했지만 사두가인은 마치 자신이 써 놓은 글씨를 따라가듯 손가락을 움직이며 피로 쓰인 글자를 옮겨 적었다. 고대의 상형 문자 같기도 했고 무엇인가를 상징하는 종교적인 문양 같기도 했다.

"이건 히브리 문자 같은데요."

유심히 살피던 사두가인이 놀랍다는 듯이 하베르에게 귓속말로 전했다.

"그럴리가, 어떻게 히브리 문자가 여기에."

하베르도 몹시 놀라는 표정이었지만, 사두가인의 설명을 듣고는 하베르도 방바닥을 뚫어지게 살펴보더니 고개를 끄덕였다. 그러나 하베르의 표정이 내심 불안해 보였다. 그렇지 않아도 제우스 신전과 관계가 좋지 않은데 이번 일로 제사장들의 운신의 폭이 더욱 좁아지는 게 아닌지 염려스러웠기 때문이었다.

"아크네가 죽어가면서 살인자를 지목한 것은 아닐까요."

사건 현장을 샅샅이 기록하던 사두가인이 하베르에게 물었다.

"이방 신전의 여사제인 아크네가 어떻게 히브리 문자를."

살인 사건 현장에 히브리 문자가 쓰여 있다는 사실이 예사롭지 않다는 듯 심각한 표정으로 하베르가 말끝을 흐렸다. 티모테오의 눈에도 절명하는 순간에 쓰인 글씨치고는 너무 또렷했고, 히브리 문자라는 게 성전에서 토라를 학습할 때나 사용되는 고대 문자인데 어떻게 제우스 신전의 지하에서 발견됐다는 것도 이상했다. 티모테오는 아크네의 살인자가 저주의 표시를 남겼을 거라고 생각했다. 하베르 역시 아크네의 살인 현장에 히브리 문자가 쓰여졌다는 것은 아주 중요한 단서라고 생각했다.

"이게 무슨 뜻이지요?"

티모테오가 하베르에게 조심스럽게 물었다. 흠칫 놀라운 표정을 에둘러 감추던 하베르가 고개를 가로저었다. 티모테오는 직감적으로 하베르도 뭔가를 알고 있다는 것을 느꼈다.

"나도 잘 모르겠는데."

하베르가 시치미를 떼고는 말을 이었다.

יהוה

"히브리 문자는 확실한데."

하베르가 더듬적거리며 오른쪽에서 왼쪽으로 히브리 문자를 띄엄띄엄 읽어 냈다.

"요드, 헤, 바브, 헤, 사람 이름은 아닌 것 같고, 단순 문자인 걸 보면 뭔가를 표시한 것 같기도 해. 어쨌든 기록해 놓게."

티모테오는 분명 하베르가 무엇인가를 숨기려고 한다는 것을 직감적으로 느꼈다.

"시체 안치소로 가 보자고."

웬일인지 하베르가 먼저 서둘러 방을 나섰다. 티모테오는 좀 더 핏자국의 형상을 추적하고 싶었지만 하베르의 지시를 받는 입장이라 어쩔 수 없이 그의 뒤를 따라서 아크네의 방을 나왔다. 이방 사제의 안내를 받아 제우스 신전의 본당 뒤편 지하에 위치한 시체 안치소를 찾았다. 불빛도 없는 어둑한 돌계단을 따라 으슥한 지하 골방으로 내려갔다. 유향과 몰약으로 방부 처리를 했다지만 시체 썩는 역한 냄새가 문득문득 코를 스쳤다. 이방 사제가 육중한 회색빛 대리석 관의 뚜껑을 열어젖히니 아크네의 시신이 가지런히 누워 있었다. 역시 사두가인은 아크네의 죽은 모습을 섬세하게 그렸고 목 주변에 나타난 칼자국을 표시했다. 우측 일대 혈맥과 이대 혈맥을 예리한 칼날이 지나갔음을 보여 주고 있었다. 티모테오의 눈에도 칼자국이 생각보다 작아 보였다. 칼끝이 얼마나 예리한지 말해 주고 있었다. 아크네의 방안에 쏟아진 피의 양에 비하면 칼자국이 유난히 작았던 것이다. 하베르도 칼을 쓸 줄 아는 사람의 소행이라고 생각했다.

"대단한데요. 목으로 가는 두 개의 혈맥만 정확히 끊었군요."

성전지기인 사두가인이 아크네의 시신에 나타난 칼자국을 기록하다가 목 주변을 살피면서 놀란 듯이 말을 뱉었다.

"음, 칼을 좀 쓸 줄 아는 사람이군요."

하베르도 고개를 끄덕이며 공감을 하는 눈치였다.

순간 하베르는 더 이상 조사를 했다가는 제사장들이 의심을 받을 수도 있겠다는 생각이 들었는지 황급히 사두가인을 불러 마무리를 지시했다. 사실 유대 지역에서 칼을 쓸 줄 아는 사람이라곤 로마 군인들 아니면 검투사들과 제사장들밖에는 없었다. 로마 군인들이나 검투사들의 칼이라고 해 봤자 일종의 무기이지 칼이라고 볼 수도 없을 정도로 그 끝이 무뎠다. 그러나 제사장들의 칼끝은 혈맥을 끊기 위해서 만들어져서 가장 예리한 편이다. 하베르는 내심 불편한 생각이 스쳤다. 직감적으로 제사장의 소행임이 확실했다. 그러나 하베르는 사실대로 밝힐 수가 없었다. 아크네와 친분이 있었던 메세드 제사장이 휘말릴 게 뻔했다.

결국 사두가인이 정리한 조사보고서에는 현장에 남겨진 네 개의 히브리 문자와 죽은 아크네의 우측 목 부근에 작은 칼자국이 표시됐다. 그리고 사건 현장엔 선혈이 낭자했다는 설명을 덧붙였다. 추정하기는 한마디로 칼을 좀 쓸 줄 아는 사람의 소행이었다는 것이 조사단의 발표였다.

티모테오는 문득 제사장 교육 때 들었던 제사장의 칼은 흔적을 남기면 안 된다는 훈령 제사장의 말이 생각났다. 티모테오도 훈령 제사장인 메세드의 소행일 가능성도 없지 않다고 생각했다. 그러나 아무도 그를 의심하지 않았다. 어쩌면 제사장들이 칼을 잘 쓴다는 것은 제사장들이나 감을 잡을 수밖에 없는 일이었다. 특히 이방인들은 성전 내부에 접근조차도 허용되지 않았다.

그러니 칼로 시작해서 칼로 마친다는 제사장들의 일과를 이방 사람들은 짐작도 못했던 것이다. 도살장 같은 제사 의식을 거룩과 경건으로 포장을 해 버렸으니 더욱 그러했다. 아무도 성전 안에서 행해지는 제사장들의 도살 행위를 상상도 못 했던 것이다.

그러나 산헤드린이 열려도 공의회 구성원의 대다수가 성전에서 일하는 사독 자손들과 바리사이파 사람들, 레위 족속들이어서 웬만한 일들은 무혐의 처리가 나기 십상이었다. 자기 식구 감싸는 것이 일상이었고 선민의식에 사로잡혀서 이방인들은 죄를 지을 수 있지만 하느님의 선택을 받은 유대 지도자들은 죄를 지을 수도 없고 죄를 지어도 사람이 심판하는 것이 아니라 하느님이 직접 다스린다고 했다. 더구나 이번 살인 사건의 범인이 로마 군인이었다 해도 권력을 쥐락펴락하는 로마 군인들을 과연 누가 조사를 할 것인지 아무런 대책이 없었던 것이다. 검투사들이야 노예 취급을 받는 정도라 제우스 신전을 드나들기도 어려웠고 죽을 각오가 아니면 저지를 수도 없는 일이었다. 결국 성전 제사장들 가운데 칼을 잘 쓰는 사람 중 하나일 가능성이 아주 높았다. 그러나 만에 하나 어느 제사장의 살인죄가 드러나도 산헤드린의 구성원들의 면면을 보면 충분히 덮고도 남을 만큼 음모가 가득했다.

그 무렵, 죽은 아크네와 성전 회랑에서 노닥거릴 정도로 가까웠던 메세드 제사장의 소행일 거라는 은밀한 소문이 제사장들 사이에 돌기 시작했다. 그러나 아무도 그를 범인이라고 지목하지는 못했다. 그만큼 메세드는 대제사장들 사이에서 인정을 받고 있었다.

* * *

칠월 십일, 속죄제를 드리기 위해서 대제사장을 뽑는 날이었다. 백성들의 죄를 대신해서 지성소에 들어가 죄 용서를 비는 것으로 일 년에 한 번 치르는 희생 제사였다. 만에 하나 하느님이 백성들의 죄를 용서하지 않으면 대신 대제사장이 죽게 된다. 그러니 일평생 하느님만을 섬기며 살겠다고 헌신한 제사장들조차도 잘못하면 죽을 수도 있다는 지성소엘 들어가는 일이라 어느 누구도 자원하는 사람이 없었다.

유대의 종교적 전통에 의하면 선지자들은 하느님의 뜻을 받는 신탁을 통해 하늘의 메시지를 백성들에게 전했고, 제사장들은 백성들의 죄악을 대신 짊어지고 하느님께 나아갔다. 선지자와 제사장은 하느님과 인간 사이의 중보자들이었지만 그 역할은 정반대였던 것이다. 그중에 가짜 선지자들이 하느님의 메시지를 조작했듯이 몇몇 제사장들도 백성들의 죄악엔 별 관심도 없었다. 당연히 백성들의 죄를 대신 짊어지고 하느님이 임재하는 지성소엘 대표로 들어가는 일을 제사장들조차 기피했던 것이다. 만에 하나 백성들의 죄를 용서하지 않는 하느님의 분노가 임하면 대표로 대제사장이 죽었던 것이다.

아히멜렉 대제사장의 가르침대로 제사장들이 일평생 세마포에봇을 입고 죽음을 기억한다고 해도 죽음의 자리는 모두들 마다했던 것이다. 하느님은 자원하는 자를 기꺼이 받는다고 했지만 가장 가까이에서 하느님을 섬겼던 제사장들조차 죽음의 제물이 되기는 모두들 싫어했다.

결국 연륜 있는 제사장들 가운데 제비뽑기를 해서 대제사장으로 세우는 것이 불가피한 관례였던 것이다. 모두들 제사장 회랑에 모여들기 시작했다. 젊은 제사장 한 사람이 나무 막대기가 든 통을 들고는 제사장들 앞에 섰다.

"지금부터 대제사장 제비뽑기를 시작하겠습니다."

붉은 줄이 그어진 막대기를 뽑는 사람이 나오면 제비뽑기는 거기서 멈추게 된다. 한 명, 두 명, 제비를 조심스럽게 뽑아드는 제사장들의 긴장 어린 표정에서 대제사장의 직무가 얼마나 힘겨운 일인가를 짐작할 수 있었다. 메세드 제사장의 차례였다. 긴장된 표정이 역력했다. 순간 그가 뽑은 붉은 줄이 그어진 막대기를 두 손으로 높이 치켜들고는 대열에서 한 걸음 앞으로 나아갔다. 유대 백성들의 죄를 씻기는 대제사장으로 메세드 제사장이 피택된 것이다.

평소 아크네와의 친분 탓에 얼마 전 제우스 신전의 여사제 살인 사건의 용의자로 지목된 메세드가 아닌가. 어떻게 살인자로 의심받는 자가 백성들의 죄를 가지고 속죄소엘 들어갈 수 있단 말인가. 티모테오 역시 자기 죄도 해결 못하는 주제에 백성들의 죄를 해결한다는 게 말이 되질 않는다고 생각했다. 그럼에도 제사장들이 지켜보는 가운데 대제사장으로 뽑힌 메세드 제사장이 곧바로 번제를 드릴 준비를 시작했다.

"티모테오, 네콧을 가져 와."

메세드는 신입으로서 성물과 제사 준비를 맡은 티모테오에게 자신의 칼을 가져오라고 지시했다.

"네, 알겠습니다."

티모테오는 성전 벽에 위치한 제사장들의 칼집에서 메세드의 슴베와 네콧을 꺼냈다. 티모테오는 메세드의 칼집을 찾다가 순간적으로 아크네의 살인 현장에서 보았던 히브리 문자를 발견했다. 티모테오는 엄청난 비밀이라도 발견한 것처럼 두 눈을 부릅뜨고 메세드의 칼집을 자세히 들여다봤다. 글씨체가 조금 달랐지만 아크네의 살인 현장에서 보았던 히브리 문자와 일치했다.

티모네오는 순간 당황스러웠지만 혹시나 자기가 잘 못 볼 수도 있어서 옆에 걸린 아히멜렉 대제사장의 칼집을 살펴보았다. 역시 똑같은 히브리 문자가 새겨져 있었다. 티모테오는 히브리 문자가 무엇을 상징하는지 궁금했다. 하지만 아크네의 살인자가 제사장 가운데 한 사람일 거라는 확신이 들었다. 아니 대제사장으로 피택된, 아크네와 친분이 있었던 메세드가 의심스러웠다. 티모테오는 마치 못 볼 것을 본 사람처럼 가슴이 두근거렸고 입에 침이 말랐다.

"티모테오, 칼 안 가져오고 뭐해, 빨리 가져 와."

메세드가 다소 격앙된 목소리로 티모테오를 채근했다.

"네, 여기 있습니다."

메세드가 칼을 받자마자 순식간에 준비된 수송아지의 목을 칼로 찔렀다. 아마 아크네의 목도 저렇게 찔렀을 것이다. 왼팔로 사랑한 다고 애정 표현을 하듯이 감싸 안고는 속삭이면서 예리한 칼을 슬쩍 밀어 넣었을 것이다. 수송아지의 목이 순간적으로 꺾였고 청동 대야에 선혈이 솟구쳤다. 수송아지의 거친 심장 박동에 핏물이 여기저기 튀었다. 메세드는 양손으로 피를 찍어 자기 에봇에 발랐다. 속죄제를 드리기 전 먼저 제사장들을 정결케 하는 행위였다. 저렇게 한다고 메세드의 살인죄가 씻어질까. 티모테오는 메세드의 일거수일투족을 따라가며 과연 그의 죄가 언제 드러날지 몹시도 궁금했다. 그러나 메세드는 어떤 주저함도 없이 익숙하게 제사 의식을 진행했다.

훈령 제사장들이 메세드의 왼편과 오른편에 두 마리의 숫염소를 배치했다. 한 마리는 유대 민족을 위해서 다른 한 마리는 백성들의 죄를 짊어진다고 했다. 메세드가 훈령 제사장이 준비한 상자에서 두 개의 제비를 동시에 뽑았다. 오른손으로 뽑은 제비는 오른편 숫염소의 머리에, 왼손으로 뽑은 제비는 왼편 숫염소의 머리

에 얹어 놓았다. 훈령 제사장들이 아자젤로 뽑힌 숫염소의 머리를
붉은 양털로 만들어진 끈으로 묶었고, 속죄 제물로 선택된 숫염소
는 일반 끈으로 묶었다. 결국 두 마리 모두 죽게 되지만 하나는 성
전에서 하나는 광야에서 죽게 된다. 아자젤 숫염소가 광야의 무인
지경을 헤매다 벼랑 끝에서 떨어져 죽는 순간 숫염소의 머리에 묶
었던 붉은 양털이 하얗게 변하게 되면 백성들의 죄가 다 용서받는
다고 했다.

두 마리의 숫염소 앞에 메세드가 칼을 들고 섰다. 피로 얼룩진
세마포 에봇이 팔랑거릴 때마다 피가 튀기는 것만 같았다. 순식간
에 속죄 제물로 선택된 숫염소가 목을 떨구었다. 메세드는 죽은 염
소의 피를 받아서 살아 있는 다른 염소의 온몸에 발랐다. 아자젤
을 위한 염소였다. 피투성이가 된 아자젤 염소는 광야로 풀려나 방
황하게 되지만 결국 벼랑에서 떨어져 죽게 된다. 그 어느 때보다도
메세드의 손놀림은 간결했고 단호해 보였다. 휘장 너머 지성소에
임재한다는 하느님은 과연 진짜 살인자를 가려낼 수 있을 것인가.

하베르를 비롯해 메세드를 의심하는 몇몇 제사장들은 내심 불안
해했다. 죽어 마땅한 메세드가 하느님이 계신다는 지성소를 과연
살아 돌아올 수 있을지. 제사장을 정결케 한다는 수송아지의 피를
발랐다고 메세드의 살인죄까지도 용서 받을 수 있는 건지 티모테

오는 입이 마르고 가슴이 두근거렸다. 건조한 기후 탓에 성전 안은 숨이 막힐 정도로 후덥지근했다.

몇몇 제사장들은 메세드 제사장이 분리해 준 수송아지의 기름덩이와 염소의 내장을 불에 태웠다. 흔들리는 불빛에 긴장이 가득한 메세드 제사장의 얼굴 주름이 더욱 깊게 드러났다. 언젠가 성전 회랑에서 제우스 신전의 여사제들과 시시덕거리던 모습과는 전혀 딴판이었다. 죽음 앞에 선 사형수의 모습이랄까. 의외로 침착해 보이는 그의 뒷모습에서 훈령 제사장으로 잔뼈가 굵은 내공이 보였다. 환기 시설도 변변치 않은 밀폐된 성전 안에서 짐승 태우는 냄새와 피비린내가 뒤섞여 역겹기도 했다.

연로한 제사장들은 땀을 닦으며 간간이 헛기침을 했고 신입 제사장들도 고개를 절레절레 흔들며 힘든 모습을 드러냈다. 핏물이 흥건한 청동 대야를 들고 메세드 제사장이 자리에서 벌떡 일어섰다. 그가 움직이는 동선을 따라 핏물이 뚝뚝 떨어졌다. 하얀 세마포 에봇에 붉은 핏자국이 죽음의 그림자처럼 얼룩진 채로 지성소 휘장 앞으로 나아갔다. 온몸에 피를 발랐고 철철 흘러넘치는 피 그릇을 들고 선 메세드의 모습은 산 사람의 모습이 아니었다. 산 채로 죽음의 실체를 드러내는 피투성이 제물에 불과했다. 죽음이 그의 몸을 잘 준비된 제물인 양 얼씬거렸고, 원로 제사장들부터 신입 제사장들까지 모두들 참담한 표정으로 그의 뒤를 따르며 지성소의 휘장 앞에 도열해 섰다. 순간 정적이 감돌았다. 티모테오 역시 온몸이 긴장되었고 가슴이 주체할 수 없을 정도로 두근거렸다. 과연 저 휘장 너머 지성소에 임재하신다는 하느님이 메세드를 어떻게 심판하실지 두렵기도 했고 궁금하기도 했다. 메세드 제사장의 에봇 끝단에 매달린 석류 모양의 청동 방울에서 둔탁한 소리가 잘랑거렸다. 메세드의 발걸음에 맞추어 그의 움직임을 파악할 수 있을 정도의 낮고 묵직한 방울소리였다. 간간이 들리는 제사장들의 잔기침 소리와 청동 방울소리 외에는 아무 소리도 없었다. 모두들 청동 방울소리가 언제까지 들릴지 궁금했다.

아주 가끔 하느님이 백성들의 죄를 용서하지 않았을 때에는 대제사장이 처참한 죽음 상태로 끌려 나왔다.

온몸에 희생 제물의 피를 쳐 바르고 들어갔으니 피투성이가 되어 죽은 채로 끌려 나온 대제사장의 모습은 영락없이 누군가에게 무참히 살해당한 모습이었다. 마치 살아계신 하느님의 분노가 대제사장의 시신에 흔적처럼 남아 있는 것만 같았다.

그러니 제사장들은 백성들을 대신해 늘 죽음을 담보로 지성소엘 들어갔던 것이다. 함부로 제사를 드리다가 죽어 나갔다는 나답과 아비후의 죽음은 역사적 사건으로 기록되어 있을 정도였다. 성소와 지성소는 두꺼운 가죽 천막으로 가리어져 있어서 지성소에서 일어나는 일을 아무도 들여다볼 수가 없었다. 말 그대로 신성불가침 영역인 셈이다. 성소와 지성소를 갈라놓은 바다표범의 가죽 휘장 너머에서 들려오는 청동 방울소리가 삶과 죽음을 갈라놓는 유일한 신호였다.

청동 방울소리가 간간이 들리면 대제사장이 지성소 안에서 계속적으로 제사를 진행하고 있다는 신호였다. 그러나 어느 순간 청동 방울소리가 멈추면 휘장 밖의 제사장들은 대제사장이 하느님의 심판을 받아 죽임을 당한 것으로 파악을 했던 것이다. 지성소의 가죽 휘장을 사이에 두고 삶과 죽음이 교차했던 것이다. 휘장 밖에서 엎드려 있던 제사장들은 휘장 너머로 들려오는 청동 방울소리로 하느님의 심판의 여부를 판단했던 것이다. 갑자기 청동 방울소리가 멎으면 휘장 근처에서 갈고리를 들고 기다리던 제사장이 휘장 밑을 휘저으며 대제사장의 시체를 끄집어냈던 것이다. 하느님의 용서를 받은 대제사장은 법궤 위에 제물의 피를 쏟고는 청동 대야를 들고 휘장 밑으로 나오게 되지만, 하느님의 심판으로 죽임을 당한 대제사장은 시체가 되어 갈고리에 끌려나왔던 것이다.

지성소의 휘장 앞에 초병처럼 갈고리를 들고 서 있던 제사장에 의해 휘장 밑으로 대제사장의 시체를 끌어내는 순간 성소 바닥에 부복하고 있었던 동료 제사장들은 일제히 애곡을 시작했다. 하느님의 용서가 아닌 엄중한 심판을 받았으니 통곡을 하는 게 마땅했다. 결국 하느님의 임재는 지성소 안의 법궤 위에 대제사장이 희생 제물의 피를 쏟는 행위를 하는 순간 드러났던 것이다. 과연 지성소 속에 임재한다는 하느님은 메세드 제사장이 들고 있는 피 그릇에 얼마 전 살해당한 아크네 여사제의 죽음도 담겨 있다는 것을 알아낼 수 있을까.

메세드 제사장이 아크네 여사제를 죽였을 거라고 추측하는 티모테오와 몇몇 제사장들은 과연 살아 계신 하느님이 메세드의 살인 행위를 심판하실지 궁금했다. 보이는 사람의 눈은 속일 수도 있고 피할 수도 있겠지만 보이지 않는 하느님의 눈을 어느 누가 속일 수 있단 말인가. 티모테오는 내심 메세드를 통하여 하느님이 정말 지성소의 휘장 너머에 살아 계신지 확인하고 싶었던 것이다. 아니, 전지전능한 신이라면 인간들이 숨겨 놓은 진범을 보란 듯이 심판해야 하는 게 아닌가, 티모테오는 메세드의 범죄보다도 하느님의 존재 유무가 더 궁금했다.

'아, 도대체 저 휘장 너머에 계신 하느님은 어떤 분이란 말인가.' 티모테오는 선배 제사장이지만 그가 만일 살인자라면 메세드를 심판하시는 추상같은 하느님의 손길을 보고 싶었다.

결국 하느님의 대리인들처럼 위세 높게 보였던 제사장들이었지만 지성소 앞에서는 언제 죽을지 모르는 사형수에 불과했다. 그래서 그런지 제사장들 가운데 몇몇은 타락한 백성들의 죄로 인해 언젠가는 자기가 하느님의 심판을 받을지도 모른다는 막막한 긴장감 때문에 술에 중독된 사람도 있었다. 어떤 제사장들은 음탕한 첩을 두고 일탈하기도 했고, 성전 인근의 땅을 이용해 부동산 투기를 하며 도박에 빠진 사람들도 있었다. 아마 메세드 제사장도 제우스 신전의 여사제들과 놀아났던 것도 그러한 나름의 이유가 있었을 것이다.

드디어, 청동 대야 한 가득 넘실대는 피 그릇을 들고 메세드 제사장이 지성소 휘장 앞에 섰다. 죽음의 신을 마주한 장엄한 대제사장, 옆에 있던 제사장들이 가죽으로 만들어진 묵직한 지성소 휘장의 밑단을 조심스럽게 들어 주었다. 마치 비밀의 문이라도 열리는 것처럼 모두들 숨을 죽였고 긴장감이 감돌았다.

메세드 제사장이 휘장을 슬며시 밀치더니 그가 지성소 안으로 모습을 감추었다. 메세드의 위치를 파악하기 위해 발목에 묶어 놓았던 가느다란 밧줄이 지성소 휘장 밑으로 미끄러지듯 끌려들어갔다. 잠시 휘장이 출렁였고 다시 적요한 침묵이 흘렀다.

모두들 지성소 휘장 앞에 부복을 한 채 엎드렸다. 휘장 너머 지성소 안에서 간간이 들려오는 청동 방울소리에 모두들 귀를 기울였다. 마치 하느님의 살아 계심을 확인이라도 하려는 것처럼 간절한 모습이었다. 메세드 제사장의 발끝에 매달린 청동 방울소리가 휘장 너머로 둔탁하게 들려왔다. 마치 신의 심판을 부르는 듯 묵직한 방울소리가 불규칙하게 들렸다. 그러다가 잠깐 정적이 흘렀다. 모두들 하느님의 심판이 시작되었구나, 라는 생각에 숨소리조차 내지 않았다. 티모테오 역시 태어나서 이렇게 긴장된 순간을 경험해 본 적이 없었다. 사람은 속여도 하느님을 속일 수 있는 자가 세상에 어디 있겠는가. 티모테오가 공의의 하느님이 드디어 심판을 하시는구나, 라는 생각에 잠시 숨을 멈추는 순간, 다시 청동 방울소리가 정적을 갈랐다.

지성소 휘장이 잠시 출렁이더니 피와 땀으로 뒤범벅이 된 메세드 제사장이 피 그릇을 들고는 다시 나타나는 게 아닌가. 모두들 기쁨과 환호로 하느님의 용서를 찬양했지만 몇몇 제사장들의 표정은 난감했다. 메세드의 살인을 의심하는 제사장들은 메세드가 진범이 아닌가라는 생각을 했고, 몇몇은 아니 어떻게 살인자도 용서하시는지 하느님의 속셈이 궁금했던 것이다.

과연, 지성소 속의 하느님은 도대체 어떤 분이기에 사람들이 숨겨 놓은 죄악도 찾아낼 수 없단 말인가. 아니 그 정도의 능력도 없이 어떻게 신이라 불릴 수 있단 말인가. 티모테오는 의혹을 넘어 의심하는 처지가 되고 말았다. 메세드를 의심하던 티모테오는 이제 하느님을 의심하기 시작했다. 피의 죽음을 제물로 받는 하느님은 도대체 짐승의 피가 뭐라고 사람이 사람을 죽인 끔찍한 살인죄까지도 아무런 형벌도 없이 용서한단 말인가.

사실 산헤드린은 상당한 수준의 자치 정권을 잘 유지했지만 성전 직원들인 사두가인들이 절반을 차지하고 있어서 늘 제사장 편이었다. 눈엣 가시처럼 보였던 이방 신전인 제우스 신전에 속한 수백 명의 여사제들이 백성들을 타락시키고 있다고 생각했던 터라 전혀 수사 의지도 없었고 범인을 색출할 방안도 내지 않았던 것이다. 오히려 음란한 여사제 하나쯤은 죽어 없어지는 게 유대 사회의 정화를 위해서는 바람직한 일이라고 여겼던 것이다. 언젠가는 우상을 섬기는 제우스 신전을 없애 버리고야 말겠다는 것이 산헤드린의 은밀한 계획이었던 것이다. 그러니 아크네의 살인 사건에 대한 수사는 조금도 진척이 없었던 것이다. 오히려 지난 유월절에 일어났던 성전 난동 사건의 주역인 히브리 청년을 처단시킬 모략만 세우고 있었던 것이다.

티모테오는 최소한 아크네의 살인 현장에 있었던 히브리 문자와 메세드의 칼집에 있었던 문자가 비슷하다는 것만 보아도 심증이 갈 텐데 하느님도 모른 척하시는 건지 아니면 무능한 건지 도무지 납득이 되질 않았다. 그렇다면 메세드 제사장은 무죄란 말인가. 아크네 여사제의 억울한 죽음은 누가 그 한을 풀어 줄 수 있단 말인가. 티모테오는 혼란스럽기만 했다.

언젠가 신입 제사장 교육 때 메세드 제사장이 신입 제사장들을 모아 놓고 아히멜렉 대제사장의 가르침을 설명했던 적이 있었다.

"제사장은 지금 당장 죽어도 괜찮다는 생각에 휩싸일 때가 바로 하느님의 임재를 누리는 순간이야."

무조건 살고 보자는 게 모든 사람들의 공통된 소원일 텐데, 나는 지금 당장 죽어도 좋다고 말을 할 수 있는 사람만이 죽음을 다스리는 하느님께 제사를 드릴 수 있는 진정한 제사장이라고 메세드가 부연 설명을 했다. 신을 설명하고 신의 존재 유무를 모색하는 세상 모든 종교는 이미 가짜라고 했다. 신을 찾는 순간 인간은 누구나 자기 자신이 우상이 되어 버리고 만다고 했다. 제우스신도 아프로디테신도 그는 가짜라고 했다. 훈령 제사장으로서 메세드의 가르침은 다른 제사장들과 다른 영적 통찰력이 있어 보였다. 아직도 그의 가르침은 티모테오의 뇌리에 깊숙이 파편처럼 박혀 있었다. 제사장으로서 하느님에 대한 헌신과 고뇌도 있었던 메세드가 왜 아크네와의 위험한 관계를 지속했는지, 무엇 때문에 그녀를 제단의 제물처럼 무참히 살해했는지 메세드의 속마음이 궁금했다. 혹시 그녀를 사랑해서……?

* * *

"메세드 제사장님."

제우스 신전의 아크네 여사제였다.

"아니 이 늦은 시간에…….."

"메세드 제사장님 뵈러 왔지요."

"들어오세요."

메세드는 아크네가 반갑기도 했지만 동료 제사장들의 눈치가 보였다. 아크네를 성전 회랑에 붙어 있는 제사장 거처로 안내했다. 아크네는 다른 제사장들의 인기척에 신경을 쓰면서 메세드를 따라 들어갔다.

"무슨 급한 일이라도……?"

메세드는 아크네의 표정을 살피며 물었다.

"제사장님, 지난 번 말씀드렸던…….."

"또 지성소 얘기야, 안 된다고 했잖아."

언젠가 아크네는 제우스 신전의 신은 가짜 신이라고 메세드에게 실토를 한 적이 있었다. 그만큼 메세드를 신뢰했던 아크네였다. 때로 몸을 섞으며 정을 통했지만 로마 관료나 검투사들에게서 느낄 수 없는 묘한 영적 호기심이 메세드에게서 느껴졌던 것이다. 그래서 아크네는 메세드의 욕정보다 가끔씩 메세드가 들려주었던 지성소 속에 임재하는 진짜 신의 집이 궁금했던 것이다. 과연 보이지 않는 신이 성전 속 지성소에서 대제사장을 만나 준다는 것이 얼마나 매력적인 일인지 그녀는 꼭 확인하고 싶었던 것이다. 어쩌면 그녀는 메세드의 제사장직에 관심이 많았고 로마의 권력자들에게서 볼 수 없었던 신에 대한 경외심에 부러움이 없지 않았다. 어쩌면 살아 있는 인간이 신을 만난다는 것은 두렵기도 하겠지만 얼마나 흥미진진한 일이 아니겠는가. 그녀는 인간들의 향락과 쾌락만 넘실대는 제우스 신전보다는 살아 있는 신이 인간을 직접 만나 준다는 예루살렘 성전 속의 지성소가 매우 궁금했던 것이다. 남들 보기에 힘 좋은 남정네나 밝히는 음란한 여사제로 보였겠지만 그녀의 영혼 깊은 곳에서는 알 수 없는 신을 향한 영적 갈증이 있었던 것이다. 어쩌면 세상 쾌락과 물질과 권력의 허망함을 이미 깨달았는지도 모를 일이었다. 그녀는 메세드를 만날 때마다 자신의 영적 호기심을 드러냈던 것이다.

성전지기로 한 생을 다 바친 원로 제사장들조차도 늘 두려움의 대상이었던 지성소, 오직 대제사장만이 일 년에 한 번 희생 제물의 피를 가지고 들어갈 수 있는 곳이었다. 아무나 들어갈 수도 없었고 함부로 드나들다 죽어 나간다는 신성불가침 영역이었다. 그 속엔 책상 크기의 황금 법궤 하나가 찬란하게 빛나고 있었다. 싯딤나무로 만들어졌다는 법궤의 외곽은 정교하게 금박을 입혔고 순금으로 뚜껑을 해 닫았다. 뚜껑 위에는 케루빔이라 부르는 천사처럼 생긴 날개 달린 두 생물이 날개가 거의 맞닿을 듯 가까이 마주 보고 있었다. 제사장들도 두 케루빔 사이를 속죄소라 부르며 지극히 신성한 곳으로 여겼다. 유대 백성들이 법궤 자체를 숭배하지는 않았지만 신상이나 우상을 섬기지 않았던 그들에게 있어서 법궤는 유일한 하느님의 현전을 상징하는 성물임에는 틀림없었다.

법궤 속에는 언약의 비석과 금으로 만들어진 만나 항아리, 아론의 싹 난 지팡이가 들어 있었다. 법궤는 하느님이 임재하시는 자리였다. 하느님께서 인간들을 만날 때에도 법궤 위에서 만나 주셨다고 했다. 유대 민족을 향한 계시를 대제사장이 법궤 앞에서 받았다고 했다. 법궤는 그 자체로 하느님의 지상 현존이었고 거룩했기 때문에 함부로 만지거나 옮기지도 못했다. 그러나 부득이한 경우에도 법궤를 다루는 율법에 따라 엄중히 다루어졌다. 세마포와 가죽으로 겹겹이 덮어서 제사장들이 어깨에 등짐처럼 등에 지고 옮기도록 엄격히 규정했던 것이다. 주로 고핫 자손들이 전담했지만 이를 어기고 웃사라는 사람은 법궤를 수레에 실어 옮기다가 즉사를 한 적도 있다고 했다.

지성소 속의 법궤는 그 자체가 하느님의 현존이었기에 죽음의 피 없이는 함부로 만져서도 안 되었던 것이다. 광야에서 이스라엘 백성들이 행진할 때에도 법궤가 맨 앞에서 행진했고, 요단강을 건널 때에도 법궤가 앞장서서 진행하자 요단강이 갈라지는 이적도 일어났다고 전해지고 있었다. 칼과 무기로 싸워야 할 전쟁터에서도 제사장들이 법궤를 메고 나팔을 불며 함성을 질러 댔더니 적국의 성곽이 한순간에 무너져 내렸다는 전설 같은 이야기도 있었다. 법궤가 가는 곳에는 언제나 기적과 표적이 따랐다. 그러한 법궤 속의 금항아리에는 하느님이 내려 주었다는 신의 양식인 만나 한 오멜이 들어 있다고 전해졌다. 먹을 것이 궁핍했던 광야 생활 사십여 년 동안 매일같이 하늘에서 먹을 것을 내려 주었다는 것이다. 흰서리같이 고왔고 진주 같은 모양이었으며, 밤이슬처럼 내려 이슬 속에서 채집된 것 같다고 했다. 매일 하루치만 거둘 수 있었고 그 이상 거두면 아무리 저장을 잘해도 썩어 버렸다는 것이다. 그런 만나가 거친 사막의 기후 속에서 온전하게 남아 있을 리가 없었겠지만 사람들 속에서는 그 만나를 먹으면 죽음을 넘어설 수 있는 영생이 주어진다는 소문이 끊이질 않았던 것이다. 어떻게 소문을 들었는지 제우스 신전의 아크네 여사제도 메세드 제사장을 만날 때마다 지성소 속의 법궤 안에 들어 있는 금항아리에 대한 호기심을 드러냈던 것이다.

"메세드 제사장님, 금항아리 속에 들어 있다는 만나가 정말 궁금해요."

"왜, 영생하고 싶은가?"

"아뇨, 정말 하늘에서 먹을 것이 떨어졌는지 궁금해요."

"이방인은 성전 안에 들어올 수 없는 거 알잖아, 하물며 지성소는 더 말할 것도 없지. 즉사할 수 있다고."

"즉사한다고요?"

"대제사장도 죽어 나갔는데, 이방인은 말할 것도 없지."

"정말, 지성소엘 함부로 들어가면 죽나요?"

제우스 신전의 신에 대한 확신이 없었던 아크네로서는 이전보다 더욱 예루살렘 성전의 지성소 속에 숨어 있는 신에 대한 관심을 드러냈다. 그렇지 않다면 아크네는 금항아리 속의 만나가 먹고 싶었을 것이다. 하늘엔 주방도 없을 텐데 어떻게 신이 내려준 양식이라는 게 정말 있기나 하는 걸까. 인간들이 만들지 않은 하느님이 하늘에서 내려 준 먹거리라는 게 정말 있는 것일까. 어쩌면 신의 존재의 징표가 될 수도 있는 게 아닐까. 세상엔 수많은 신들이 있고 저마다 자기들이 믿는 신이 진짜라고 하지만 어느 누구도 그 신의 현존을 증명하지는 못했다. 아크네도 어쩌면 자기가 믿고 있는 제우스신도 가짜라는 것을 오래전부터 알고 있었던 것은 아닐까. 그래서 진짜 신을 찾고 있었던 것은 아닐까. 아크네는 메세드와의 친분을 이용해 성전을 자주 드나들었고, 틈만 나면 메세드에게 지성소를 한 번 구경시켜 줄 것을 간청했던 것이다.

"제사장님, 제가 제우스 신전도 구경시켜 드렸으니 지성소도 한번 보여 주셔야지요."

"안 돼."

메세드는 단호했다. 어디 이방 계집이 거룩한 성전을 그것도 지성소를 더럽힐 수 있느냐는 핀잔 섞인 거절이었다. 그럴 때마다 아크네는 메세드에게 요염한 웃음을 흘렸고 메세드의 빈틈을 노렸다. 아크네는 예루살렘 성전을 방문할 때마다 한결같이 지성소 속의 금항아리에 대한 호기심을 드러냈다. 로마의 권력자들과 검투사들을 쥐락펴락했던 아크네는 지성소 구경 정도는 일도 아닐 거라고 생각했다. 그러나 메세드의 단호한 거절로 아크네의 호기심은 갈수록 증폭되고 말았다. 아크네는 지성소라는 게 단단한 열쇠로 잠가 놓은 것도 아니고 가죽 천막으로 가려져 있다는 것을 알아내고는 언젠가는 한 번 꼭 들어가 보리라 마음을 먹었던 것이다.

아크네는 메세드에게 몸을 밀착시키며 속삭였다.

"제사장님, 제가 얼마나 제사장님을 좋아하는지 아세요."

"아크네 이러지 마, 여기가 어디라고."

메세드는 제사장 숙소이지만 아무리 그래도 거룩한 성전에서 이방 계집을 끼고 놀 수는 없다는 표정이었다. 그러나 아크네의 은밀한 추태는 이미 메세드의 몸을 뜨겁게 만들고 말았다. 그동안 절기 제사를 준비하느라 아크네와 관계를 가진 지도 꽤 시간이 흘렀음을 메세드의 몸이 반응하고 있었던 것이다. 아크네는 허벅지를 가렸던 긴치마를 벗어던졌다. 아크네는 탐욕스러운 속살을 드러낸 채 메세드에게 회향차를 건넸다. 샤프란이라는 암술 꽃대에서 추출한 회향차는 아크네가 남정네들과 관계를 가질 때마다 즐겨 마시는 일종의 최음제였다. 메세드는 회향차를 건네는 아크네의 속정을 알아차린 듯 단번에 들이켜고는 아크네를 제사장 침실로 끌고 들어갔다. 아크네의 손은 이미 메세드의 주체할 수 없는 욕정을 자극했고 메세드는 흐느적거리기 시작했다.

멀리서 로마 경비대의 나팔 소리가 들려왔다. 성전 주변을 지키는 로마 경비대의 주야간 교대 시간이었다. 아크네는 익숙하게 메세드의 몸을 자극했고 메세드가 사정을 하고 나면 깊은 잠에 빠지는 습관을 아는 터라 메세드가 잠들기까지 촉각을 곤두세우고 있었다. 아크네는 회향차에 수면제인 산조인까지 섞었으니 메세드가 깊은 잠에 빠지기만 기다리고 있었던 것이다. 드디어 메세드의 코고는 소리가 느껴졌다. 아크네는 슬며시 메세드의 품을 벗어나 성전 안으로 들어갔다.

어둑어둑한 성전 안으로 들어서니 피비린내가 진동을 했다. 가죽 샌들을 신은 아크네의 발을 누군가 바닥에서 붙드는 것처럼 성소 바닥이 몹시 끈적였다. 아크네는 더듬적거리며 성전 안을 헤매다가 마주친 벽을 더듬으면서 조금씩 앞으로 나아갔다. 차갑고 끈적한 벽면에서도 비릿한 냄새가 났다. 한쪽 벽면을 돌아서니 가죽 천막이 출렁거렸다. 하마터면 천막에 기대어 쓰러질 뻔했다. 묵직한 천막 아랫부분을 걷고 기어들어가니 앞이 캄캄했다. 아크네는 겁이 덜컥 났다. 흑암의 세력이 마치 아크네를 덮친 것처럼 몸을 움직일 수가 없었다. 어떤 알 수 없는 힘이 아크네의 다리를 붙들고 있는 것만 같았다. 이러다 정말 죽어 나가는 게 아닐까. 칠흑 같은 어둠과 그동안 메세드를 통해서 전해 들은 지성소에 대한 두려운 감정이 일거에 치밀어 올랐다. 제우스 신전을 속속들이 파헤쳤을 때와는 전혀 다른 공포심이 밀려들었다. 그냥 돌아갈까라는 후회가 밀려들었지만 법궤를 만져라도 봐야겠다고 한 발짝 앞으로 나아갔다. 어둠 속에서도 흐릿하게 빛나는 상자 하나가 형체를 드러냈다. 아마도 메세드가 말했던 황금 법궤인 것 같았다. 아크네는 만지면 죽을 수도 있다는 메세드의 말이 떠올라 순간 주춤했다.

"설마, 뭐 별수 있겠어."

아크네는 혼자 중얼거리며 조심스럽게 법궤로 추측되는 황금빛 상자를 더듬어 찾았다. 황금으로 만들어졌다는 메세드의 말대로 차가운 금속의 느낌이 들었다. 어디에선가 채 마르지 않은 피비린내가 물씬 올라왔다. 아크네는 어둠 속에서 풍기는 비릿한 피비린내에 순간적으로 살기가 느껴졌다. 누군가 아크네의 등 뒤에서 지켜보는 것만 같았다. 아크네는 한두 번 주위를 살폈지만 인기척은 없었다. 만유의 신이라는 하느님이 어떻게 이런 누추한 곳에 계실까라는 의구심도 없지 않았다. 아크네는 법궤의 손잡이를 잡으려다 한두 번 멈칫했다. 금방 하늘에서 내려앉은 듯 날개가 달린 천사 모양의 조각상이 법궤 뚜껑을 부여잡고 어둠 속에서 아크네를 째려보는 듯했다.

법궤 앞에서 몇 차례 주춤거리던 아크네가 크게 한숨을 몰아쉬더니 손을 뻗어 법궤의 뚜껑에 손을 댔다. 순간, 아크네의 손이 법궤에 달라붙는 것 같았다. 아크네가 불에 덴 것처럼 순간적으로 뒤로 물러섰다. 아크네는 자기 손끝에 묻어난 끈적한 것이 핏자국이었음을 어둠 속에서 냄새로 확인할 수 있었다.

"아니, 웬 피."

아크네는 불길한 예감이 들었다. 그냥 돌아갈까 했지만 아크네의 긴장된 손에서 흘러나온 땀이 법궤에 말라붙은 핏자국에 순간적으로 반응했다는 것을 알고는 다시 한번 법궤의 뚜껑을 만져 보았다. 상당한 양의 피가 말라붙은 법궤 뚜껑이 생각보다 묵직하게 느껴졌다. 아크네는 있는 힘을 다해 법궤의 뚜껑을 열어젖혔다. 순간 아크네의 머리가 쭈뼛했지만 아무 일도 일어나지 않았다.

"그럼, 그렇지 이런 상자가 무슨."

아크네는 메세드가 말했던 법궤의 오묘한 신통력이 궁금하기도 했지만 자기 생각이 맞을 거라는 의혹이 커지기 시작했다. 조심스럽게 열어젖힌 황금빛 법궤 속엔 아크네가 궁금해했던 금항아리가 먼지에 쌓인 채 가지런히 눕혀져 있었다. 아크네는 조심스럽게 금항아리를 품에 안고는 돌아온 길을 더듬어 성전을 몰래 빠져나왔다. 이방인이 지성소를 함부로 드나들면 죽게 된다는, 법궤를 희생제물의 피 없이 함부로 만지면 즉사한다는 메세드의 말이 아크네의 목덜미를 잡고 늘어졌지만 공허하게만 느껴졌다. 그래도 혹시나 하는 마음에 아크네는 주위를 살피며 제우스 신전 지하에 위치한 자기 숙소로 돌아왔다.

***

   얼마 후 성전 인근 저잣거리에서 이상한 소문이 돌기 시작
했다.

"지성소 속에도 신이 없대."

"하늘에서 내려 줬다는 만나도 엉터리 거짓말이래."

   제우스 신전 쪽 사람들의 입에서도 예루살렘 성전의 야훼도
가짜 신이라는 소문이 돌기 시작했다. 하늘 양식이 들어 있다는
금항아리 속에는 먼지만 잔뜩 들었다는 말이 떠돌았다. 먹으면
영생을 하게 된다는 만나라는 신의 양식도 거짓이라는 소문이
퍼졌던 것이다.

   결국 그 소문은 제사장들의 귀에까지 들어갔고 지성소 속의
금항아리가 없어진 것을 확인한 제사장들은 대책 마련에 부심
했던 것이다. 대제사장 안나스와 가야파는 로마 경비대에 항의
를 했고 제사장들을 소집해서 범인을 색출할 것을 명령했다. 지
성소 속의 법궤를 함부로 만지면 죽는다고 했지만 사건 이후 한
달이 지나도록 아크네에게는 아무런 일도 일어나지 않았다. 그
러니 예루살렘 성전 속의 신도 가짜 신이라고 떠벌리고 다닐 만
도 했던 것이다. 무엇보다도 대리석으로 휘황찬란하게 장식했

던 제우스 신전에 비해 생각보다 허접스러워 보였던 지성소 속의 법궤에 대한 조롱 섞인 소문이었다.

법궤 속 금항아리 분실 사건은 결국 산헤드린에 보고가 되었고 누구의 소행인지 밝혀야 한다고 사두가이파 사람들과 제사장들이 목소리를 높였다. 그럴 때마다 메세드는 자기 잘못으로 하느님의 성전을 더럽혔다는 생각에 자책감이 들었다. 메세드는 아크네가 평소에도 법궤에 대한 호기심을 많이 드러냈던 것을 기억하고는 분명 아크네의 짓일 거라고 단정을 했던 것이다. 메세드는 거룩한 하느님의 지성소를 더럽힌 이방 여사제를 죽여 버리겠다고 마음을 먹었던 것이다.

아니, 하느님이 메세드 자신에게 죽음의 심판을 하라고 시켰다고 생각했을 수도 있었다. 메세드는 하느님의 용서를 대신 구하는 제사장이었기에 하느님의 심판도 자기가 대신 집행할 수 있다는 신념으로 아크네를 죽이고자 했던 것이다.

산헤드린과 로마 경비대가 서로 책임 공방을 하면서 사건 수사는 지체됐고 지성소의 특성상 함부로 드나들 수 없다는 율법 때문에 현장 검증도 할 수 없는 상황이었다. 결국 금항아리 분실 사고는 미궁에 빠져들고 있었던 것이다.

그러나 메세드는 아크네의 유혹에 넘어간 그날 밤 분명 아크네의 소행일 거라고 확신을 갖고 있었다. 메세드는 아크네와 제사장 숙소에서 있었던 일을 아무에게도 말할 수도 없었고 자기밖에는 이 문제를 해결할 사람이 없다고 생각했다. 메세드는 제우스 신전의 상황을 익히 알고 있었던 터라 가급적 신전 지하에 인적이 드문 시간을 택해 숨어들었다. 평소처럼 아프로디테 여신의 축제일이라 신전 뜰에서 요란스런 행사들이 진행되고 있었다. 메세드는 주위를 살피며 신전 지하로 내려갔다. 우윳빛 대리석 계단을 따라 여사제들의 회랑으로 향했다. 평소 아크네와 정을 통했던 곳이라 익숙하게 아크네의 숙소로 숨어 들어갔다. 아무런 인기척이 없었다. 메세드는 평소 자주 드나들었던 아크네의 숙소를 샅샅이 살폈다. 그러나 어디에서도 금항아리를 찾을 수가 없었다. 메세드는 어쩔 수 없이 아크네가 숙소로 돌아오기만 기다렸다.

"어, 메세드 제사장님. 언제 오셨어요."

"아크네, 네가 그랬지?"

"뭘요?"

아크네는 메세드를 향해 애써 쓴웃음을 지으며 시치미를 뗐다.

"지성소에 들어가서 금항아리를 훔친 것."

"아, 아뇨, 제사장님 무슨 말씀을 하시는지."

아크네는 메세드에게 결코 자기가 한 짓이 아니라고 했다. 그러나 메세드는 아크네를 강하게 다그쳤다. 순식간에 메세드는 아크네의 목에 칼을 겨누었다. 양이나 염소 등 제물의 목을 땄던 네콧이라는 예리한 칼이었다. 이제 아크네가 제물이 되고 말았다.

"어디에 숨겼어?"

메세드는 양의 목을 틀어쥐듯 아크네의 목덜미를 부여잡고는 다그쳤다.

"저기, 보석함에……."

아크네는 두려움에 떨며 이실직고를 하고 말았다. 한때는 몸을 섞기도 했던 사랑하는 애인이었지만 메세드의 칼날 앞에 무릎을 꿇고 말았다. 메세드는 아크네의 방을 드나들며 정사를 나누었지만 자기가 섬기는 신을 모독한 것은 결코 용서할 수 없었다. 천하 만민을 다스리는 야훼 하느님의 거룩한 물건이 이방 신전에서 더럽혀진 것 같아 메세드는 분노가 치밀었다. 신 앞에서는 인간들의 사랑이라는 것조차 의미가 없었다. 그만큼 메세드는 유대의 신인 야훼에 대한 절대적인 믿음만 있었다. 메세드는 금항아리보다도 아크네의 목숨을 겨냥했다. 하느님의 성전에서 훔쳐온 금항아리를 회수하는 것도 중요했지만 지성소의 법궤를 감히 이방인 계집이 피 한 방울 없이 만졌다는 사실에 분개했다.

수천 년 동안 유대 민족들이 지성소를 드나들며 얼마나 많은 피를 흘렸는데, 어떻게 이방 계집이 하루아침에 지성소를 더럽힐 수가 있었는지 메세드는 아크네가 지성소를 침입했다는 소문에 화가 머리끝까지 치솟았다. 메세드는 하느님의 성전을 더럽힌 죄에 대한 심판은 마땅히 죽음으로 해야 한다고 확신했던 것이다.

"내가 그랬지, 지성소는 절대로 안 된다고. 그런데 감히 이방 계집이 거기가 어디라고."

"메, 메세드, 잠깐만······."

살기가 가득한 메세드의 눈빛에 아크네는 살려 달라고 몸부림을 쳤다. 순간의 주저함도 없이 메세드의 굵은 팔뚝에 힘이 들어갔다. 칼은 미끄러지듯 아크네의 목을 지났고 선혈이 낭자했다. 메세드의 팔을 부여잡았던 아크네의 손이 맥없이 떨어졌다. 메세드는 아크네를 방금 잡은 제물처럼 거칠게 밀쳐놓고는 피 묻은 손으로 그녀의 보석함을 뒤졌다. 온갖 금은보화와 검투사들이 선물했을 법한 아주 귀한 단검들도 보였다. 메세드는 금항아리를 찾아냈다. 아프로디테 여신을 위한 축제일이라 밖이 소란스러워 여사제들의 회랑엔 아크네의 신음소리조차 들리지 않았다. 메세드는 피 묻은 손으로 금항아리를 들고는 예루살렘 성전으로 돌아왔다.

"저주받아 마땅한 년."

메세드는 혼자 중얼거리며 아크네의 죽음을 당연시했다. 마치 하느님의 심판을 대신 집행한 죽음의 사자처럼 의연하기만 했다. 메세드는 달빛이 일렁거리는 물두멍에서 평상시처럼 피 묻은 손을 씻었다. 양의 피가 아닌 한때는 자기가 진심으로 사랑했던 여인의 피였다. 매일 아침저녁으로 제사장들이 상번제를 드리기 전에 정결의식으로 손을 씻던 곳이라, 낯설지는 않았지만 붉은 핏물에 언뜻언뜻 스치는 자기 얼굴에 메세드는 소스라치게 놀라기도 했다. 메세드는 자신의 죄책감을 조금이라도 덜어 보고 싶은 듯 한참을 물두멍에서 거칠게 손을 씻었다. 주변을 살피던 메세드는 성전 안의 적막감에 다소 위축된 듯 서둘러 숙소 안으로 몸을 숨겼다. 들고 온 금항아리를 조심스럽게 탁자 위에 올려놓고 세마포로 아크네의 핏자국을 닦아 내기 시작했다. 메세드가 금항아리의 밑동을 살피는 순간 흐릿한 문자가 눈에 들어왔다.

יהוה

"역시."

메세드는 문자의 형상이 무슨 뜻인지 익히 아는 듯했다. 아니, 소리를 낼 수 없는 자음만으로 구성된 네 개의 히브리 문자를 또렷이 읽어 내는 것만 같았다.

"오, 야훼."

메세드는 누군가를 조심스럽게 부르는 듯이 속으로 읊조렸다. 그러나 메세드는 휘장 너머 지성소 안의 법궤 속에 어떻게 금항아리를 가져다 놓을지 고민이 되었다. 피 없이 하느님의 법궤를 만지거나 지성소에 들어가면 죽임을 당한다고 했는데, 그런데 이방 여인인 아크네는 왜 죽질 않고 여태 살아 있었던 것인가. 메세드는 아마도 하느님의 선택을 받지 못한 이방인이라서 하느님의 저주도 받지 않았을 것이라고 생각했다.

어쨌든 메세드는 자기가 직접 지성소엘 들어가는 것도 께름칙했다. 당분간 금항아리를 자기 숙소에 숨겨 두기로 했다. 메세드 자신도 전설로만 들었던 금항아리 속의 만나가 몹시 궁금하기도 했다. 그러나 금항아리 속에는 먼지만 가득할 뿐 만나 비슷한 것도 없었다. 광야에서 히브리인들이 굶주렸을 때에 사십여 년 동안 하느님이 직접 하늘로부터 내려 주었다고 했다. 하루만 지나면 썩어 버려서 비축할 필요도 없었다는, 이 세상에는 없는 양식이라 그 이름조차도 '이게 무엇이지'라는 뜻의 만나. 후대에게 하늘 양식을 먹고 살아남은 특별한 선택을 받은 민족이라는 확실한 표징이었다. 그러나 후손들에게 하느님이 먹여 살리는 백성이라는 자부심을 가지라고 보관했다는 금항아리 속의 만나는 흔적도 없었다. 혹시 아크네가 어떻게 한 것은 아닐까 싶었지만 메세드는 수천 년이 넘는 세월 동안 보존될 수 없는 게 당연하다고 생각했다. 당시 광야에서도 하루만 지나면 썩어 버렸다고 했는데 어떻게 수천 년을 보존시킬 수 있었겠는가. 메세드는 순간 만나처럼 하느님도 휘장너머 지성소 속에 없는 것은 아닐까라는 의구심이 스쳤다.

한번 아무도 몰래 들어가 볼까, 메세드는 이런저런 생각에 잠을 들지 못하고 뒤척이다가 성전 안의 모든 제사장들이 물러간 사이에 지성소에 들어가 봐야겠다고 작심을 했다. 제사장들이 하루일과를 마치고 돌아가면 로마 경비대 소속 병사들이 성전 주변을 지켰고 몇몇 사두가인들이 성전 잡무를 처리하느라 늦게까지 남아 있기도 했다.

메세드는 성전에 용무가 있는 것처럼 금항아리를 가지고 성소 안으로 몰래 숨어 들어갔다. 사두가인들도 메세드의 성정을 익히 아는지라 그의 행적을 수상히 여기지는 않았다. 성전 안도 창문이 없어서 캄캄한데 두꺼운 가죽 휘장으로 가려진 지성소 안은 흑암 그 자체였다. 더듬적거리며 금항아리를 들고 지성소의 휘장을 조심스럽게 걷어 올렸다. 평소 절기 제사에 뽑혀서 드나들던 때의 지성소 분위기와는 전혀 딴판이었다. 두려움과 알 수 없는 공포심이 밀려들었다.

피 없이 법궤를 만지면 죽어나간다고 했지만 설령 메세드 자신이 즉사를 해도 어쩔 수 없었다. 자신 때문에 일어난 일이라 자신이 책임질 수밖에 없었다. 금항아리를 제자리에 가져다 놓아야 한다는 일념에 메세드는 한 발짝씩 법궤 앞으로 조심스럽게 다가갔다. 짙은 어둠만큼이나 적막감도 깊었다. 메세드의 등줄기에선 식은땀이 줄줄 흘러내렸다.

칠흑 같은 어둠 속에서도 법궤를 둘러싼 황금빛 조각상이 흐릿하게 모습을 드러냈다. 아무런 인기척도 없었고 두려운 하느님의 임재도 느껴지지 않았다. 혹시 잠들었던 하느님이 깨어나기라도 한다면 큰일이라도 일어날 것 같은 두려움이 엄습했지만 메세드는 법궤 사변에 매달린 금 고리를 조심스럽게 흔들어 보았다. 법궤 안에 하느님이 계시다면 응답을 한 번 해 주시라는 듯 간절한 마음으로 묵직한 법궤의 뚜껑을 흔들어 보기도 했다. 얼마나 긴장을 했는지 땀으로 축축해진 메세드의 손바닥이 법궤의 금 고리에 끈적하게 달라붙는 것만 같았다. 마치 숨어계신 하느님이 메세드의 손을 부여잡고 말리기라도 하는 것처럼.

그러나 인기척은커녕 먼지만 풀썩거렸다. 메세드가 다시 한번 용기를 내어 묵직한 법궤의 뚜껑을 열어젖혔다. 커다란 돌덩어리와 막대기 같은 것이 흐릿하게 형체를 드러냈다. 메세드는 토라를 학습할 때 배웠던 언약 돌판과 아론의 싹 난 지팡이일 거라고 생각했다. 메세드는 법궤 한쪽 구석에 금항아리를 조심스럽게 내려놓고는 법궤의 뚜껑을 닫았다.

순간, 아주 오래된 쾌쾌한 먼지 냄새가 코를 찔렀다. 메세드는 지성소가 하느님이 머무시는 보좌가 아니라 아주 오래된 창고 같은 곳이라는 생각이 문득 스쳤다. 피 없이 법궤를 만지면 즉사한다는 율법의 가르침이 메세드를 집요하게 흔들었지만 메세드 자신의 심장이 멈추거나 숨이 막히지도 않았다. 메세드는 혹시라도 자신의 생명이 어디선가 빠져나가고 있는 것은 아닌지 다리를 움직여 보기도 했고 손을 흔들어 보기도 했다. 법궤를 만지기 전이나 별반 달라지지 않았다는 생각에 차츰 두려움도 없어졌다. 메세드는 두 눈을 부릅뜨고 지성소 속을 샅샅이 살펴보았다. 이제 메세드는 하느님의 임재가 아니라 하느님의 흔적이라도 남아 있는지 찾아보고 싶었던 것이다. 그렇게 오랜 세월 동안 하느님이 친히 임재하신다는 공간으로서 수많은 제사장들에게 두려움과 공포의 대상이었던 지성소 속을 샅샅이 훑어보며 메세드는 점점 하느님의 존재에 대한 의혹이 커져만 갔다. 메세드는 유월절 절기 무렵 성전 뜰에서 성전을 부서 버리라고 외쳐 댔던 낯선 히브리 청년의 외침이 문득 떠올랐다.

'어떻게 보이지 않는 신이 보이는 건물 속에 숨어 있을 수 있단 말인가.' 메세드는 혼자 중얼거리며 지성소를 휘감았던 바다표범의 가죽으로 만들었다는 휘장을 크게 흔들어 보기도 했다. 마치 오랜 세월 동안 속아 왔던 하느님의 허상을 털어 내려는 듯 메세드는 지성소의 휘장의 안팎을 주먹으로 두드리며 그 자리에 털썩 주저앉고 말았다. 순간 메세드는 아크네를 죽인 것이 후회가 되었지만 이제 와서 후회한들 소용없는 일이었다.

히브리 청년, 그는 도대체 누구란 말인가.

새파랗게 젊은 청년이 어떻게 지성소 속에 하느님이 없다는 것을 알고 부서 버리라고 외쳐 댔을까. 메세드는 히브리 청년의 정체가 궁금했고, 만나보고도 싶었지만 알아낼 수 있는 방법이 없었다.

메세드는 알면 안 되는 신성한 비밀의 문을 열어젖힌 것처럼 속이 후련하기도 했지만 가슴 깊이 밀려드는 공허감에 잠을 이룰 수가 없었다. 제사장으로 얼마나 많은 애꿎은 짐승들의 피를 흘리게 했는지, 진짜 신을 만나고 싶어 했던 아크네의 영적 호기심을 죽음으로 심판해 버린 자신의 죄책을 견딜 수가 없었다.

다음 날, 메세드는 산헤드린에 자진 출두하여 자수를 했다. 로마의 통치 속에서도 산헤드린은 자치 기구로서 온갖 죄수들을 재판하며 처벌을 했다. 산헤드린의 구성원들 대다수가 성전의 행정을 맡고 있는 사두가이파 사람들과 바리사이파 사람들이 차지하고 있었다. 결국 이방 신전의 여사제의 죽음조차도 쉽게 덮어 버릴 수도 있었지만 메세드가 자수를 하는 바람에 어쩔 수 없이 재판이 열리게 된 것이다.

예루살렘 성전의 제사장이 제우스 신전의 여사제를 무참히 살해했다는 소문은 유대 사회를 둘로 양분시킬 수도 있고 종교적 갈등을 증폭시킬 수도 있다는 판단에 산헤드린에서는 가급적 소리 소문 없이 처리하려고 했다. 그래서 몇몇 대제사장들이 메세드를 만나 회유를 시도했지만 메세드의 자백은 흔들리지 않았다. 아크네가 뭇 남성들의 손을 타는 이방 종교의 여사제에 불과했지만 그래도 메세드는 아크네를 사랑했었다는 감정의 찌꺼기가 남아 있는 듯했다. 그녀를 향한 최소한의 양심의 고백을 하고 싶었던 것이다.

결국 메세드는 산헤드린의 일차 재판을 거쳐 곧바로 살인죄로 유대의 로마 관원 지하 감옥에 갇혔다. 사형에 해당할 정도의 중죄인에 대한 법적 사형 집행권은 여전히 로마 제국의 유대 총독들에게 있었던 것이다. 식민지였던 유대 백성들에 대한 위엄과 권위를 나타내기 위한 법적 조치였던 것이다.

로마 관원의 음습한 지하 감옥에 갇힌 메세드는 아크네를 죽인 것이 몹시 후회가 됐다. 지성소 속의 성물은 희생 제물의 피 없이 만지기만 해도 즉사한다고 했지만 아크네가 금항아리를 훔치고도 멀쩡했던 걸 보면 뭔가 이상하다는 의혹이 들기도 했다.

"메세드, 메세드."

낯익은 목소리가 흐릿한 불빛을 흔들며 지하 통로를 타고 울려왔다. 아히멜렉 대제사장의 목소리였다.

"네, 대제사장님, 여깁니다."

발목까지 쇠사슬에 묶여 있던 메세드가 비틀거리며 겨우 일어섰다.

"괜찮아 그냥 앉아 있게."

"어떻게 대제사장님이 여기까지……."

"메세드, 힘들지, 그까짓 금항아리 때문에 사람을 죽이면 어떻게 하나."

"대제사장님, 죄송합니다. 감히 이방 계집이 지성소를 더럽혀서."

"자네가 더 더럽다는 생각은 안 해 봤나."

"아니, 대제사장님……."

메세드는 할 말을 잃고 말았다. 어쩌면 아히멜렉 대제사장이 그날의 일을 알고 있는지도 모를 일이었다. 아크네와의 관계도 이미 알고 있으면서 그동안 모른 척한 것은 아닌지 메세드는 스스로 위축되었다.

"메세드, 너무 놀라지 말게, 자네가 목숨처럼 여겼던 금항아리 뿐만 아니라 그 지성소 안의 모든 성물이 다 가짜야, 법궤도 가짜라고."

"네에, 뭐라구요?"

메세드는 평소에도 허튼 소리를 못하는 아히멜렉 대제사장의 강직한 성품을 익히 알고 있었기에 그의 말에 더 큰 충격을 받았다.

"자네도 알다시피 이미 수백 년 전부터 예루살렘 성전은 바벨론을 비롯해 몇몇 나라들의 외세에 침략을 받았었지. 그들이 침공하면 꼭 성전을 훼파했고 성전 안 기물들을 약탈해 갔다고. 전리품으로 황금과 보석에 눈 먼 그들이 황금으로 뒤덮여 있었던 성전의 지성소를 그냥 지나쳤겠나. 크고 묵직한 황금 법궤를 가만 둘리가 없었겠지, 더군다나 바알을 숭배했던 므낫세 왕조차도 지성소에 아세라 우상을 봉안하겠다고 법궤를 치워 버리라고 명령을 했을 정도였으니 그때에도 제사장들이 가만있었겠나. 므낫세 왕의 폭정에 맞서 수많은 제사장들이 목숨을 걸고 법궤를 지켰지만 결국은 법궤가 손상될까 봐 어딘가에 숨겼다는 거야. 이런저런 사연으로 전승에 의하면 훗날 예레미야 선지자가 지하 동굴에 숨겼다는 이야기도 있었지만 아직까지 진짜 법궤가 어디에 있는지 아무도 몰라. 파괴되어 이미 없어졌을 수도 있고, 하여튼 하느님의 지상 임재의 도구가 처음부터 없었던 것처럼 소리 소문도 없이 없어졌다는 것이 놀랍기도 하지. 아마 먼 훗날 사람들이 또다시 법궤를 찾아 나설 거야."

"그래도, 제사장들이 목숨을 걸고 지키지 않았을까요."

"메세드, 백성들이 모두 노예로 끌려갈 정도로 나라가 초토화되었는데 제사장들이라고 별수 있었겠나. 하긴 법궤를 보관하기 위해서 처음으로 성전을 지었던 솔로몬 왕 시절에 이미 없어졌을 거라는 전승도 있었다네."

"대제사장님, 제가 알기로 솔로몬 왕은 법궤를 가장 소중히 여겼던 왕이라고 배웠는데요. 어떻게 그가 법궤를……."

"그냥 전해지는 이야기야, 들어 두게. 자네도 알 걸세. 솔로몬 왕과 시바의 여왕 사이의 애정 행각을, 아마 그 사이에 아들이 하나 있었다지. 사랑하는 여인에게서 나온 아들이었으니 솔로몬 왕은 그에게도 신적 권위를 부여하고 싶었던 거야. 그래서 당시 레위 제사장들 집안의 장남들을 하나씩 뽑아서 법궤와 함께 시바 지역으로 몰래 보냈다는 거야."

"그럴 리가요."

"그래, 법궤의 행방이 궁금했던 옛날 사람들의 추측일 수도 있겠지. 그러나 자네도 알다시피 유월절 절기마다 시바 지역에서 예루살렘까지 순례를 오는 피부색이 검은 유대인들을 가끔 보지 않았나, 그들의 뿌리가 솔로몬 왕이라는 거야. 재미있는 것은 그들의 공동체엔 모두가 법궤를 만들어 모시고 있대. 악숨 지역의 어떤 공동체엔 법궤만 일평생 지키는 수도사들도 있었다는 거야. 어두컴컴한 동굴 속에서 일평생을 보내느라 시력도 잃고 등도 굽은 채로 법궤만 지키다가 죽어가는 수도사들, 글쎄 가짜 법궤를 수백 년 동안 지킬 필요가 있었을까, 어쨌든 악숨 지역 공동체엔 수만 개의 법궤가 존재하는데, 나무를 숨기려면 숲에다 숨겨야 하지 않겠나, 그래서 진짜 법궤 하나를 숨기기 위하여 수만 개의 가짜 법궤를 만들어서 갖고 있다는 거야."

"한 번 찾아가서 법궤를 꼭 보고 싶은데요."

"목숨을 걸고 법궤를 지키는 수도사들 일부만 볼 수가 있대. 외부인들은 어느 누구도 본 사람이 없다는 거야, 죽을 수도 있으니까."

"그렇다면 예루살렘 성전의 지성소에 있는 법궤도 가짜란 겁니까. 말도 안 돼, 어떻게 그 오랜 세월 동안 가짜 법궤를 놓고 짐승을 잡아서 희생 제사를 드렸다는 거지요?"

메세드는 자기가 아크네를 죽였다는 사실보다도 지성소 속의 법 궤가 가짜였다는 아히멜렉의 말에 더 큰 실망을 하는 눈치였다.

"진정하게 메세드, 자네처럼 그때 당시 제사장들도 많은 고민을 하지 않았겠나, 유대 민족의 정신적인 지주였고 생명과도 같았던 성전인데, 자네도 알다시피 그 성전의 중심은 법궤가 아닌가. 법궤 봉안을 위해서 성전이 필요했던 거지. 그것도 하느님을 마주했다 는 모세의 법궤, 수많은 이적과 표적을 통해 하느님의 지상 임재를 똑똑히 보여 줬던, 수천 수만 명을 죽이기도 했고 살리기도 했던, 솔로몬이 법궤를 성전으로 가지고 들어가자 성전에 있던 모든 황 금 나무에 물기가 가득 차오르며 풍성한 열매를 맺었다고 노래를 할 정도였다고. 그러한 법궤를 분실했으니 제사장들의 고민이 이 만저만 아니었겠지. 법궤 위의 두 개의 황금 케루빔 사이에서 백성 들을 만나 준다고 하느님이 약속까지 했었는데 법궤가 빠진 성전 은 이미 성전이 아니었던 거야. 캄캄한 지성소를 드나들었던 대제 사장들의 말에 의하면 법궤에서 이 세상 것이 아닌 신비한 빛이 흘 러나왔다는 거야. 그 빛의 안내를 받아 거룩한 제사를 드렸지만 법 궤를 잃어버리고는 지성소의 캄캄한 어둠 속에서 길을 잃고 경황

없이 제사를 드릴 수밖에 없었다는 거야.

알맹이가 빠진 껍데기만 붙들고 제사를 드린다는 사실을 유대 백성들이 알았다면 성전에 제사를 드리러 나왔겠는가. 결국 성전의 희생제사가 무너지면 율법도 무의미해져서 나라의 근간이 흔들릴 게 뻔하지 않은가. 제사장도 필요 없을 테고 그러니 제사장직을 독차지했던 레위 족속들이 자기들의 권한도 없어질 것 같으니까 결국 법궤를 몰래 만들어 버린 거라고. 고대 경전에 법궤의 크기나 구체적인 제작 방법이 다 나와 있었거든. 몇몇 제사장들이 장인들을 불러서 비밀리에 다시 제작을 한 거라고. 그리고 그들을 다 죽여 버렸다는 거야. 법궤에 대한 비밀이 새어나가지 않도록."

"어떻게 아무도 몰랐지요."

"아무도 모르기는. 나도 알고 있잖아. 자네 살인 사건만 아니었으면 나도 입 다물고 죽었을 거야. 성전 권력을 쥔 사두가인들과 레위 족속들이 목숨을 걸고 철저히 함구에 붙였겠지. 또 자네가 알았으면 어떻게 했을 건데, 법궤가 진짜냐 가짜냐 그게 중요한 게 아니라 죽음의 피를 받으시는 하느님의 현존이 더 중요한 거야. 자네는 그동안 제사를 드렸지만 눈에 보이고 손으로 만져지는 법궤를 통해서만 하느님을 보려고 했지 눈에 보이지 않는 죽음이라는 사건을 통해서 만나 주시는 하느님의 임재를 경험하지 못 한 거야.

그러니 헛짓을 한 거라고, 애매히 사람이나 죽이고."

아히멜렉 대제사장은 메세드를 추궁하듯 목소리를 높였다.

"대제사장님 죄송합니다."

메세드는 혈통적인 레위인으로서 뿐만 아니라 제사장으로서의 신앙과 믿음이 통째로 흔들리고 있었다. 아니 제사장으로서 애매한 목숨만 희생시킨 자신의 무지에 화가 나기도 했다. 사실 돌이켜 보니 메세드 자신이 제사장직을 수행하는 동안에도 지성소를 드나들던 대제사장들이 단 한 번도 죽어나간 적도 없었던 것이다.

"이제 성전 제사는 더 이상 의미가 없겠군요."

"무슨 소리야, 그림자를 잘 따라가면 실체가 드러나는 법이지, 법궤는 앞으로 오실 메시아의 그림자에 지나지 않지만 그가 나타나면 법궤와 성전의 실체가 다 드러나게 될 거야. 지난 수백 년 세월 동안 어느 누구도 성전의 허울을 걷어 내지 못했다고. 유대 민족 가운데 가장 막강하고 오래된 권력이잖아. 어느 누가 그 세력에 도전하겠어, 죽음을 각오해야지. 결국 메시아의 적은 유대 종교일 수밖에 없다고.

참 우습지, 목숨 걸고 하느님을 섬긴 일이 정작 하느님을 대적하는 짓이었으니. 그래서 인간들로부터 시작된 모든 종교 의식은 다 가짜라고. 그런 가짜를 붙들고 우매한 백성들에게 진짜처럼 가르쳤으니 자네도 가짜고 나도 가짜야. 인간들의 정성과 희생, 봉사 다 소용없는 짓들이야, 다 저 살겠다고 하는 짓들이잖아. 자네와 내가 일평생 성전에서 한 일이 무엇인가. 모조리 죽이고 태워 없애 버리는 일이 아니었나. 하느님은 인간들로부터 아무것도 받지 않겠다는 뜻이야, 하느님이 주신 것만 돌려받으시는 분이라고. 그게 뭐겠어 생명이겠지. 그래서 제사장들이 생명의 징표인 피를 들고 지성소에 들어갔던 거야. 그 피는 곧 죽음의 제물이고. 그래도 진짜 법궤를 찾고 싶은가."

순간 메세드는 예루살렘 성전을 부서 버리라고 거침없이 소리 질렀던 히브리 청년의 외침이 떠올랐다. 손으로 지은 성전을 부서 버리면 손으로 짓지 아니한 새 성전을 사흘 만에 세우겠다는 그는 도대체 누구이길래 지성소 안을 꿰뚫어 보고 있었을까. 아히멜렉 같은 대제사장도 아니었고 레위 족속도 아니었을 텐데 그의 정체가 몹시 궁금했다. 메세드는 갑자기 히브리 청년이 보고 싶어졌다. 이미, 유월절 무렵 성전 마당을 뒤집어 놓고 성전을 부서 버리라고 선동했던 히브리 청년은 신성 모독죄로 재판을 받고 있던 중이었다.

며칠 후 메세드는 히브리 청년과 함께 산헤드린의 재판정에서 마주하게 되었다. 서른 남짓의 청년치고는 살아 있는 눈빛이 예사롭질 않았다.

"자기가 하느님의 아들이라고 했다고."

메세드는 히브리 청년을 심문하는 산헤드린 법정에서 흘러나오
는 공소 사실에 놀라고 말았다.

"그럼, 저 새파랗게 젊은 청년이 지성소의 휘장 너머에서 그동안
우리를 지켜보았다고, 법궤도 가짜라더니 하느님도 가짜 아냐."

메세드는 너무도 어이없는 듯 헛웃음을 지으며 혼잣말로 중얼거
렸다. 새로이 부임한 헤롯 총독은 유대 민족들의 반란을 염려하여
가급적 유대 사람들의 재판에 관여하지 않았고 특히 제사장들의
범죄에 대하여는 지나치게 관대한 편이었다. 성전을 자기 목숨보
다도 중요시하는 유대 사람들의 심기를 잘못 건드리면 마카비 혁
명처럼 나라의 근간을 흔들 수도 있는 민란이 또 일어날까 봐 늘 노
심초사였던 것이다. 그래서 히브리 청년의 심문조차도 로마 법정
에서 먼저 하지 않았고 산헤드린 법정에서 열리도록 방관했던 것
이다. 너희 유대 사람들끼리 다투어 보라는 심사였다. 일종의 분열
정책이었던 것이다.

대제사장인 가야파가 산헤드린 심리법정을 소집했고, 히브리 청
년을 끌고 와 정식 재판을 시작하도록 요청한 것은, 금요일 아침이
었다. 산헤드린은 이전에 열렸던 세 번의 회의에서, 율법을 어긴

것과 신성 모독죄 그리고 유대의 전통을 경멸한 것에 대한 비공식 고소에 따라 처형하는 것이 마땅하다고 은밀히 결의를 했던 것이다. 법적 사형 집행권이 없었음에도 그들은 어떻게 해서든 처단을 시키겠다고 모략을 세웠던 것이다.

* * *

"미친놈."

"능지처참할 놈."

"당장 죽여 버려."

우윳빛 대리석 건물로 지어진 산헤드린의 법정, 평소보다 많은 사람들이 몰려들기도 했지만 높은 천정 탓인지 여기저기서 비아냥거리는 소리가 메세드의 귓전 가까이 울려왔다. 높은 단 위에는 길게 늘어진 검은색 제복을 입은 산헤드린 재판관들 몇몇이 근엄한 표정으로 앉아 있었다. 반대편 낮은 곳에는 지친 모습으로 서 있는 히브리 청년이 고개를 숙이고 있었다. 몇몇 유대 사람들이 그를 향하여 손가락질을 하며 저주를 퍼붓고 있었던 것이다. 조용히 하라고 관원들이 제지를 했지만 그들의 분노는 쉽게 가라앉질 않았다.

사실 대제사장 안나스와 그의 수하 사람들은 수일 전부터 산 헤드린의 회원들을 미리 접촉하고 있었던 것이다. 성전의 행정적인 일을 맡았던 사두가이파 사람들은 히브리 청년을 제거하려고 했지만 일부 바리사이파 사람들은 히브리 청년을 옹호하는 듯한 발언을 했기 때문이었다. 어떻게 해서든 성전의 이권과 헤게모니를 잡고 있었던 대제사장 안나스의 무리들은 성전과 하느님을 모독했다는 죄목으로 히브리 청년을 제거하고 싶었던 것이다.

그러나 히브리 청년을 로마 제국 유대 총독부에 하느님과 성전에 대한 참람죄로 기소하는 것은 별 의미가 없다고 생각했다. 참람죄는 유대 백성들에게만 해당되는 종교적 범죄로서 산헤드린에서 다룰 수밖에 없었다. 특히 산헤드린에는 법적 사형권이 없었기에 히브리 청년을 제거하기가 쉽지 않았던 것이다. 결국 참람죄로 로마 총독부로 히브리 청년을 이송해도 사형에 처할 수 있는 범죄항목이 될 수 없었던 것이다. 결국 그들은 히브리 청년이 선량한 백성들을 미혹했고 로마의 황제에게 세금 바치는 것을 금했으며, 자칭 유대의 왕이라고 말하는 등 백성들을 거짓으로 선동하고 속였다는 정치적 죄목을 뒤집어 씌워 다시 기소했던 것이다.

대제사장 안나스는 성전의 환전상들과 결탁하여 막대한 부를 축적했고 그것을 이용하여 로마 총독부의 통치자들과 인맥을 형성하고 있었기에 충분히 가능했던 일이다. 히브리 청년이 성전에서 환전상들의 책상을 뒤엎으며 채찍을 휘둘러 쫓아냈으니 이는 대제사장 안나스의 권위에 도전한 것이나 마찬가지였던 것이다.

그러니 대제사장 안나스는 산헤드린과 헤롯 총독, 본시오 빌라도 등 당대의 실세들과 내통하고 있었고 일개 청년 하나쯤 제거하는 것은 일도 아니었다. 더군다나 예로부터 유대 민족들은 하느님의 이름조차도 함부로 입에 올리지 못하게 했다. 오죽했으면 하느님을 뜻하는 יהוה 히브리 문자에도 발음을 못 하도록 모음을 넣지 않았던 것이다. 하지 말라면 더 하고 싶은 게 인간의 욕망이라고 했던가, 유대 백성들은 어떻게 해서든 하느님을 부르고 싶은 욕망을 주체하지 못했다. 힘들 때 도와 달라고 소리 질러 불러 대고 싶은 하느님이 필요했던 것이다. 그들은 상대가 신이든 인간이든 상대방의 이름만 알아내면 좌지우지하고 소유할 수 있다고 믿었던 것이다.

결국 그들은 יהוה 하느님을 표기했던 히브리 문자의 자음 네 글자에 아, 도, 나, 이라는, 즉 '주'라는 뜻의 모음을 붙여서 결국 '야훼'라는 하느님의 이름도 아닌 이름을 붙여 부르게 되었던 것이다. 정작 세상에 알려진 이름 있는 신들은 모두 인간들이 만들어 낸 가짜 신일 텐데, 결국 유대 백성들은 이름 없는 하느님을 이름 있는 신처럼 섬겼던 것이다. 글을 쓸 때에도 하느님이라는 글자만 나오면 따로 사용하는 전용 붓을 구별할 정도로 하느님을 향한 정성과 경외가 끝이 없었다.

그런데 어떻게 새파랗게 젊은 히브리 청년이 내가 바로 너희들이 찾는 하느님의 아들이라고 떠들어 댔으니 유대 사람들로서는 어이가 없는 정도가 아니라 신성모독도 그런 신성모독이 없었던 것이다.

그러니 당시 백성들의 생사여탈권을 쥐고 있었고, 성전을 목숨처럼 여겼던 산헤드린 의원들이 그를 신성 모독죄로 처벌하는 것은 당연한 수순이었던 것이다. 로마의 지배자들도 유대 사람들이 성전을 목숨처럼 여긴다는 사실을 알고는 유대 사람들의 환심을 사기 위해 로마의 경비대를 보내 성전 주변의 경계를 서 주기도 했고 망대까지 세워서 성전 주변을 지켜 주었다. 심지어 헤롯은 성전 외벽에까지 금으로 치장할 수 있을 정도로 상당한 양의 금괴를 하사하여 환심을 사기도 했다. 덕분에 예루살렘 성전은 십 리 밖에서도 눈에 띌 정도로 찬란한 빛을 발했다.

그렇게 유대 백성들이 애지중지하는 성전을 서른 남짓의 청년이 부서 버리라고 외쳐 댔으니 아마도 수천 년 유대 역사 가운데 전무후무한 사건이었던 것이다.

결국 로마의 통치자들도 유대 민족의 민란을 잠재우기 위해서는 당연히 히브리 청년을 제거하는 것이 유리하다고 생각했다. 어느 누구 하나 그의 말에 귀를 기울이거나 도대체 그가 누구일까라는 관심조차 갖지 않는 것은 당연한 일이었다.

모두들 하나같이 그를 미친놈 취급을 하고 말았던 것이다. 감히 하느님의 집인 성전을 부서 버리라는 것이 유대 민족으로서는 참을 수 없는 성전 모독이었지만, 모두가 신의 경지에 오르고 싶은 종교적인 인간들 속에서 자기만 신이라고 외쳐 댔으니 죽여 마땅한 죄인이었던 것이다.

그러나 메세드는 피고인으로서 곁에 서 있는 그의 눈빛에서 아득한 긍휼을 느꼈다. 메세드는 아크네를 죽인 살인자로서 재판정에 서 있었지만 그는 '내가 잠시 정신없는 소리를 했습니다. 용서해 주세요'라는 한 마디만 해도 용서받을 수도 있는 일이었다. 그러나 그는 단호했고, 죽음을 각오한 듯했다.

메세드는 금항아리 때문에 지성소 속을 헤집다가 하느님이 없다는 것을 눈치챘지만 저 히브리 청년은 제사장도 아니면서 어떻게 하느님이 지성소에 계시지 않는다는 사실을 알아냈는지 궁금했다. 수천 년 동안 유대 민족들이 목숨처럼 지켜온 피의 제사를 하느님이 받지도 않으니 때려치우라고 외쳐 댈 수 있었는지 의아했던 것이다. 히브리 청년도 나처럼 지성소의 죽음의 휘장 너머를 몰래 훔쳐봤을까, 아니면 정말 그의 말대로 하늘로부터 내려온 하느님의 사람이 아닐까.

메세드는 이런저런 생각을 해 봤지만 히브리 청년의 말과 행동을 도무지 이해할 수가 없었다. 결국 모든 재판 과정은 산헤드린의 헤게모니를 쥐고 있는 사두가이파 사람들과 바리사이파 사람, 서기관들의 의도대로 진행되고 있었다. 메세드 역시 이방 신전의 여사제를 죽인 살인죄로 히브리 청년과 함께 재판에 넘겨졌다. 그러나 법적 사형집행권이 없었던 산헤드린의 재판 결과로 모든 게 끝나는 것은 아니었다. 메세드는 그동안 대부분 살인자들이 극형에 처해졌던 관례가 있어서 두렵기도 했지만 자기의 처지가 어찌 되었든 아무런 상관이 없었다. 오직 히브리 청년의 일거수일투족에 관심이 쏠렸다. 할 수만 있다면 그에게 다가가 당신의 정체가 무엇인지 묻고도 싶었다.

'정말 하느님의 사람일까? 아니면 젊은 혈기에 광분한 청년일까.'

메세드는 자기는 사람을 죽였으니 형벌을 받는 게 마땅하지만 히브리 청년은 죽을 만큼 잘못을 저지른 것은 결코 아니라고 생각했다. 법궤도 없고 하느님의 임재도 없는 성전을 헐어 버리라는 게 무엇이 잘못됐다는 말인가. 오히려 하느님도 없는 성전에서 하느님을 위해 정성을 바치라고 온갖 제물을 가져오게 했던 어리석은 제사장들이 처벌을 받는 게 마땅한 게 아닌가.

그동안 애매한 짐승들만 죽이고 헛짓만 하게 만든 제사장들의 영적 무지에 더 엄한 형벌이 내려져야 하는 게 아닌가. 메세드는 자신도 어리석은 제사장이었음이 이렇게 후회된 적이 없었다. 메세드는 점점 히브리 청년의 말이 진실일 것 같은 믿음이 생겼다.

산헤드린 법정에서 단 한 사람도 히브리 청년을 변호해 주는 사람이 없었지만 메세드는 마음속으로 법정의 공소 사실에 일일이 대꾸를 하고 있었던 것이다. 당장이라도 히브리 청년의 말이 사실이라고 외쳐 대고 싶었지만, 내가 지성소 속의 법궤 뚜껑도 열어 보았지만 어디에도 하느님의 흔적은 없었다고 소리치고 싶었지만, 손목과 발목까지 철 수갑에 묶인 살인자의 말에 누가 귀를 기울이겠는가. 메세드는 자괴감에 고개를 가로저었다.

결국 히브리 청년은 유대 성전을 모독한 것과 백성들을 반란으로 선동하였다는 것, 백성들이 로마 황제에게 세금을 내는 것을 방해했고, 자신을 유대의 왕이라 자칭하며, 새로운 왕국의 건립을 가르쳤다는 일방적인 죄목으로 사형에 처한다는 판결을 받고 말았다.

한 마디 변론도 없이 일방적인 죄목에 의해 판결이 내려졌다. 산헤드린의 재판이 끝난 히브리 청년이 발목에 찬 철 수갑 때문인지 힘겹게 재판정을 빠져나가는 뒷모습이 안쓰러워 보였다. 메세드의 발목에도 묵직한 철 수갑이 채워져 있어서 그에게 가까이 다가갈 수도 없는 상태였다. 메세드는 히브리 청년을 붙들고 꼭 물어보고 싶은 게 있었다.

"당신은 어떻게 지성소 속에 하느님이 없다는 것을 알아냈는지."

메세드도 제정신이 아닌 듯했다.

* * *

유월절 절기가 가까워지면서 후덥지근한 날씨에 모래 폭풍까지 몰려와 숨이 막힐 지경이었다. 유대 관원 건물의 지하 감옥은 각종 오물로 인한 악취가 진동했다. 히브리 청년과 메세드는 산헤드린으로부터 사형이라는 처분을 받았지만 로마의 통치를 받고 있는 상황이라 로마의 통치자로부터 합법적인 재판이 진행되었나를 검증 받은 뒤에 최종적인 형벌이 확정되는 것이다.

당시 총독이었던 본시오 빌라도로부터 재차 심문을 받게 되
면 최종적인 판결이 내려지게 되는 것이다.

　다음날, 로마 군인들에 의해 히브리 청년은 손이 뒤로 묶인 채
로 끌려 나갔다. 메세드는 걱정스러운 눈빛으로 그의 뒷모습을
지켜보았다.

　당시 본시오 빌라도는 티베리우스 황제에게 인정을 받아 유
대와 사마리아 지방의 총독을 십 년째 맡고 있었다. 그러니 유
대 사람들의 성전에 대한 집착과 종교적 독선이 얼마나 강렬한
지 익히 알고 있었다. 유대 지역에 주둔하고 있는 로마 군인들
의 방패나 군기에 그려진 황제의 형상이 우상 숭배에 해당하니
없애 달라고 집요하게 항의했던 유대의 종교 지도자들 때문에
곤욕을 치른 적도 있었다.

　그렇지 않아도 이번 일로 산헤드린 소속 안나스와 가야파 사
람들이 본시오 빌라도를 몰래 찾아와 히브리 청년을 제거하는
데 도와 달라고 은밀히 간청을 했던 것이다. 본시오 빌라도는
유대 사람들이 자기 백성들에 대한 혈통적 연대감이 얼마나 견
고한지 알고 있었는데 어떻게 히브리 청년에게만 저렇게 모지
락스럽게 죽이려고 달려드는지 도무지 알 수 없는 일이었다.

　철모르는 청년이 의협심에 성전 개혁을 부르짖을 수도 있는

일이 아닌가. 자칭 신이라고 했다는 것도 종교에 심취하다 보면 헛것도 보이고 헛소리도 할 수 있는 것 아닌지, 무신론자였던 본시오 빌라도는 유대 종교 지도자들의 처신을 못 마땅하게 여겼다.

어쨌든 본시오 빌라도는 이래저래 반란만 안 일어나면 좋은 것이니 자기들끼리의 다툼은 그냥 불 보듯 지켜보기만 했다. 본시오 빌라도는 죄수들을 심문할 때 주로 집정관 사무실 안에서 실시했지만, 유대 사람들의 관습을 고려해서 히브리 청년을 정문으로 연결된 바깥 계단에서 심문을 하기로 했다. 유월절 절기엔 유대 사람들이 누룩을 사용하는 이방인들의 건물 안으로 들어가지 않는 계율이 있었기 때문이었다. 그만큼 본시오 빌라도는 유대 사람들의 정서와 종교적 전통에 대한 이해가 있었고 히브리 청년에 대한 배려였던 것이다. 본시오 빌라도가 의심스러운 눈초리로 히브리 청년을 훑어보았다. 두 팔이 뒤로 묶인 채로 계단 밑에 서 있는 히브리 청년에게 본시오 빌라도가 미간을 찌푸리며 심문을 했다.

"자네가 예루살렘 성전을 허물라고 했나, 아니 자칭 신이라고 떠들었다며."

비아냥대듯 본시오 빌라도가 물었지만 히브리 청년은 미동도 없었다.

"자네는 내가 누군지 아는가, 나는 너를 살릴 수도 있고 죽일 수도 있어."

"당신은 나를 죽일 수가 없소."

"뭐라고?"

본시오 빌라도는 새파랗게 젊은 청년의 당찬 모습에 괘씸하면서도 묘한 호기심이 발동했다.

"자네는 내가 왜 너를 죽일 수 없을 거라고 생각하지?"

"당신은 나의 목숨을 끊을 수는 있지만, 생명의 근원을 건드릴 수는 없는 거요."

"뭐라고, 그럼 네가 생명의 근원이라고?"

본시오 빌라도는 어이가 없다는 듯이 청년을 내려다보며 재차 물었다.

"자네는 진리가 무엇이라고 생각하나."

"내가 곧 진리요."

"아니 뭐라고, 이놈이 네가 진리라고, 역시 미쳤군."

본시오 빌라도는 혹시 현자들에게서나 들을 수 있는 사변적인 깨우침을 기대했지만 히브리 청년은 그런 사람들에게서 나온 것은 진리가 아니라고 본시오 빌라도에게 답을 했던 것이다. 사람들 보기에는 본시오 빌라도가 히브리 청년을 재판하고 있었지만 히브리 청년이 본시오 빌라도를 재판하고 있었던 것이다.

본시오 빌라도는 아침에 들었던 아내 클라우디아의 꿈 이야기가 문득 떠올랐다. 불길한 예감이 드니 가급적 히브리 청년을 살려 주라고 아내가 부탁을 했던 것이다.

본시오 빌라도는 히브리 청년의 생뚱맞은 대답에 화가 났지만 사실 사형에 처할 만한 범죄 사실을 찾기도 어려웠다. 아내의 부탁도 있었지만 본시오 빌라도 자신도 멀쩡한 청년을 사형에 처할 만한 이유는 못 찾았던 것이다. 결국 총독 본시오 빌라도는 무죄한 히브리 청년을 관할 지역 분봉왕 헤롯 안티파스에게 정치범으로 넘겨 재차 심문을 받게 했다. 그러나 분봉왕 헤롯 안티파스도 히브리 청년에게서 사형에 해당되는 범죄 행위를 발견하지 못하고 총독 본시오 빌라도에게 또다시 돌려보내고 말았다.

총독 본시오 빌라도는 제2차 심문을 위해 산헤드린 의원들과 유대 백성들을 한 곳으로 모이게 했다. 히브리 청년의 무죄함을 증명해서 석방하기 위해서는 유대 백성들의 절대적 동의와 협조가 필요했던 것이다. 그러나 같은 동족이라는 유대의 종교 지도자들이 히브리 청년을 못 죽여서 안달이 났고 백성들의 분노도 가라앉질 않았다. 본시오 빌라도는 유대의 축제일에 총독의 권한으로 죄수들에게 사면을 베풀 수 있다는 법령에 따라 혹시라도 히브리 청년을 살려 줄 수도 있다는 제안을 했지만 유대의 종교 지도자들과 그의 추종자들은 극구 반대를 했다.

결국 본시오 빌라도는 히브리 청년을 집행관에게 넘길 수밖에 없었고 그는 청동 대야에 손을 씻고는 돌아섰다. 유대의 축제일에 유대 사람을 처형한다는 것은 별로 바람직한 일이 아니어서 집행관들은 축제가 끝난 뒤에 사형을 집행하기로 했다.

* * *

금요일 아침이었다. 집정관 관저의 앞마당엔 중무장을 한 로마 군인 십여 명이 창을 들고 도열해 있었다. 사형 집행이 있는 날이면 백부장의 지시로 한 사람의 사형수에 네 명의 로마 군인이 달라붙어서 해골산이라 불리는 골고타 사형장까지 호송하게 된다.

메세드는 로마 군인들의 구둣발 소리와 죄수들이 어깨에 짊어질 나무 기둥을 나르는 소리에 온몸에서 힘이 빠져나가는 듯했다. 마치 살아 있는 채로 자기 장례식을 지켜보는 것처럼 고통스러웠다. 제사장은 이미 죽은 자로 살아야 한다고 에봇이라

는 세마포 수의를 입고 살았고, 늘 제물들의 죽음을 통해 누구
보다도 자기 죽음에 대하여 초연할 것만 같았던 메세드였지만
여전히 죽음이 두려웠다.

"메세드."

집정관의 호명에 또 한 번 가슴이 철렁 내려앉았다.

'왜 하필 내가 먼저야⋯⋯.'

메세드는 죽음 앞에서 구차해지는 자기의 모습이 싫었다.

"석방이다."

"네?"

메세드는 어리둥절했다. 이제 곧 사형을 당하게 될 텐데 석방이
라니 뭔가 잘못된 것 같았지만 살고보자는 생각에 얼른 집정관을
따라나섰다. 죄를 지었으면 벌을 받는 게 마땅하다고 생각했지만
여전히 죽기는 싫었다. 뒤를 돌아볼 것도 없이 미친 사람처럼 집정
관을 따라나섰지만 옆방에 있었던 히브리 청년에게 괜히 미안한
마음이 들었다.

'죄도 없는 젊은 것인데.'

메세드는 양심의 가책이 들었지만 우선 당장 살았다는 안도감에
앞뒤 가릴 것도 없이 집정관 관저의 안뜰을 지나 도망치듯 길거리
로 나왔다.

"메세드 제사장님."

기다리고 있던 하베르 제사장이었다.

"어디 아프신 데는 없으세요?"

"괜찮아 허리가 좀 아픈데, 도대체 누구야?"

메세드는 자기를 꺼내 준 사람이 누군지 궁금했다.

"대제사장 안나스와 가야파요."

하베르는 누가 들을까 봐 귓속말로 안나스와 가야파 대제사장이 손을 썼다고 했다. 뒷돈은 하베르 자기가 댔노라고 했다. 성전 핏물을 팔아 돈을 벌게 해 주었던 보상인 셈이다. 은 삼천 세겔을 썼다고 했다. 삼천 세겔이면 삼십 명의 노예 값에 해당하는 상당한 액수의 뇌물이었던 것이다. 아마도 본시오 빌라도의 수중에 들어갔을 거라고 했다. 메세드는 본의 아니게 하베르에게 빚을 지었다.

"하베르 고마워."

유대 축제일에 유대 죄수를 풀어주는 본시오 빌라도의 사면을 핑계로 메세드가 뇌물을 주고 풀려난 것이다. 아무리 살인죄를 지었어도 유대의 제사장을 죽게 놔둘 수는 없었던 것이다. 로마의 통치자들도 유대의 민란을 늘 염두에 뒀기에 유대의 지도자를 처벌할 때에는 상당히 신중했던 것이다.

특히 메세드는 지성소엘 함부로 들어가 성전을 더럽혔으며 금항아리까지 훔친 이방 여사제를 징벌 차원에서 죽였기에 어떻게 보면 성전의 거룩을 지키기 위해서 살인을 한 것이라 안나스와 가야파 대제사장의 엄호를 받을 수 있었던 것이다.

메세드는 하베르와 함께 성전으로 돌아왔지만 무슨 생각이 들었는지 다시 집정관 관저 근처로 돌아갔다. 히브리 청년의 사형 집행이 궁금했던 것이다. 정작 살아야 할 사람은 그 청년인데 죄도 없는 사람이 애매히 죽게 되었다는 것에 미안함과 안타까움이 없지 않았다. 집정관의 관저에서는 사형 언도를 받은 강도 두 명과 히브리 청년의 어깨에 어른 키만 한 나무기둥을 묶어 맸으며, 이미 골고타를 향한 행렬이 시작되었다. 성전에서 난동을 부렸던 히브리 청년이 결국 처형된다는 온갖 소문이 퍼졌던 탓에 벌써 많은 사람들이 집정관 관저 주변에 모여들었다.

언제나 그렇듯 로마의 집정관들은 백성들에게 일벌백계의 효과를 노려서 처형 장면을 공개했다. 로마 군인들은 사형을 집행할 때마다 골고타의 사형장까지 가는 길도 가급적 먼 길을 돌아서 행진을 하였으며 일부러 많은 사람들에게 노출시키곤 했다. 그런데 오늘 행렬은 이상하게도 성의 북쪽 다마스쿠스 문으로 향하는 가장 짧은 길로 진행되었다. 어떤 이유에서든 빨리 해치우려는 의도로 보였다.

로마 군인들의 엄호 속에 자기 키만 한 나무기둥을 어깨에 맨 사형수들은 예루살렘의 외곽에 위치한 공식적인 사형장인 골고타로 향했다. 길 양편으로 동네 사람들이 무리 지어 수군대고 있었다. 어떤 사람들은 히브리 청년을 조롱했고 어떤 사람들은 안타깝게 여기기도 했다.

　　해골터라 부르는 골고타에 가까이 다다르자 그동안 십자가 형벌로 처형당했던 유대 사람들의 무덤이 이리저리 흩어져 있었다. 사실 십자가 처형은 유대 사람들의 일반적인 처벌 방법은 아니었다. 로마 군인들이 페니키아 사람들로부터 배워 왔던 것이다. 그러나 잔인하기로 악명 높았던 헤롯마저도 십자가 처형을 자주 쓰지는 않았다. 특히 로마의 집정관들은 죄수를 발가벗겨 매달아 죽이는 십자가 처형이 너무도 수치스러운 형벌이라 자기 백성인 로마 죄수들에게는 적용시키지도 않았다. 오직 노예들과 흉악범들만 이런 수치스러운 방법으로 사형에 처해졌다. 두 강도야 살인도 했으니 십자가 처형이 마땅했지만 히브리 청년의 십자가 처형은 지나친 면이 없지 않았다. 메세드는 할 수만 있다면 어떻게 해서든 히브리 청년을 살려내고 싶었다. 그러나 메세드 자신도 처형 받아야 할 입장에서 겨우 목숨을 건졌는데 무슨 수로 청년을 살릴 수 있단 말인가. 메세드는 자신의 무력감에 한숨만 나왔다.

행렬은 벌써 골고타에 도착하여 죄수들마다 하늘을 향해 우뚝 세워진 나무기둥 앞에 눕혀졌다. 골고타 언덕에 세워진 묵직한 나무기둥 세 개가 마치 하늘을 향하여 원망하듯 손가락질을 하고 있는 듯했다. 죄수들로부터 군중들을 밀쳐내느라 로마 군인들의 목소리가 커졌다. 죄수들이 직접 매고 온 나무기둥 양쪽에 손목을 묶고는 군인들이 못질을 시작했다.

여기저기서 망치소리와 함께 비명이 터져 나왔다. 뒤따라온 무리들 속에서도 탄식이 가끔씩 터져 나왔다. 사형수들을 향한 비난과 조롱은 허락되었지만 어떠한 동정이나 도움은 법으로 금했다. 그러나 히브리 청년의 처형을 안타까워하는 사람들의 숨죽인 오열은 누구도 막지를 못했다. 로마 군인들이 죄수마다 손바닥만 한 나무 팻말에 숯덩이로 죄명을 기록해서 사형수들의 머리쯤에다 못질을 했다. 두 명에게는 '강도'라는 죄패를 붙였다. 히브리 청년의 머리맡에는 본시오 빌라도가 명령한 대로 '유대인의 왕, 나자렛 사람 예수'라는 죄패가 붙여졌다.

"히브리 청년이 유대인의 왕이라고……?"

메세드는 의아한 듯 혼자 중얼거리며 어떻게 해서든 히브리 청년의 억울한 누명을 벗겨 주고 싶었지만 자신의 처지가 너무도 무력했다. 메세드는 히브리 청년이 십자가에 못 박히는 모습을 더 이상 지켜볼 수가 없었다. 정작 자기가 처벌을 받아야 하는데 죄 없는 청년의 비참함에 마음이 아팠다. 메세드는 골고타에 몰려든 군중들을 비집고 내려왔다.

"자칭 하느님이라더니 십자가에서 내려와 보시지!"

"성전을 부서 버리고 사흘 만에 다시 세우겠다더니."

"하느님의 아들이라더니."

사람들은 십자가에 매달린 히브리 청년을 향하여 손가락질을 해 댔고, 온갖 비난과 욕설이 난무했다. 메세드는 욕설을 해 대는 한 남자의 멱살을 비틀어 잡고는 소리쳤다.

"야, 이 새끼야 네가 그를 알기나 해?"

메세드는 군중들의 어리석음에 화가 머리끝까지 치밀었다.

"무죄야, 무죄란 말이야."

메세드는 미친 듯이 군중들을 헤집고 다니며 히브리 청년은 무죄라고 외쳐 댔다. 그러나 아무도 그의 말에 귀를 기울이지 않았고 오히려 미친놈 취급을 했다. 메세드는 처참한 십자가 처형을 더 이상 지켜볼 수가 없어서 골고타 언덕길을 따라 성전을 향하여 내달았다. 주체할 수 없는 눈물이 뺨을 타고 흘러내렸다. 하느님이 살아 계시다면, 저 타락한 대제사장 안나스와 가야파가 돈으로 나를 살린 것처럼 히브리 청년 좀 살려주십사 간곡히 기도를 올렸다.

그러나 메세드 가슴 깊은 곳에서는 지성소에도 없었던 하느님이 어디서 내 기도를 듣겠냐는 생각에 헛웃음이 나오기도 했다. 대제 사장 안나스와 가야파의 주머니 속의 은전보다도 못한 하느님이었 다. 그냥 간절함뿐이었다.

메세드는 성전의 우윳빛 대리석 계단을 단숨에 뛰어올라 성전 안 지성소로 향했다. 한참을 지성소의 휘장 앞에 멈추어 서서 우두 커니 휘장을 올려다보았다. 알 수 없는 공포와 두려움의 대상이었 던 지성소의 휘장이 오늘은 낡고 오래된 볼품없는 천막처럼 느껴 졌다. 없는 것을 있는 것처럼 속이기 위해 이리저리 펄럭이는 위장 술에 능한 마술사의 검은 보자기처럼 하찮게 느껴졌다.

소나 양이나 염소의 목을 따서 받아 낸 피를 청동 대야에 들고 백 성들의 죄를 용서받겠다고 드나들었던 일들이 얼마나 헛된 짓이 었는지 후회가 밀려들었다. 어떻게 그 오랜 세월 동안 어느 누구 도 휘장 너머 지성소를 의심해 보지 않았단 말인가. 메세드는 지성 소의 휘장을 갈기갈기 찢어 버리고 싶었다. 불이라도 확 질러서 텅 빈 지성소의 허상을 만천하에 드러내고 싶었다. 헛된 신앙을 진실 인 양 붙들고 살았던 자신의 어리석은 믿음을 깨트리고 싶었던 것 이다. 절기마다 제물을 준비해 오느라 궁핍해진 백성들에게도 지 성소의 허상을 드러내 하느님은 이곳에 없었다고 알려 주고 싶었다. 아니 당신들의 소원을 들어주고 당신들의 잘잘못을 추궁하는, 당신들이 그렇게 의지했고 부르짖었던 하느님은 없었다고, 그동안 헛것에 사로잡혀서 헛짓을 반복했다는 실망감에 메세드는 말로 할 수 없는 허탈감에 몸을 떨었다.

지금이라도 누군가가 이를 밝히지 않는다면 자기를 살려준 안나스와 가야파의 권력 밑에서 수많은 백성들은 종교적 착취를 계속 당할 것이고, 제사를 잘 드렸네, 잘못 드렸네, 라는 말도 안 되는 종교지도자들의 횡포가 계속될 거라는 생각에 메세드는 목숨을 걸고 지성소의 허상을 밝혀내고야 말겠다고 작심했다.

그것이 성전을 헐어 버리라고 외쳐 댔던 히브리 청년의 외침에 응답하는 것이라고 메세드는 생각했다. 그러나 지성소의 휘장 자체가 바다표범의 두꺼운 가죽을 겹겹이 꿰매어 만들어져서 웬만한 힘에도 찢어지지 않도록 만들어졌던 것이다. 메세드는 언젠가 수많은 제물들의 목숨을 삼켜버린 저 거짓의 휘장을 찢어 버리겠다고 작심했다. 하느님이 속였는지, 제사장들이 속였는지, 그 실체를 까발리고야 말겠다고 벼르고 있었던 것이다.

* * *

그날 오후 3시 무렵, 강한 모래 폭풍이 잦아들면서 군중들도 대부분 집으로 돌아갔고 골고타 주변에 정적이 감돌았다. 가끔씩 십자가 형틀에 매달린 죄수들의 고통스러운 신음소리만 간간이 들려왔다. 히브리 청년이 먼저 숨이 끊어진 듯했다.

가끔 십자가 처형을 당하고도 십자가에 매달려 하루나 이틀씩 목숨을 부지하는 경우가 있었다. 혹시라도 다시 살아날까 로마 군인들은 창으로 사형수의 시체 옆구리를 찔러 확인 사살을 했던 것이다. 절명한 듯 고개를 떨군 채 매달려 있는 히브리 청년의 오른쪽 옆구리를 로마 군인 하나가 창으로 깊이 찔렀다. 아마도 그의 창이 히브리 청년의 간과 위장을 파열시킨 듯했다. 피와 물 같은 것이 뒤섞인 액체가 시신의 다리를 타고 흘러내렸다. 자기 창이 더럽혀졌다는 듯이 로마 군인이 땅바닥에 창끝을 닦아 내며 외쳤다.

"죄수의 다리를 부러뜨려."

우두둑, 툭.

나머지 두 명의 강도는 혹시라도 살아서 도망갈 수도 있으니 로마 군인들이 무릎 관절을 부러뜨렸다. 사실상 십자가 처형의 마지막 수순이었던 것이다.

그 무렵, 메세드는 하베르를 데리고 지성소의 휘장을 찢어 낼 계획으로 휘장 앞에서 머뭇거리고 있었다. 하베르가 휘장의 밑단을 들춰 보니 그 두께가 만만치 않았다.

"이거 잘 찢어지지 않겠는데요."

"칼로 찢어야지."

역시 칼잡이답게 메세드는 제사장 칼로 지성소의 휘장을 찢어 버리겠다고 했다. 수많은 제물들의 목숨을 집어삼킨 거짓의 휘장을 바로 그 칼로 복수하듯 찢어 버리겠다는 것이다. 그러나 하베르는 제사장이었지만 평소에도 지성소 근처는 얼씬도 안 해서 지성소의 휘장을 찢는다는 것은 생각할 수도 없는 일이었다. 메세드는 하베르와 함께 지성소의 휘장 앞에서 거사를 준비한 사람처럼 비장한 각오로 묵직한 휘장의 밑단을 들춰 보기도 했다.

순간, 느닷없이 땅이 흔들리면서 굉음이 들렸다. 지성소의 휘장이 위로부터 아래쪽으로 찢어지는 게 아닌가. 여기저기서 제사장들이 놀란 듯 튀어나왔지만 이미 지성소를 가리던 휘장은 찢어져 갈라졌고 정적만 감돌던 지성소의 민낯이 그대로 드러나고 말았다. 메세드와 하베르는 어떻게 된 일인지 몹시 놀랐다.

마치 자기들이 작정했던 일을 누군가가 대신 해 준 듯했다. 제사장들 역시 하느님의 진노가 임했다고 벌벌 떨며 어쩔 줄을 몰라 했다. 골고타에서 히브리 청년의 십자가 처형을 지켜봤던 몇몇 제사장들은 히브리 청년의 숨이 끊어질 무렵 강한 모래 폭풍이 일어났고, 하늘도 빛을 잃었고 땅도 흔들리며 갈라졌다는 것이다. 아마 그 순간 성전의 지성소 휘장도 찢어졌던 것 같다고 했다.

참으로 이상한 일이었다. 그동안 얼마나 많은 죄수들이 십자가 처형을 받았는데 도대체 히브리 청년이 누구라고 하늘도 빛을 잃고, 땅도 탄식을 했던 것인가. 히브리 청년을 조롱하며 손가락질했던 군중들도 두려움에 떨며 집으로 돌아갔다고 했다. 그날 이후로 예루살렘 거리에는 흉흉한 소문이 돌기 시작했다. 성전도 곧 무너질 것이며, 돌 위에 돌 하나 남지 않는 평토장이 될 것이라고 했다. 히브리 청년이 다시 살아날 것이라는 소문도 돌고 있었다. 언젠가 갈릴래아에서 히브리 청년은 그를 따르는 무리들에게 자기의 죽음을 예고했고 삼일 만에 다시 살아날 것을 예언했다는 것이다. 그러나 아무도 그의 허무맹랑한 소리를 믿지 않았다. 그를 따르던 추종자들조차 그의 말을 농담처럼 여겼던 것이다. 히브리 청년의 십자가 처형장에서 일어났던 이상한 일들을 목격했던 사람들은 그때서야 그의 예언이 범상치 않았음을 상기시켰던 것이다.

***

유월절 만찬이 끝난 자정 무렵이 다 되어서 유대의 종교 지도
자들이 대제사장 가야파의 집에 하나둘씩 모여 들었다. 모두들
말도 안 되는 이야기라고 했지만 혹시라도 히브리 청년이 다시
살아난다면 어떻게 될지 그 대책을 논의하자고 모인 자리였다.
대다수 산헤드린 의원들이었으며 대제사장 안나스와 가야파의
세력권에서 움직이는 사람들이었다. 참석자들은 하나같이 일어
나지도 않을 것이고 일어날 수도 없는 허무맹랑한 소리에 대책
까지 세워야 하냐고 불평했다. 그러나 몇몇은 혹시 모르니 대책
이라도 세워야 한다고 목소리를 높였다. 결국 산헤드린 공회 이
름으로 무덤 앞에 로마 경비병을 보강해 달라는 공식 요청을 본
시오 빌라도에게 전하기로 결정했다.

다음날 본시오 빌라도를 찾은 산헤드린의 대변인은 히브리
청년의 부활에 대한 대비책을 잘 세워야만 민란도 막을 수 있다
고 경비 병력을 보강해 달라고 간곡히 요청을 했다. 대제사장
안나스와 가야파 역시 혹시라도 히브리 청년이 다시 살아난다

면 유대 사람들이 민란을 일으키게 될 것이고 로마의 통치도 위험해질 수 있으니 본시오 빌라도에게 청년의 시신을 철저히 지켜 줄 것을 거듭 요청했다.

혹시라도 히브리 청년을 추종하던 세력들이 그의 시체를 훔쳐가 놓고는 그가 부활했다고 헛소문을 퍼뜨릴 수도 있다고 했다. 본시오 빌라도 역시 로마 경비대로부터 골고타 주변에서 일어났던 이상한 일에 대해 보고 받았던 터라 즉시 히브리 청년의 무덤 주변에 경계를 철저히 할 것을 명령했다. 평소 십여 명이면 될 것을 배로 늘려서 로마의 경비대와 군인들을 함께 투입해 이십여 명을 배치했다. 히브리 청년의 시신을 보관한 요셉의 무덤에도 로마 군인들이 아무도 들어갈 수 없도록 큰 바위를 굴려서 막아 놓았다. 입구에는 로마 총독의 봉인까지 붙여 놨고 로마 경비대와 군인들이 교대로 보초를 서고 있었다.

이틀 후, 팔레스틴의 뜨겁고 건조한 기후 탓에 쉽게 부패해 버리는 시신에 향유를 바르는 풍습이 있었다. 히브리 청년을 따랐던 마리아와 그의 동료들이 몰약과 유향과 기름을 준비해서 무덤으로 가기 위해 다마스쿠스 문을 나서는데, 갑자기 무덤을 지켰던 로마 군인들과 경비대원들이 혼비백산하여 도망가고 있었던 것이다. 무슨 일이 일어났는지 마리아와 그의 동료들이 황급히 무덤으로 향했지만 이미 무덤을 막아 두었던 큰 바위는 옮겨졌고 히브리 청년의 시신이 눕혀졌던 자리엔 그의 몸을 감쌌던 수건과 수의만 널려져 있었다. 본시오 빌라도는 로마 경비대를 예루살렘 전역에 풀어서 히브리 청년의 시신을 찾도록 명령을 내렸지만 어디에서도 그의 시신은 발견되지 않았다. 본시오 빌라도는 시간이 갈수록 알 수 없는 공포와 두려움이 엄습했다. 그의 아내 클라우디아의 말대로 히브리 청년을 살려 줬어야 했다는 후회가 밀려들었다.

성전 주변에서도 대제사장들을 중심으로 소동이 일어났다. 대제사장 안나스와 가야파는 만에 하나 히브리 청년이 그의 말대로 다시 살아났다면 민란이 일어날 게 뻔했다. 본시오 빌라도는 티베리우스 황제에게 전령을 보내 로마의 군 병력을 보강시켜 줄 것을 급히 요청했다.

"혹시 그가⋯⋯."

본시오 빌라도는 심상치 않았던 아내의 꿈 이야기가 떠올랐다.

* * *

"최 신부님, 최 신부님!"

멀리서 누군가 부르는 소리가 꿈결처럼 아득하게 들렸다. 코

끝에서 소독약 내음이 느껴졌다.

"어, 김 신부."

"신부님, 정신 좀 드세요."

"어, 청년들, 청년들 어떻게 됐어."

"네, 신부님, 모두들 무사합니다."

최 신부가 충격을 받을까 봐 김 신부는 대충 둘러대고 말았다.

"최 신부님 한 달 만에 깨어나신 거예요."

카타리나 수녀가 조심스럽게 말을 건넸다. 최 신부는 좀 의아한 듯 어리둥절한 표정이었다.

"일주일 정도면 퇴원하실 수 있대요. 그동안 뇌와 폐에 물이 차서 혼수상태였구요."

김 신부의 설명에 알겠다는 듯한 최 신부의 표정이었다. 일주일 후 가까스로 퇴원을 하고도 한동안 최 신부는 공황 상태였다. 먼 나라를 여행하고 돌아온 사람처럼 피로감이 엄습했다. 그러나 홍 박사와 청년들의 죽음을 전해 듣고는 최 신부 자신의 처지를 돌아볼 겨를도 없었다. 정신을 잃었던 한 달 사이에 이렇게 세상이 바뀔 수도 있다는 것이 황당하기만 했다. 김 신부가 어떻게 뒷수습을 했다지만 청년부 책임 신부로서 도의적 책임은 전적으로 최 신부 몫이었다. 그러나 어디서부터 어떻게 상처 받은 영혼들을 돌봐야 하는지 어떻게 사죄를 해야 하는지 막막하기만 했다. 차라리 물에 빠졌을 때 함께 죽었어야 한다는 어이없는 망상이 들기도 했다.

"최 신부님, 택배가 왔습니다."

카타리나 수녀의 말에 잠깐이나마 현실감이 느껴졌다.

"한 달 전쯤 왔었어요, 경황이 없어서 저도 깜박 잊고 있었어요. 죄송합니다."

"아뇨, 괜찮습니다."

최 신부는 택배 서류를 받아 들고는 사제관으로 향했다. 한 달 동안 의식을 잃고 입원했던 환자 신세였지만 뗏목 사고의 책임 신부로서 몰려드는 참담함과 자괴감에 사람들의 시선이 부담스러웠고 어디든 숨고만 싶었다. 살아 돌아온 게 오히려 마음의 짐이 되었다. 차라리 대원들과 함께 죽었으면 마음이 편했을 것만 같았다.

최 신부는 카타리나 수녀에게 전달받은 서류를 챙겨 사제관으로 들어갔다. 익숙한 사제관의 현관조차도 낯설게만 느껴졌다. 오락가락하는 장맛비에 사제관 안의 눅눅한 습기가 불쾌하게 느껴졌다. 마치 전쟁터에서 부하들을 잃고 살아 돌아온 군인처럼 최 신부 자신이 살아 있다는 게 죄스러워서 더 불쾌하게 느껴졌을 수도 있다. 김 신부에게 전해 들었던 장례식 풍경이 환상처럼 떠오르면서 우리 아들 살려 내라며 혼절했다는 어느 청년 어머니의 절규가 이명처럼 최 신부의 귓속을 맴돌았다. 술이라도 잔뜩 퍼마시고 죽은 듯이 다시 잠들고 싶었다. 금쪽같은 자식을 잃고 말할 수 없는 고통 가운데에 있는 저들의 영혼을 위해 신부로서 기도를 해야 하고, 하느님에게 왜 이러한 일이 일어났는지 물어봐야 할 텐데 도무지 하느님 생각이 나질 않았다. 어디에도 없는 존재 같았다. 아니, 하느님은 하느님의 침묵과 부재 가운데 계신다고 했던가. 없이 계신 하느님, 다 말장난 같았다. 공황 상태처럼 하느님도 없었다.

최 신부는 지금 상황이 꿈이 아니라 현실이라는 걸 확인이라도 하려는 듯 카타리나 수녀가 건네준 택배 봉투를 평소보다 거칠게 찢었다. 오래전에 즐겨 입었던 옷을 발견한 것처럼 낯익은 책 한 권이 최 신부의 눈에 들어왔다. 아브라함 요수아 헤셸의 '안식'이라는 책이었다.

낡은 책 표지에 손때 묻은 흔적이 역력했지만 안식이라는 글자가 선명했다. 하느님의 실존을 어떻게 이렇게도 문자로 잘 표현해 낼 수 있었을까, 라는 감동 속에 밑줄을 그으며 읽고 또 읽었던, 최 신부가 군에 입대할 때 유일하게 들고 갔던 책이었다. 좀 힘들 때면 언제나 즐겨 읽었던 오래된 친구 같은 책이었다.

누군가 헌책을 선물했구나, 라는 생각에 책을 펼치니 사진 한 장과 잘 접힌 편지가 들어 있었다. 편지보다 사진이 먼저 눈에 들어왔다. 앳된 초등학교 여학생 사진이었다. 순간 최 신부의 입에서는 '시호'라는 익숙한 이름이 튀어나왔다. 큰 눈과 웃는 모습이 영락없는 작은 시호의 얼굴이었다. 잠시나마 최 신부는 뗏목 사건의 고통을 잊을 수 있었다. 시호는 그런 여자였다.

최 신부가 신학대학을 졸업하던 날, 신부의 길을 반대했던 부모님, 일가친척 아무도 졸업식장에 오질 않았다. 지방 의대 정도는 넉넉히 입학할 성적이었는데 신학대학을 가겠다고 했으니, 그것도 진주 최 씨 집안 장손이 신부의 길을 가겠다고 했으니 거의 집에서 내놓은 자식이 되고 말았다. 그럴 때마다 기다렸다는 듯이 시호가 곁에 있었다. 부모 친지들의 축하도 없는 쓸쓸한 졸업식에도 오직 시호가 곁에서 최 신부의 졸업을 축하해 주었다.

2월의 찬바람을 피해 졸업식장 옆 학생회관에서 시호는 손이 시리다는 핑계로 최 신부의 재킷 주머니에 손을 넣고 바짝 붙어 있었다. 누가 보아도 오누이로 보일 정도로 시호는 친밀했다. 예비 사제들의 졸업식장에 애인이 나타났다면 모두들 당황했을 텐데, 시호는 남의 시선은 아랑곳하지 않고 곁에 있었다. 재킷 주머니에서 꼼지락거리던 그녀의 손을 꼭 잡아 주고 싶었지만 아니 가슴 깊이 안아 주고도 싶었지만 끝내 가슴만 졸이며 남들 눈치만 보다 말았다. 감히 사제가 될 사람이 그러면 안 된다는 계율이 마음 깊은 곳에서 손가락질을 하고 있었다. 어쩌면 그날 시호가 최 신부에게 천연덕스럽게 물었던 '신부는 왜 결혼하면 안 되는 거야?'라는 한 마디에 최 신부도 마음이 흔들렸기 때문이었다. 최 신부는 '그냥'이라는 말로 대충 얼버무렸지만 시호에게 분명한 이야기를 해 줬어야 하는데, 라는 후회가 없지 않았다.

정확한 기억은 없지만 어느 때부터인가 최 신부도 시호가 여자로 느껴지기 시작하면서 내면의 갈등이 깊어졌던 것이다. 사제의 길을 가려면 아무래도 시호를 멀리해야 할 것만 같았다. 그러나 시호를 멀리 할수록 시호를 향한 그리움도 깊어지는 것에 최 신부도 마음의 갈피를 잡지 못했다. 결국 최 신부 스스로 군 입대를 자원해서 시호와의 관계를 정리하고자 했던 것이다.

신학대학을 졸업하고 군에 입대하기 전까지 잠시 성당 보좌 사제를 하다가 군종 신부로 양구에서 근무했던 적이 있었다. 시호를 향한 마음을 정리하기 위해 연락도 안 하고 입대했건만 어떻게 알아냈는지 시호가 혼자서 양구까지 면회를 온 적도 있었다. 부대 위병소까지 찾아온 갑작스러운 시호의 면회로 동료 군종병들의 눈치가 보이기도 했던 것이다. 그때에도 졸업식장에서처럼 모두들 군종 신부에게도 애인이 있나 하는 의구심 어린 눈초리로 쳐다보았지만 시호는 애인이라기보다는 오래된 동생 정도의 친숙함이 있어서 그렇게 남의 시선이 의식되지는 않았다.

"최 신부, 여동생이 면회 왔다며."

어떻게 알았는지 최 신부의 직속상관이었던 군종 장교 김 대위가 아는 척을 했다. 신학대학 선배이기도 했지만 같은 신부로서 사병으로 군 복무 중인 최 신부의 입장을 누구보다도 잘 아는 사람이었다. 그래서 최 신부에 대한 애정이 남 달랐다. 최 일병이라고 불러도 되는 것을 김 대위는 꼭 최 신부라는 호칭을 고집했다. 나이 어린 군종병들로부터 최 신부가 시달리지 않도록 김 대위는 암묵의 배려를 했던 것이다. 시호가 서울에서 양구까지 면회를 왔어도 외출 허락이 없으면 면회실에서의 만남으로 끝내야 했다. 시호에 대한 예의가 아닌 것 같아 걱정을 했는데 역시 김 대위의 배려로 특별 외출을 허락받았다.

"최 신부, 나갔다 와."

"네, 감사합니다. 신부님, 내일 오전 미사 준비는 이 일병에게 준비시켜 놓겠습니다."

같은 군종 신부였지만 최 신부는 사병 입장이어서 늘 미사 준비의 허드렛일을 도맡아 했다. 성찬 전례 준비를 위해서는 각종 장식과 성구들을 제자리에 배치해야 했고 방송 장비들도 사전 점검이

필수였다.

 - 사제단 백색 제의, 행렬초 3개, 십자가, 향로, 향합, 제병, 예식서 2권

최 신부는 이 일병에게 다음 날 오전에 있을 미사 준비 목록을 기록한 메모지를 넘겨주고는 면회실로 향했다. 춘천에 있는 훈련 교육대에 입소할 때 어머니와 남동생을 본 뒤로 군 복무 중 아무도 면회를 온 적이 없었으니 모두들 신기하게 여겼다. 더욱이 멀리서 여동생이 면회를 왔다니 호기심 어린 눈초리가 많았다. 면회실에 들어서니 시호가 단번에 최 신부를 알아봤다.

"오빠, 여기."

빈자리가 없을 정도로 면회실 내부는 복잡했고 소란스러웠다. 몇몇은 여자 친구와 바짝 붙어 앉아서 커피를 마시고 있었으며 가족들과 피자나 치킨을 시켜놓고 담소를 나누는 군인들도 있었다. 애인만 찾아오는 경우는 대개 선임인 경우가 많았고 가족들이 면회 오는 경우는 대다수 신병들이었다. 오랜 군 복무 기간 동안 면회 온 사람이 없었으니 최 신부로서는 면회실의 풍경도 신기해 보였다.

여기저기서 간헐적으로 웃음소리가 터져 나왔다. 모두들 조금 들뜬 기분에 목소리도 커졌고 좀 시끄럽게 느껴졌다. 부대와 외부

의 경계선에 위치한 면회실은 부대 쪽과 외부 쪽에 두 개의 출입구가 마주하고 있었다. 시호는 외부 출입구 옆에 다소곳이 자리를 잡고 있었다. 시호의 손짓에 면회실을 지키는 위병들까지 시호와 나를 번갈아 쳐다보며 웃음을 지었다. 뭔가 다 안다는 식의 장난기섞인 웃음이었다. 마치 신부님을 좋아하는 여대생의 로맨스를 의심하는 듯한 눈초리도 느껴졌다.

"아니, 어떻게 여기까지 왔어?"

"버스 타고 왔지, 오빠 보고 싶어서."

주변의 시선을 일거에 정리해 버리겠다는 시호의 쾌활함에 마음의 부담감이 조금 덜어졌다. 시호와 양구 읍내로 나와 그간의 이야기를 나누며 시간을 보냈다. 좀 추웠지만 한겨울의 정취를 만끽하며 이름 모를 시골길을 무작정 걷기도 했다. 시호와 슬슬 어깨를 부딪쳐 가며 서늘한 겨울바람에 마음의 빗장이 확 풀린 것만 같았다. 군부대라는 밀폐된 곳에 있다가 밖으로 나와서 그랬는지 시호와 함께 있을 때는 늘 자유로움이 느껴졌다. 마음의 안식처 같은 묘한 감정이 느껴지기도 했다. 시호는 작은 출판사에서 편집 일을 하고 있었다. 아이들 동화책도 편집을 하고 무명작가들의 에세이를 교정해서 자비 출판을 해 주는 일도 한다고 했다.

"오빠 예전에 쓰던 소설 어떻게 됐어, 혹시 그 원고 좀 나에게 보여 줄 수 있어? 내가 책으로 만들어 볼게."

"에이 무슨 소리, 아직 습작 단계인걸."

그래도 시호는 최 신부의 소설 원고를 보고 싶어 했다.

"군에 오니까 남는 게 시간이야. 그래서 틈틈이 글을 쓰고 있어 나중에 보내 줄게."

시호는 최 신부의 글 솜씨를 익히 알고 있었다. 신학대학 시절에 청년 문학상 공모전에서 단편소설로 당당히 대상을 받았던 적이 있었다.

메뚜기도 한 철이 있다는 말처럼 주말만 되면 양구 읍내는 어딜 가나 군인들로 북적였다. 그중엔 몰래 위수 지역을 벗어나 양구에서 춘천을 거쳐 서울까지 다녀오는 경우도 없지 않았다. 최 신부는 처음 나온 외박 탓에 어떻게 시간을 보낼 줄도 몰랐지만 이렇게 시간이 빨리 가는 줄도 몰랐다. 겨울 날씨 탓도 있었겠지만 산골의 해는 일찍 떨어지기도 했다. 시호와 이런저런 이야기를 하며 시골 한적한 곳을 배회하다 보니 날이 금방 어두워졌다. 춘천으로 가는 택시라도 태워 보내기 위해 터미널로 향했지만 이미 장거리 택시들도 모두 떠난 뒤였다.

"시호야 어떻게 하지?"

"괜찮아 오빠, 내일 쉬는 날이잖아."

숙박을 할 수밖에 없었다. 당시 양구읍내에는 모텔이라고 할 수도 없는 수준의 숙박 시설들이 모텔이라는 간판을 더 크게 붙이고 주말 장사를 했다. 멀리서 면회 온 애인들과의 하룻밤을 제공해서 돈을 벌고 있었던 것이다. 어떤 곳은 은밀히 성매매를 조장해서 울체 된 젊은 군인들의 욕정을 풀어 주고 돈을 버는 곳도 있었다. 외박 나온 군인이 혼자서 모텔을 찾는 경우는 대부분 성매매로 오해받기 십상이었다. 더욱이 여자를 데리고 모텔을 찾게 되면 대부분 애인으로 보일 수밖에 없었다.

양구읍의 대다수 숙박촌의 풍경이 이랬으니 군종 신부가 그것도 왼쪽 가슴에 하얀 십자가 명찰을 단 채로 모텔을 출입한다는 것은 쉬운 일이 아니었다. 최 신부도 시호를 데리고 모텔을 들어갈 용기가 없었다. 그래도 시호의 숙소를 어떻게 해서든 마련해 주어야 했기에 최 신부는 나름 고민을 하다가 결국 눈에 잘 안 띄는 한적한 민박집을 찾아야겠다고 마음을 먹었다.

모텔들이 모여 있는 숙박촌을 벗어나 양옥집들이 몰려 있는 민가 쪽으로 내려오니 듬성듬성 민박이라고 쓰인 철대문들이 보였다. 낯선 발걸음을 알아챘는지 동네 개들이 짖어 댔다. 동료 군인들의 시선을 피해서 일부러 민박촌으로 나왔는데 동네 개들까지 짖어대니 최 신부는 괜히 당혹스럽기도 했다. 하얀 바탕에 검정 글씨로 민박이라고 크게 쓰인 입간판이 눈에 들어왔다. 파란색 페인트를 칠한 철대문이 군데군데 벗겨져서 낡아 보이기는 했지만 겉으로 보기에 집이 좀 깨끗해 보였다. 최 신부가 철대문을 두드리니 어디선가 아주머니 목소리가 들렸다.

"네, 나가요."

"두 분이시네, 따라오세요."

민박집인데도 사람 받는 것에 너무 익숙한 아주머니의 태도에 약간의 저항감이 없지 않았지만 다른 방도가 없었다. 겨울 날씨 탓에 주변이 일찍 어둑어둑해졌다. 그래도 최 신부는 난생 처음 여자를 데리고 민박집엘 들어서는 것에 상당한 부담을 느끼는 듯이 주저주저했다. 그런 최 신부의 난처함을 눈치챘는지 시호가 앞장서서 집안으로 들어섰다.

"오빠, 들어오지 않고 뭐해."

시호의 말에 반사적으로 최 신부도 집안으로 들어섰다. 주인아주머니의 안내를 받아 오른쪽으로 집 모퉁이를 돌아서니 벌집처럼 서너 채의 민박 시설이 눈에 들어왔다. 일반 가정집에서 여분의 방을 세 놓아서 먹고사는 시골 민박집이 아닌 민박 영업시설로 보였다.

"이 방이 좀 깨끗할 겁니다. 일박에 3만 원이고요. 커플이니까,

만오천 원을 추가로 내셔야 됩니다. 화장실은 이쪽이고, 세면실은 그 옆에 붙어 있습니다. 혹시 내일 아침을 드실 거면 미리 말씀해 주세요."

덩치 큰 몸집에 비해 말이 좀 수다스러워 보였지만 그런대로 친절했다. 최 신부는 시호의 숙소만 잡아 주고 부대로 복귀할 생각이었다. 그러나 낯선 시골 허름한 민박집에 시호를 혼자 놓고 갈 수도 없는 노릇이었다. 민박집 아주머니 눈에는 멀리서 애인을 만나러 면회 온 순정파 아가씨 정도로 보였는지 최 신부와 시호를 커플로 단정 지어 버리고 말았다.

주인아주머니가 묻지도 않았는데 최 신부는 집안 여동생이라고 시호를 소개했다. 하지만 아주머니의 표정은 시큰둥해 보였다. 다들 그렇게 변명을 한다는 식으로 받는 것 같았다. 아니면 돈만 벌면 되지 당신들의 관계는 아무럼 어떠냐는 식의 대꾸로 받아졌다.

최 신부는 주인아주머니에게 커플 숙박비를 현찰로 쥐어 주고는 누가 볼까 싶어서 얼른 방 안으로 들어갔다. 혹시라도 부대원들이 보거나 직속상관의 눈에 뜨이면 곧바로 군종 신부로서 품행 유지에 대한 문책을 받게 되기 십상이었다.

군종 신부가 여자를 데리고 야심한 겨울밤에 민박집에 단둘이 있었다면 어느 누군들 의심의 눈초리를 보내지 않겠는가. 일반 병사들이 면회 온 애인과 모텔에서 잠을 잤다거나 설사 성매매를 했어도 들키지만 않는다면 아무런 흠이 되질 않았다.

그러나 군종 신부들의 성적 일탈은 엄중한 징계를 받게 되어 있었다. 군종감이 주최하는 징계위원회에 곧바로 회부되어 징계를 받게 되고 일반 병사로 강등되어 최전방으로 보내지게 되는 것이다. 한마디로 군종 신부로서 파멸에 다름 아닌 처분인 것이다. 최신부가 시호와 함께 있고도 싶었지만 부대원들의 시선이 불편했던 것도 이러한 이유였다.

그러나 눈에 보이는 사람의 눈은 피할 수 있겠지만 눈에 보이지 않는 하느님의 눈은 피할 수가 없는 노릇이었다. 남의 시선보다 더 날카롭게 양심의 소리가 괴롭혔다. 정말 누군가 사람의 마음속에서 두 마리의 개가 싸운다고 했던가. 결국 천사도 악마도 모두 최신부의 마음속에 숨어 있는 것만 같았다. 잔뜩 웅크리고 있었던 천사와 악마가 때를 만난 듯 최 신부를 흔들어 댔다.

가끔 외박을 나갔다 온 선임 병사들이 귀대를 하는 날이면, 으레 여기저기서 애인과 어디서 잠을 잤다느니, 몇 번을 했다느니 등등의 무용담을 부끄러움도 없이 털어놓으며 내무반을 떠들썩하게 만들었다. 아니 무슨 승전보라도 알리려는 듯 의도적으로 쏟아 놓는 것만 같았다. 역겹기도 했고 무슨 성도착증 환자들로 보였지만 후임 병사들은 내색도 못하고 헛웃음으로 분위기를 맞춰 주곤 했다.

최 신부가 양구 자대 배치를 받던 날, 무슨 신고식인가를 한다며 최 신부를 비롯한 세 명의 신병들을 내무반 한가운데에 세워놓고 청문회를 진행했다. 최 신부보다도 나이가 어렸고 체구도 작은, 곧 제대를 하게 될 김 병장이 최 신부에게 다짜고짜 물었다.

"너 애인 있어?"

"없습니다."

"그럼, 한 번도 못해 봤겠네."

"……."

"해 봤어?"

"……."

"짜식, 대답을 해야지."

"못 해 봤습니다."

"한 번 해 보고 싶지?"

"아닙니다."

"정말이야, 에이, 아니지 해 보고 싶잖아."

"아닙니다."

최 신부는 자신을 외계인 취급하며 어린 병사들 앞에서 모욕감을 주었던 김 병장을 그때는 정말 때려죽이고 싶었다. 아니, 나는 하느님만을 위해서 살기로 작정한 신부라고, 너희들처럼 더럽게 살지 않았다고, 면상에다 침이라도 뱉어 주고 싶었지만 왠지 모를 기세에 눌려 기어들어가는 목소리로 변명만 했던 것이 두고두고 후회가 되었다. 이미 내무반에는 신부가 신병으로 온다는 소문이 돌았고, 김 병장은 그런 최 신부를 기다렸다는 듯이 짓궂은 장난을 쳤던 것이다. 신부인 너도 별수 있겠느냐, 너도 우리처럼 이런 성적 욕망이 꿈틀대지 않느냐는 것을 확인하고 싶었던 것이다.

그 이후로도 일요일 오후 외박조들이 귀대하는 시간이면 내무반은 음담패설로 떠들썩했다. 충만했던 성욕을 배설하고 난 뒤의 통쾌함이랄까, 아니면 나도 남자라는 과의식의 팽창이랄까. 어떤 병사는 귀대 시간이 촉박해서 군화도 못 벗고 한탕 치르고 왔다는 둥 부끄러움도 없이 음담패설을 늘어놓을 땐 함께 웃다가도 군종 신부로서 어쩔 줄을 모를 때가 있었다.

선임병들은 그런 음담패설을 최 신부도 재미있게 엿듣고 있나를 살피기도 했다. 아니 어쩔 줄 몰라하는 최 신부의 모습이 재미있다는 듯이 더 자극적인 언사로 분위기를 몰아갔다. 마치 외계인의 반응을 살피는 것처럼 최 신부를 쳐다볼 때는 일찌감치 자리를 뜨곤 했다. 모텔은 아니었지만 시호와 함께 저들이 그렇게도 호기롭게 자랑삼아 떠들어 댔던 사건의 현장에 최 신부도 들어서니 기분이 묘했다.

마치 최 신부가 그렇게도 밀쳐 냈던 성적 호기심이, 배꼽 밑 단전 어디쯤에 응축되어 있었던 것들이 일거에 치밀어 오르는 것만 같았다. 어쩌면 최 신부가 멸시했던 선임병들과 자기가 별반 다르지 않음에 상당히 놀라고 있었다. 최 신부는 언젠가 신학대학 선배가 입대 무렵 군종 신부의 믿음은 군대를 갔다 와야 진짜라는 말을 했던 기억도 났다. 이런 게 악마의 유혹인가 싶었다. 악마의 유혹은 교부들의 가르침대로 나자렛 예수 이름으로 물리쳐야 하는 게 아닌가. 그러나 그러한 논리적인 신앙의 계율로는 설명할 수 없는 힘이 최 신부를 뿌리째 흔들었다. 신부로서 신품성사를 했을 때, 성당 제단의 차디찬 마룻바닥에 팔다리를 벌려 십자가 모양으로 부복했을 때, 주님을 위해 정결과 순명을 바치겠다고 굳게 다짐했던 언약은 다 어디로 가고 이렇게 주체할 수 없는 욕정만 치밀어 오르는지 알다가도 모를 일이었다.

"오빠, 뭐해 추운데 들어오지 않고."

시호의 이끌림에 허름한 종이 벽지가 누렇게 변한 조그마한 방으로 들어갔다. 환기가 안 되어 퀴퀴한 곰팡내가 났지만 이부자리는 가지런히 정돈되어 있었다. 밖이 좀 춥기도 했지만 그래도 환기를 시켜야겠다 싶어 방문을 열어놓고는 최 신부는 마음에도 없는 괜한 소리를 했다.

"시호야, 나 부대로 복귀할게."

"그래, 나 혼자서 잘 수 있어 걱정하지 마."

"괜찮겠어?"

"그럼, 그래도 몸 좀 녹이고 가."

잠깐 몸이라도 녹이고 가라는 시호의 말에 최 신부는 아랫목에 발을 넣고는 벽에 기대어 앉았다. 시호도 곁에 와 앉았다. 이렇게 밤을 새워도 괜찮을 것만 같았다. 그러나 강원도 양구의 겨울밤은 길고도 추웠다. 등을 기댄 벽에선 냉기가 슬금슬금 기어 나와 온몸을 오그라들게 했다. 시호가 외할머니 밑에서 자란 이야기며, 아버지, 어머니가 모두 일찍 돌아가셔서 얼굴도 기억이 잘 안 난다고 했다. 외할머니는 특히 아버지 이야기엔 알레르기 반응을 보이셨다는 것이다. 좋은 분이었는데 어머니 속을 많이 괴롭혔다는 이야기며 이런저런 가족사로 시간을 보냈다. 대화의 소재가 끊기면 어색한 침묵이 흘렀고 그럴 때마다 최 신부는 입이 마르며 괜히 가슴이 두근거렸다. 혀와 심장이 따로 노는 것만 같았다. 두터운 이불 같은 적막이 무겁게 짓누르기도 했다. 두근거리는 최 신부의 심장 소리가 시호의 귀에 들릴 것만 같았다. 서늘한 냉기가 머리 위를 스쳤지만 가슴 밑으로는 주체할 수 없는 열기가 꿈틀댔다.

"바람 좀 쐬고 올게."

최 신부는 입이 마르고 가슴이 두근거려서 핑계를 대고 밖으로 나왔다. 겨울밤치고는 하늘이 맑았다. 수많은 별들이 손가락질을 하는 것만 같았다. 아, 탄식처럼 기도도 아닌 비명이 최 신부의 입에서 자기도 모르게 흘러나왔다. 그래도 가슴의 두근거림이 멈추질 않았다. 겨울밤의 냉기를 쐬고 나니 가슴을 치받던 열기가 좀 식는 것 같기도 했다.

강원도의 겨울밤이 춥고도 길었지만 이름 모를 객들을 위해 하룻밤 내어주는 허름한 방이어서 한기를 잘 막아 주질 못했다. 시호가 춥다고 했다. 최 신부가 이불을 덮어 주려고 하자 시호가 품으로 들어왔다. 기다렸다는 듯이 최 신부의 몸이 반사적으로 안아 주었다. 계율이고 하느님이고 아무 쓸모가 없었다. 아니 최 신부의 머릿속의 신념과 기억들이 다 지워졌고 뜨거운 몸만 남은 것 같았다. 너무도 자연스럽게 한 몸이 되었다.

***

밤새 눈이 내렸다.

폭설이었다.

하늘도 어이없이 무너질 때가 있다는 것을 보여 주는 것만 같았다. 한겨울의 강원도에서는 흔하게 볼 수 있는 진풍경이었다. 산과 산 사이, 나무와 나무 사이, 집과 집 사이, 가득 채우고도 넘칠 만큼 많은 눈이 내렸다. 그러나 사람과 사람 사이의 사랑과 미움은 너무도 아득하여서 누군가가 한쪽이 먼저 무너져야만 메워지는 게 사람의 일인 것만 같았다. 세상 틈이란 틈을 모두 메우고도 넘칠 만큼 풍성한 눈이 내렸지만, 왠지 모르게 최 신부의 무너져 내린 마음 한 구석은 채워지질 않았다.

시호를 사랑했는데, 뜨겁게 사랑했는데, 마음이 텅 빈 것만 같았다. 큰 죄를 지었다는 자괴감에 몸 둘 바를 몰랐다. 춥고 긴 겨울밤이었지만 최 신부는 생애 가장 짧은 밤을 보냈다. 둘이 아닌 하나가 된다는 것이 무엇인지 몸으로 느꼈다. 더 이상 말이 필요치 않았다. 어떤 이야기를 나누었으며 어떻게 잠이 들었는지조차 기억이 나질 않았다.

시호의 아늑한 품만 느껴졌다. 전혀 다른 세상을 경험하고 온 사람처럼 약간 혼미하기도 했다. 아직 동이 트지도 않았지만 폭설로 밝은 기운이 가득했다. 날이 밝자 서늘한 겨울 한기가 채찍처럼 몸을 파고들었다. 최 신부는 누군가가 조롱하는 것만 같아서 도망치듯 민박집을 빠져나왔다. 역시 사람은 자기밖에 모르는 죄인이었다. 시호의 처지보다도 신부인 자기 입장이 난처해진 듯했다. 슬슬 후회가 밀려들었다.

시호와 어색한 인사를 나누고 도망치듯 민박집을 빠져나온 최 신부는 꽤 멀리 떨어져 있었던 부대까지 숨찬 줄도 모르고 내달렸다. 몇 번을 미끄러지며 넘어졌지만 간밤의 일을 잊고 싶은 듯 고개를 절레절레 흔들며 미친 듯이 내달렸다. 세상을 꽁꽁 얼려 버린 겨울 한파에 오가는 사람들이 없는데도 큰 죄를 지었다는 자책감에 걸음이 휘청거렸다. 얼마나 경황이 없었는지 늘 들고 다니던 '안식'이라는 책을 민박집에 놓고 왔다는 것을 부대 가까이 와서야 알게 되었다.

초병들이 교대하는 이른 시각이었다. 여기저기서 구호 소리가 들렸고 부대원들의 시선이 느껴졌지만 최 신부는 무슨 급한 용무라도 있는 사람처럼 황급히 군종실로 향했다. 최 신부는 군종실 곁에 붙어 있는 캄캄한 기도실에 헐떡이며 고꾸라졌다.

어디에든 하느님이 계시다면 붙잡고 속사정을 털어 놓고 싶었다. 어쩔 수 없었다고, 잘못한 것 같지는 않지만 무조건 잘못했다고 빌고 또 빌어야 된다는 중압감이 몰려왔다. 여자를 거들떠보지도 않을 거라고 다짐 또 다짐했었지만 이렇게 한순간에 무너질 줄은 최 신부 자신도 몰랐던 것이다. 그러나 하느님은 아무런 미동도 없으셨다. 동정을 지켜야 될 신부가 한 여자를 범했는데, 얼마나 큰 잘못을 저질렀는데 하느님은 아무런 말씀도 없고 최 신부에게 관심도 없는 것 같았다.

비록 그대가 맹세를 천 번이나 깨트렸을지라도
오라,
그래도 다시 오라.
우리의 삶은 절망의 대상이 아니다.

학창시절 습작노트 한 귀퉁이에 적어 두었던 루미의 시구가 최 신부를 흔들어 깨웠지만 그날 이후로 최 신부에게서 안식이 사라졌다. 종신 서약을 할 때 굳게 서원했던 언약을 깨트렸으니 무슨 벌이든 달게 받아야만 했다. 시호에 대한 한없는 미안함도 떨칠 수가 없었다.

그러나 시호와의 하룻밤을 보낸 이후, 최 신부에게도 변화가 있었다. 온갖 성적 농담들을 쏟아 놓았던 선임들이 더럽게 느껴지질 않았다. 아니, 같이 더러워졌다는 생각이 들 텐데 그런 자괴감도 없었다. 그냥 삶의 한 부분처럼 너무도 익숙하게 받아들여졌다. 저들과 최 신부 자신이 별반 다르지 않다는 것을 새삼 확인하는 계기가 되었을 뿐이다. 그러나 마음 깊은 곳에 박혀 버린 죄의식은 어떻게 처리할 도리가 없었다.

최 신부는 신학대학 학창 시절 인상 깊게 읽었던 언약에 대한 내용을 떠올렸다. 고대 근동 지역에서 부족들 간의 싸움이 잦아서 피해가 커지면 이웃한 부족과 평화 조약을 맺기 위해 치르는 의식이 있었다고 했다. 소나 양을 죽여서 반으로 쪼개 놓고는 피가 질척한 사체 한가운데를 양쪽 부족장이 손을 맞잡고 지나가는 의식을 치렀다는 것이다. 서로 뒤를 돌아보며 약속을 먼저 파기하는 쪽은 짐승 사체처럼 둘로 쪼개지는 죽음을 당하게 될 거라는 언약의 엄중함을 처참한 동물의 죽음으로 보여 주었다는 것이다. 목숨을 담보로 언약을 맺었다는 뜻이었다. 결국 최 신부는 사람과의 약속이 아닌 엄위하신 하느님과의 언약을 깨트린 것이 되고 말았다. 일평생 동정을 주님 앞에 바치겠다고 결심하고는 순간의 욕정을 못 이기고 파기했으니 죽어 마땅한 죄를 지었던 것이다. 당장 둘로 쪼개지는 죽임을 당해도 할 말이 없었던 최 신부의 심정이 그랬다. 일반 신도들이 죄를 짓게 되면 대부분 신부들이 나서서 고해성사를 권면하지만, 신부로서 어느 누구에게 고백할 수도 없는 죄를 지었으니 최 신부로서는 정말 난감한 일이 아니었다. 직속 선배인 신부님에게 털어놓을까 수많은 고민을 했지만 그날로 신부로서 옷을 벗어야 할 수도 있는 일이어서 용기가 나질 않았다. 결국 최 신부는 고해성사는커녕 아무에게도 털어놓지 못했다. 그러니 미사를 집전할 엄두도 나질 않았다. 백성들의 죄를 대신 짊어진 대제사장이 지성소에 들어가기 전 마땅히 대제사장의 개인적인 정결을 위해서 동물을 죽여 그 피로 씻고 제사에 임했다. 그렇지 않으면 대제사장에게 하느님의 진노가 임해서 곧바로 죽임을 당하기도 했다는 것이다. 그렇다면 최 신부는 사제로서의 자격도 잃었고 다시는 신도들을 대신한 미사를 집전할 수도 없는 노릇이었다. 주임 신부님께 고해성사를 해야 하나 고민만 깊어졌다.

최 신부는 자신이 신부이면서도 정작 죄를 용서받기 위해 신부를 통해서 죄를 고백해야만 하는지 회의가 들기도 했다. 이왕 용서해 주실 거라면 죄인이 직접 하느님께 고백하면 되는 게 아닌가. 최 신부는 고해성사에 대한 신학적 교리까지도 들먹이며 스스로를 변명하기에 급급했다.

"최 신부, 이번 주일미사를 좀 맡아 줘야겠어."

김 대위였다. 가끔 서울로 출장 가는 일이 생기면 최 신부에게 주일 미사 집전을 부탁했다. 하필 왜 이때일까. 최 신부는 마음이 불편했지만 어쩔 수 없이 답을 했다.

"네 알겠습니다. 무슨 급한 일이라도……?"

"육본 군종감이 부르셨어. 미안해 번번이 귀찮게 해서."

"아, 아닙니다."

"최 신부, 어디 아파?"

"아, 아뇨."

"어디 아픈 사람 같아, 의무대에 한번 가 봐."

"괜찮습니다. 이번 주일 미사는 제가 알아서 잘 준비하겠습니다."

죄를 지은 놈이 어떻게 미사 집전을 한단 말인가. 최 신부는 가슴이 두근거렸고 한숨만 나왔다. 김 대위가 이번 일의 전말을 알게 된다면 얼마나 실망을 하게 될까. 최 신부는 더욱 움츠러들 수밖에 없었다.

성전에서 제사를 드리다가 제사장의 숨겨 놓은 죄 때문에 죽임을 당했다는 옛날 제사장들처럼 하느님의 진노가 임하는 것은 아닐지 두려움과 공포도 없지 않았다. 최 신부는 부대 안에서도 사람들의 시선이 예전과 다르게 느껴졌다. 마치 네가 한 일을 내가 다 알고 있다는 듯한 눈초리로 쏘아보는 것만 같았다. 최 신부는 그럴수록 말씀 전례를 잘 준비해야겠다는 각오로 밤이 늦도록 성경 연구를 했다.

다음날 평소처럼 군종 사병들이 성례전에 필요한 각종 성물들을 준비했고 순서에 따라 주일 미사가 진행되었다. 가끔 김 대위를 대신해서 강단에 올랐던 터라 최 신부는 그렇게 긴장되지는 않았다. 그러나 말씀 전례 순서가 되어 강단에 올라서서 병사들의 눈총을 받은 순간 다리가 후들거리기 시작했다. 최 신부를 뚫어지게 쳐다보는 병사들의 눈초리가 마치 적을 겨냥한 총구처럼 적의가 느껴졌다. 아무도 모를 텐데 공연히 최 신부는 주체할 수 없을 정도로 가슴이 두근거렸고 혀가 굳어져 자꾸만 헛말이 나왔다.

여기서 주저앉으면 병사들의 괜한 호기심이 자기에게 향할 것이고 혹시라도 이상한 소문이 돌면 신부로서의 삶은 끝장이라는 두려움이 최 신부를 흔들었다. 최 신부는 헛기침을 두어 번 반복하고는 강대상에 놓인 물을 한 컵 들이켠 후 다시 말을 이어 갔다. 최 신부는 아무렇지도 않다는 듯이 준비한 대로 강론을 시작했다.

"여러분 오늘은 제가 짤막한 이야기를 하나 전해 드릴까 합니다. 중세 어느 수도원에서의 일입니다. 나이 지긋한 원로 수도사는 매일 저녁 습관처럼 수도원 골방의 기도실에서 기도를 드렸답니다. 그는 수도원의 규칙대로 똑같은 내용의 기도문을 매일 반복했답니다. 늘 그랬듯이 그날의 기도도 '오 전능하신 아버지 하느님이시여'라고 하느님을 부르며 기도문을 따라 기도를 시작했는데, 그 순간 하늘에서 '그래 무슨 일이냐'라는 뜻밖의 음성이 들려왔답니다. 그런데 그 소리를 듣는 순간 늙은 수도사는 그만 졸도를 하고 말았답니다."

여기저기서 병사들의 웃음이 터져 나왔다. 덕분에 최 신부를 사로잡았던 두려움도 순간 뒤로 물러선 듯했다. 최 신부는 병사들의 반응을 살피며 다시 강론을 이어갔다.

"혹시 여러분도 그렇지 않습니까. 설마 하느님이 내 기도를 과연 듣고 계실까, 수도원에서 평생 기도를 했던 수도사도 하느님이 자기의 기도를 듣고 계시리라고는 꿈에도 생각을 못했나 봅니다. 아주 가끔 기도하는 우리들도 예외는 아닐 것입니다. 수도사가 넋을 잃고 한참을 그렇게 비몽사몽이었는데 어디에선가 또 한 번의 우렁찬 목소리가 울렸답니다.

'너는 누구냐?'

늙은 수도사는 망설일 것도 없이 '저는 떼오도르 수도원의 원장입니다'라고 답을 했답니다.

'네가 하는 일 말고, 너는 누구냐니까?'

'아, 예, 저는 평생을 경건하게 주님만을 위해 수도한 가톨릭 신부입니다.'

'아니, 네 종교를 묻지 않았다. 네가 누구냐니까?'

'예, 저는 수도원 신부입니다.'

'너는 아직도 멀었구나.'

185

'아, 아니, 멀었다니요. 하느님 저, 신부라니까요.'

여러분, 세상을 한 편의 드라마라고 생각한다면, 누구는 대통령을 맡을 수도 있고 누구는 목욕탕에서 남의 때를 미는 하찮은 일을 할 수도 있습니다. 언젠가 드라마가 끝나고 모두들 제자리로 돌아오면 맡겨진 배역의 귀천으로 평가를 받는 게 아니라, 드라마에서 남의 때를 밀었든 재벌 회장이 되었든 연기력으로만 평가를 받게 되겠지요. 그럼에도 나는 폼 나는 대통령을 맡았으니까 달리 평가해 달라는 배우가 있거나 하찮은 배역을 맡았다고 기죽어한다면 그는 아마추어일 겁니다. 모름지기 배우는 극중의 배역이 아닌 연기력으로만 평가를 받습니다. 우리네 삶도 그렇습니다. 내가 무슨 일을 하는 사람인가보다는 내가 어떤 사람이냐가 하느님의 판단의 기준일 겁니다. 그럼에도 세상에서는 내가 무슨 일을 하는 사람인가에 관심이 많고 그에 따라 평가나 대우가 달라지는 걸 봅니다.

그러나 하느님은 마음 중심을 꿰뚫어 보시지 사람의 외모나 업적이나 이력서 가득한 스펙에 속지 않는 분이십니다. 우리는 성경 곳곳에서 우리들보다도 종교적으로 윤리적으로 한 수 위의 사람들이었던 바리사이파 사람, 서기관, 제사장들을 향하여 독사의 새끼들, 외식하는 자들, 회칠한 무덤 같은 자들이라는 폭언을 일삼았던 예수가 현행범으로 체포된 간통녀를 무조건 용서하거나 마태오 같은 매국노를 제자로 받아들였던 것을 압니다. 우리의 상식과 통념을 뒤집는 혁명적인 사건이었지요.

그런데 우리는 여전히 간통녀나 매국노의 자리보다는 하느님과 관련된 종교적인 직분에 하느님의 특별한 가호가 있을 거라는 막연한 기대를 합니다. 그래서 그런지 여전히 신학교엔 제사장이나 서기관, 랍비가 되려는 사람들로 넘치고 있습니다. 누가 경건한 사람들일까요. 신부, 선교사, 수녀 이런 종교적 직분의 사람들이 경건한 사람들일까요. 간혹 경건한 사람도 있겠지만 대다수는 그냥 경건해 보이는 사람들일 뿐입니다. 쉽게 드러나지 않는 마음 속 작은 음란한 생각이나 미움조차도 간음이요 살인이라고까지 목소리를 높였던 예수 앞에서 누가 자유로울 수 있겠습니까. 그래서 이 세상에서 가장 죄질이 나쁜 사람은 살인자나 간통녀가 아닌 하느님 앞에 용서를 구하지 않는 사람입니다. 이 세상에서 하느님의 각별한 은총을 받는 사람 역시 신부나 랍비가 아닌 하느님 앞에 진심으로 용서를 구하는 사람입니다. 그렇다면 무엇이 타락일까요. 우리들의 눈으로는 윤리 도덕적으로 문제가 있어 보이는 간통녀가 타락한 것으로 보이겠지요. 그러나 자신을 슬쩍 신의 자리로 올려 놓고는 축복과 저주가 자기 손아귀에 있는 것처럼 신도들을 호도하는 종교 지도자들의 십자가에서의 탈선이 예수가 말한 타락인 것입니다. 그럼에도 인간들은 끊임없이 종교적인 직분이나 행위를 앞세우며 자기 정당성을 주장하거나, 자기업적과 자기만족에 빠져서 하느님의 영광을 가로채거나 예수 그리스도의 십자가를 비켜 갑니다. 이는 예수를 증거 하는 자들이 아니요, 자기를 증거 하는 자들이기 때문입니다."

최 신부는 아무 일도 없었던 것처럼 준비한 강론 원고를 읽다시피 진행했다. 말씀을 전하는 내내 가슴 깊이 찔렸지만 하느님이 최 신부가 집전하는 더러운 제사를 받지 않겠다고 천둥 번개를 치시지 않았고 제단에 올라오지 못하도록 다리를 분지르지도 않았다. 더러운 입으로 말씀을 전하지 못 하도록 최 신부의 입을 틀어막지도 않았던 것이다. 최 신부가 저지른 일을 하느님이 모르는 것인지 아니면 모른 척하는 것인지 아무튼 최 신부의 마음도 조금 편해졌다. 최 신부는 그 후로도 수개월을 끊임없는 자책과 후회로 나날을 보냈지만 몇 번의 유격 훈련과 GOP 교환 근무로 눈코 뜰 새 없이 지내면서 죄책감도 옅어졌다. 역시 세월만 한 약도 없는 것 같았다. 최 신부는 언젠가부터 아무 일도 없었다는 듯이 잊고 살았다. 죄책감도 하느님이 용서하는 게 아니라 세월이 약인 듯했다. 죄는 양심의 가책일 뿐이었다. 하느님과는 전혀 상관도 없었고 심판도 받지 않았다.

아니, 최 신부에게는 어떠한 불행도 임하지 않았다. 인간들은 자기가 자기를 심판할 뿐이었다. 죄인이 죄를 짓는 게 너무도 당연한 일인데 죄를 짓고 안 짓고를 자기가 조절할 수 있는 것처럼 생각하는, 오히려 이게 죄의 본질이 아닐는지 모를 일이었다. 최 신부는 시호와의 하룻밤을 지워 버리기 위해서 시호를 잊기로 했다. 그날 이후로 최 신부는 시호를 찾지 않았고 시호도 최 신부를 찾지 않았다.

* * *

최 신부는 책과 사진, 편지 한 장을 책상 위에 가지런히 놓고는 잠시 양구에서의 하룻밤을 기억해 냈다. 허겁지겁 민박집을 빠져나올 때 잊고 나온 책이 바로 최 신부가 들고 있는 '안식'이라는 책이었음도 생생히 기억났다.

양구에서의 아득했던 하룻밤, 그날 이후로 최 신부는 자신의 모든 기억을 지워 버리고 싶었다. 아니 신부로서 오점을 남기기 싫은 듯 시호와의 하룻밤도 지워 버렸던 것이다. 시호에 대한 배신이었다. 하느님의 형벌을 피하기 위해서라기보다 하느님의 긍휼을 다시 붙들고 싶었다. 어떤 변명도 설득력은 없었지만 시호에 대한 죄책감도 그리움도 얇아졌다. 가끔 시호의 소식이 궁금했지만 함께 묻어나는 죄책감에 늘 불편했다. 초임 신부로 발령받은 사제들의 생활이라는 게 눈코 뜰 새가 없기도 했다.

그러나 이번 뗏목 사고로 최 신부는 이제 더 이상 피할 곳도 숨을 수도 없음을 깨달았다. 보이는 사람의 눈은 피할 수도 속일 수도 있었겠지만 보이지 않는 하느님의 눈은 피할 수가 없음을 다시 한번 확인한 셈이다. 아마도 최 신부는 숨겨 놓았던 자기의 죄악으로 이번 뗏목 참사가 일어났다고 생각했다. 아무도 모르겠지만 최 신부의 양심은 끊임없이 손가락질을 하고 있었던 것이다. 최 신부는 시호를 찾아서 용서를 빌어야겠다고 마음을 먹었다. 어찌 됐든 뗏목 탐사로 네 명이나 목숨을 잃었으니 청년부 담당 책임 신부로서 어떠한 변명도 용납될 수 없는 상황이었다. 결국 최 신부는 사제직을 벗어야겠다는 결심을 했다.

사실 신부가 신부의 길을 접는 경우는 돌이킬 수 없는 도덕적인 죄를 짓거나 진리에 대한 회의로 인해 믿음이 무너졌을 때를 제외하고는 거의 드문 편이다. 사실 신학대학 재학 중에도 몇 차례 헌신의 강도를 되묻고 언제든지 포기할 수 있는 길을 열어 주고 있다. 어떠한 죄책감도 없이 수도자의 길을 중단할 수 있도록 도와주는 것이다. 하느님은 자발적 헌신만 받겠다는 것이다.

가끔 사회적 물의를 일으킨 신부들이 축출되는 경우도 없지 않지만 신부가 신부의 길을 스스로 포기하는 것은 모두에게 상당한 심적 부담이 된다. 신부로서의 삶을 접고 세속으로 나가서 마땅히 할 일이 없기 때문이다. 어떤 이들은 새로운 직업을 찾기 위해 다시 대학에 입학하기도 하고 유학을 떠나기도 하지만 최 신부는 마땅히 미래에 대한 준비도 없었다.

이번 사태만 아니었으면 최 신부는 그냥 평범한 신부로서의 삶을 이어 갈 수 있었을 것이다. 다만 현재 벌어진 상황에 대한 책임감도 막중했고 꼬깃꼬깃 숨겨 놓았던 시호에 대한 죄의식도 덜고 싶었던 것이다.

최 신부는 시호를 보고 싶기도 했다. 보이지 않는 하느님의 위로보다는 보이는 사람의 위로가 그립기도 했다. 늘 최 신부 편을 들어주었던 시호의 마음을 잊을 수가 없었다. 신부로 헌신만 안 했다면 아마도 시호와 결혼을 생각했을 수도 있었다. 그러나 양구에서의 하룻밤은 최 신부에게 돌이킬 수 없는 아픈 흉터를 남기고 말았던 것이다. 한편으로 시호를 보고 싶었지만 볼 면목이 없었다. 그래도 최 신부가 힘들 때마다 곁에서 위로해 주었던 시호의 따뜻한 마음이 너무도 간절했다. 최 신부는 몇 날을 고민하다가 결국 뗏목 탐사의 뒤처리가 어느 정도 정리되면서 시호를 찾아봐야겠다는 생각이 들었다.

* * *

고소동 380-39번지, 2층. 허름한 단독주택 옥탑방이었다.

"이층, 지혜 엄마요. 지금 회사 갔을 텐데…… 누구세요."

집주인으로 보이는 아주머니가 최 신부를 위아래로 훑어보며 말을 이었다.

"지혜가 아파서 병원으로 바로 갔을 텐데."

도망치듯 집을 빠져나왔지만 그냥 돌아갈 수는 없었다. 근처 슈퍼에서 생수 한 병을 구입했다.

"혹시, 옆 집 옥탑방에 사는 지혜 엄마 아세요?"

"네, 엄마 혼자 아이를 키우지요. 요즘 아이가 아파서, 아이 이름이 지혜일 거요. 성씨는 잘 모르겠고."

시호, 지혜, 시호의 딸, 최 신부의 머릿속엔 여러 생각이 스쳤다. 결혼은 했는지, 혹시 이혼을 하고 혼자 아이를 키우고 있는 것은 아닌지, 어쨌든 시호를 만나면 모든 궁금증이 풀릴 것만 같았다. 결국 최 신부는 주인아주머니에게 서류 뭉치를 시호에게 전해 달라고 부탁하고는 집을 나왔다.

늘 시호는 최 신부의 원고를 보고 싶어 했다. 어쩌면 최 신부의 강론보다도 최 신부의 글을 읽고 싶어 했다. 시호는 농담처럼 실력 있는 사람은 말보다 글로 말을 하는 거라며 최 신부의 글쓰기를 부추기곤 하였다. 지금도 시호가 출판 일을 하고 있는지 궁금했지만 최 신부는 시호에게 그간의 소식을 소설 원고로 전하고 싶었던 것이다. 시호에 대한 미안한 마음을 다소나마 보상해 주고 싶은 최 신부의 선물이기도 했다. 최 신부는 글을 쓰는 내내 시호를 첫 번째 독자로 염두에 두었던 것이다. 사제로서 신앙에 회의가 들거나 소명감이 떨어질 때마다 최 신부는 성전 제사장들의 삶을 추적하며 자신을 돌아보기도 했고 그러한 체험을 바탕으로 소설을 써내려갔던 것이다. 최 신부가 군 복무 중 틈틈이 정리해 놓은 소설 원고였던 것이다.

"지혜 엄마 있어요?"

아래층 주인아주머니였다.

"어떤 젊은 분이 전해 주라고 했어, 서류 같아."

"네, 감사합니다. 혹시 누구라고……?"

"모르겠어, 그냥 전해만 달라고 해서."

"네, 알겠습니다."

시호는 주인아주머니가 건네준 '검은 제사장들'이라는 제목이 붙은 최 신부의 소설 원고를 단숨에 읽어 냈다. 종교와 진리 사이에서 늘 고뇌했던 최 신부의 사제로서의 삶이 엿보였다. 예루살렘 성전을 중심으로 벌어진 살인 사건의 뒷이야기가 궁금했지만 공연히 최 신부에게 연락을 한 건 아닌지 후회가 밀려들어 읽던 원고를 잠시 내려놓았다. 이렇게 글도 쓰며 신부로서 잘 살고 있는데, 시호 자신이 나타나면 최 신부의 삶이 망가질 것만 같았다. 신부에게 숨겨진 딸이 있다는 소문만 있어도, 신부로서의 삶은 하루아침에 무너지고 말 것이란 것을 시호도 잘 알고 있었다. 그럼에도 딸 지혜의 골수 기증이 실패로 끝나면서 시한부 생명이 되어 버린 지혜의 안쓰러움에 시호는 무조건 최 신부를 찾아 나섰던 것이다. 지푸라기라도 잡는 심정으로 최 신부의 골수를 기대할 수밖에 없는 불가피한 상황이었다. 시호도 마음의 갈피를 잡을 수가 없었다. 최 신부의 성직자로서의 삶을 지켜주기 위해서는 지금처럼 쥐 죽은 듯이 숨어 사는 게 맞다고 생각했다. 그래서 시호도 지혜와 함께 십여 년을 묵묵히 버텨왔던 것이다. 하지만 고통 가운데 겨우겨우 목숨을 연명하고 있는 지혜를 그냥 바라볼 수도 없었다. 시호는 절박한 심정으로 최 신부를 찾아 나섰지만 망설임도 없지 않았다. 낯선 전화가 왔다.

"시호야, 나야."

"……."

최 신부의 목소리를 금방 알아챘지만 시호는 가슴 깊숙한 곳에서 무언가 치밀어 올라와 숨이 막힐 것만 같았다. 너무도 할 말이 많아서 아무 말도 못 하였다는 고백처럼 시호는 아무런 대꾸를 하지 못했다. 그냥 가슴만 먹먹했다.

"시호야, 미안해."

"……."

시호는 최 신부의 한마디에 북받쳐 오르는 눈물을 참을 수가 없었다. 최 신부도 시호의 흐느낌을 들으며 더 이상 말을 잇지 못했다. 그렇게 한참을 서로가 흐느끼며 침묵만 흘렀다.

"시호야, 그동안……."

탄식을 하듯 최 신부가 말을 이었지만 시호는 최 신부가 무슨 말을 하고 싶은지 이미 다 알고 있는 듯했다.

"오빠, 나 괜찮아, 오빠가 보내 준 원고 읽고 있었어. '검은 제사장들' 소재가 참신한 것 같아."

그동안 아무 일도 없었고, 여전히 오빠를 신뢰하고 있다는 듯이 시호는 최 신부에게 천연덕스럽게 대꾸를 했다.

"아직 완성된 것은 아니야, 언젠가 네가 보고 싶어 했잖아."

"고마워 오빠, 정리되면 내가 꼭 책으로 만들어 볼게."

정작 최 신부는 시호에게 그동안 어떻게 살았는지 묻고 싶었지만, 당장이라도 시호에게 달려가고 싶었지만, 시호의 경쾌한 답변에 질곡의 세월은 모두 잊어진 듯했다. 아마 며칠 밤을 새워도 다 이야기하지 못할 사연들이 있을 텐데 최 신부는 직접 만나서 들어야만 할 것 같았다.

"내일 회사 근처로 갈게."

최 신부는 시호에게 약속 장소를 알려주고 전화를 끊었다. 다음 날 최 신부는 사제복을 벗어던지고 평상복 차림으로 갈아입었다. 왠지 모를 편안함과 자유로움에 얼굴도 밝아진 듯했다. 그동안 최 신부는 뗏목 사건으로 경찰서를 몇 차례 드나들었고 교구청에 불려가 사건 전말에 대한 진술도 했다. 가는 곳마다 최 신부는 자기가 죽일 놈처럼 취급당하는 것만 같았다. 끝 모를 죄책감에 어디로든 도망치고만 싶었다. 힘들 때마다 시호가 곁에 있었듯이 공교롭게도 이번에도 시호에게 가는 길이다. 모든 책임감과 죄책감으로부터 벗어난 것만 같은 착각이 들 정도였다. 지난 주 경찰서에서 조사를 받을 때 김 경사가 의아한 듯 물었던 질문이 뇌리를 떠나지 않고 있었다.

"최 신부님, 왜 하필 홍 박사는 뗏목 탐사 일주일 전에 여섯 개나 되는 거액의 생명보험을 모두 해약하고 뗏목에 탔을까요. 그렇게 위험한 일을 앞두고는 대개 생명보험을 더 들게 되는데, 이상하지 않습니까. 혹시…….”

김 경사는 차마 말을 하지 못했지만, 홍 박사가 고의적으로 뗏목 탐사를 이용해 사고를 유도한 것은 아닌지 의혹을 드러냈던 것이다.

“김 경사님, 그럴 리가 없습니다. 제가 아는 홍 박사는 그런 사람이 아닙니다.”

“최 신부님, 아마 모르실 텐데, 홍 박사 부인이 남편이 사망한 뒤 보험회사에 문의를 했더니 모두 탐사 일주일 전에 해약을 해 버렸답니다. 그것도 홍 박사가 직접 했고요. 보험 가입은 부인이…….”

김 경사는 차마 최 신부에게 말을 다 할 수 없는 듯 말끝을 흐렸다.

“아니, 또. 홍 박사에게 무슨 문제가 있었나요. 김 경사님 말씀을 해 주세요.”

“그건 최 신부님이 홍 박사 부인께 직접 물어보세요.”

“무엇을 말씀하시는지……?”

“홍 박사 부인께 홍 박사의 자녀에 대한 문제를 한 번 대화를 나눠 보세요.”

최 신부는 신도들의 영혼을 책임지는 사제로서 홍 박사에 대한 내밀한 이야기를 김 경사로부터 듣게 된 것이 당황스럽기도 했다. 최 신부는 홍 박사 부인을 꼭 만나서 속 깊은 이야기를 들어봐야겠다고 작심을 하고 있었다.

이런저런 생각에 신호등 불빛이 바뀐 것도 모르고 주춤거리다가 헐레벌떡 횡단보도를 건넜다. 앞서 건넌 사람들의 뒷모습이 차츰 가까워지면서 익숙한 여인의 뒷모습이 눈에 들어왔다. 아마도 시호일 것이라는 생각에 최 신부는 가슴이 두근거렸지만, 큰소리로 불러 세우고도 싶었지만, 왠지 그녀의 뒷모습을 그냥 지켜보고만 싶었다. 최 신부는 자기 때문에 얼마나 많은 마음고생을 했을까 싶은 생각에 시호의 뒷모습이 더욱 안쓰러워 보였다. 세상엔 참 바쁜 사람들이 많은지 모두들 시호의 걸음을 앞질러 나아갔다. 시호가 뒤처지며 천천히 보도블록을 살피며 걷고 있었다. 최 신부는 문득 시호의 손을 살짝 잡아 주고 싶었다. 아주 천천히 시호의 걸음 폭을 살피며 최 신부가 등 뒤로 다가섰다. 언젠가 최 신부가 시호에게 보내 줬던 '당신의 오른편은 나의 왼편'이라는 시구처럼 시호의 오른편으로 조금씩 가까이 나아갔다. 시호는 최 신부가 늘 곁에 있어 주리라 생각했을 것이다. 그렇게 아름다운 동행을 꿈꿨을 것이다. 그러나 최 신부는 시호보다 하느님과의 동행을 선택했다.

아니, 하느님이 하느님을 선택하도록 하신 것인지 모를 일이었다. 그러나 지금 최 신부의 발걸음은 시호와의 동행을 다시 꿈꾸고 있는 것이다. 이것도 하느님이 시호와의 동행을 허락하신지 모를 일이었다. 최 신부가 시호의 뒤로 다가서서 시호의 오른편 손을 슬며시 잡았다. 화들짝 놀란 듯 시호가 걸음을 멈추었지만 이내 시호는 최 신부를 알아봤다.

"오빠."

시호의 얼굴에 화색이 돌았다. 최 신부는 시호를 가슴 깊이 안아주었다. 몇 차례 신호등이 바뀌었고 수많은 사람들이 오고 갔지만 아무도 의식되지 않았다. 그렇게 둘은 한 몸이 되었고 신부라는 종교적인 허울도 별 문제가 되지 않았다.

"오빠, 참, 신부님이라고 불러야 하는데."

시호는 시원한 아이스커피를 주문했고 최 신부는 녹차를 주문했다. 오전 이른 시간이라 커피숍은 한산한 편이었다. 대부분 더운 여름이라서 그런지 햇빛이 없는 그늘진 쪽으로 자리를 잡고 있었다. 유독 햇볕 잘 드는 한쪽 구석에서 무슨 책인가를 열심히 들여다보고 있는 중년의 여인이 눈에 띄었다.

"오빠."

시호는 최 신부를 거듭 오빠라고 부르고는 말을 잇지 못했다.

"응, 힘들었지……."

최 신부의 대꾸에 시호는 고개만 끄덕였다.

"참, 사진 속의 꼬마는 누구야?"

"오빠, 궁금하지 미안해."

"혹시 결혼했었어?"

최 신부는 무심코 말을 뱉었지만 이건 아니다 싶었다.

"아, 아니 미안 그냥 궁금해서."

시호는 내심 어이가 없었지만 그럴 수밖에 없는 최 신부의 입장을 이해했다. 어쩌면 시호는 최 신부를 그만큼 사랑했고 지금도 사랑하고 있다는 반증이었다.

"오빠, 그 아이 이름이 지혜야, 오빠 딸이고."

최 신부는 시호가 눈빛 하나 흔들림 없이 '오빠 딸'이라는 말을 하는 순간 망치로 한 대 얻어맞은 것만 같았다. 숨이 턱 밑까지 차올랐고 종작없이 가슴만 두근거렸다. 꼬깃꼬깃 숨겨 놓았던 수치스런 일을 들킨 사람마냥 얼굴이 화끈댔다. 입이 말랐고 순간 현기증이 나는 듯했다. 세상 모든 손가락질이 최 신부를 향한 듯 최 신부는 주체할 수 없는 죄책감에 온몸에 힘이 빠졌다. '신부와 숨겨 놓은 딸'이라는 문장은 도저히 성립될 수 없는 불립문자일 텐데, 신부에게 딸이 있다니 순간 수치심과 죄책감에 몸서리를 쳤지만 이내 최 신부는 시호에게 다그쳐 물었다.

"아니, 왜 지금까지 숨겼어."

"오빠……."

시호는 최 신부가 흥분된 상태임을 직감하고는 목소리를 낮추었다. 최 신부는 양구에서의 하룻밤을 선명하게 기억해 냈다. 아니 단 하루도 잊고 지낸 적이 없었다. 그러나 아름다운 추억만으로 남아 있을 줄 알았는데 아무도 시호와의 관계를 눈치 챈 사람이 없다고 생각했는데 아마 하느님도 용서해 주신 줄 알았는데 최 신부로서는 '오빠 딸이야'라는 말에 더 이상 피할 수도 아니 피해서도 안된다는 생각으로 시호에게 사연을 되물었다. 최 신부는 시호가 더욱 측은해 보였다. 혼자서 세상의 온갖 손가락질을 피해 지금까지 버텨왔으니 대견스럽기도 했지만 안쓰럽기도 했다.

"오빠, 미안해."

시호는 자기 잘못인 양 최 신부에게 더욱 미안한 마음을 드러냈다.

"오빠, 양구에서 돌아온 뒤 두 달이나 지나서 임신인 줄 알았어. 그리고 이걸 어떻게 해야 하나 많은 고민을 했지. 오빠에게 연락할 수도 없고 아니 하면 안 될 것만 같았어. 낙태를 생각도 했지만 언젠가 오빠가 낙태도 살인이라고 했잖아. 반낙태 운동에도 참여한 적도 있었고. 결국 출산을 할 수밖에 없었어. 하는 수 없이 영등포에 있는 미혼모 보호소엘 들어갔지. 그곳에서 지혜를 낳았고 7개월

만에 출소를 했어. 소문이 날까 모든 친구들과 관계도 끊고 친척들에게도 비밀로 했어. 이제 오빠만 알게 된 거야. 너무 걱정하지마, 내가 잘 키울 수 있어."

"그래도 나에게 알렸어야지."

최 신부는 시호의 말에 고개를 끄덕이며 공감을 했지만 미안한 마음에 몸 둘 바를 몰랐다. 뗏목 사건으로 4명의 젊은이들을 강물에 수장시켰다는 자책감에 짓눌렸는데 그동안 자기도 모르게 시호를 고통 가운데 몰아넣은 죄인이었구나, 라는 생각에 숨이 막힐 지경이었다.

"시호야 정말 미안해."

"아냐, 오빠 잘못이 아니야 내가 선택한 일이야."

"지혜라고 했나, 지금 어디 있어?"

최 신부는 갑자기 궁금해졌다. 그것도 혈육이라고 보고 싶었다.

"오빠, 지금 지혜가 아파."

"어디가 아파?"

"골수성 백혈병이래, 학교에서 선생님이 체벌을 하느라 손바닥을 한 대씩 때려 주었는데 유난히 지혜의 손바닥이 희어서 병원엘 가보라고 하셨대. 그래서 혹시나 해서 병원엘 데리고 갔더니 급성 백혈병으로 진단을 받았어. 아마 2년 전쯤 일이야, 골수 이식을 하면 좋아질 수 있는데 몇 차례 실패를 했어. 일본까지 가서 시도를 했는데도 실패를 했어. 그래서 오빠밖에는 달리 방법이 없어서 연락을 한 거야."

"지금 상태는……?"

"6개월 정도 시간은 있는데 그 이상은 보장을 못 한대."

"그래."

최 신부는 무슨 말을 해야 할지 가슴이 먹먹하기만 했다. 그동안 시호가 얼마나 힘에 겨웠을지 생각하니 마음이 아팠다.

"시호야, 정말 미안하고 내가 아마 신부직을 그만두어야 할 것 같구나."

"아냐 오빠 지혜만 좋아지면 그냥 이렇게 살아도 괜찮아. 오빤 신부로서 살면 돼, 나는 지혜를 잘 키울게."

최 신부는 시호의 마음을 충분히 이해했지만 이런 상태로 성직자의 길을 지속한다는 것도 스스로 용납이 되질 않았다.

"시호야, 너무 걱정하지 마. 내가 잘 판단해서 결정할게."

최 신부는 이미 마음의 결정을 내려놓고는 시호를 안심시켰다.

"얼마 전에 성당에서 사고가 났었어, 내가 책임을 맡고 있는 청년부 지체들이 금강에서 뗏목 탐사를 하다가 4명이 익사를 했어. 모든 게 내 책임이었지, 아마 내가 벌을 받았나 봐. 이렇게 너에게도 몹쓸 짓을 했으니."

최 신부는 자책감에 한없이 무너져 내리고 있었다. 시호에게 위로를 받고 싶었는데 전혀 예상치 못한 상황을 마주했으니 더 이상 최 신부는 물러설 곳이 없는 듯했다. 아니 이미 상황은 전개되어 있었고 최 신부만 모르고 있었던 셈이다.

세상 모든 일이 그런 것만 같았다. 미래는 과거의 표절이라는 말처럼 어쩌면 사람 사는 게 희망도 없고 별 의미도 없는 것인데 모두들 안절부절못하며 별난 의미를 찾느라 힘들고 쓸데없는 희망을 품고 사는 것은 아닌지 싶었다. 최 신부는 더 이상 사제복을 입지 않겠노라고 내심 굳게 작심했다. 양구에서의 하룻밤으로 시호와 지혜가 얼마나 힘겹게 살아왔는데 최 신부는 그것도 모르고 하느님을 위해서 산다고 성직자로서의 삶을 당연한 듯 살고 있었는데 이것이 얼마나 위선적인 일이었는지 이제야 깨닫게 된 것이다. 정말 하느님이 살아 계시다면 따져 묻고 싶었다. 한순간 눈 먼 사랑이 죄라면 최 신부의 죄업이고 마땅히 최 신부 자신이 벌을 받아 마땅한데 왜 시호와 지혜가 어려움을 겪으며 살아가야 하는지 그 이유를 묻고 싶었던 것이다.

"오빠, 지혜만 좋아지면 내가 숨어서 살게."

시호는 자기 때문에 최 신부의 삶이 망가질 것만 같았다. 시호는 목이 말랐다. 플라스틱 커피 잔 속의 얼음덩이가 달그락거릴 정도로 마지막까지 들이켰다. 최 신부의 눈에는 시호가 얼음덩이처럼 단단해진 것만 같았다. 미혼모로서 아이를 출산했고, 십여 년을 혼자서 아이를 길렀으니 그 심적 고통을 감히 누가 상상이라도 할 수 있겠는가. 최 신부는 자기가 얼마나 큰 죄를 저질렀는지 생각만 해도 끔찍했다. 한 여자의 삶을 한순간의 실수로 이렇게 망가트렸다는 죄책감에 미안하기만 했다. 최 신부는 눈앞이 캄캄할 정도로 혼란스러웠고 이 상황을 어떻게 헤쳐 나가야 할지 막막했지만 시호는 침착하고 단호했다.

시호는 지혜만 살려 놓으면 지금 이대로의 삶을 충분히 감당할 수 있다고 반복해서 말을 했던 것이다.

"시호야 이제부턴 내가 함께할게, 너무 걱정하지 마. 지혜 골수 이식도 마땅히 내가 나서서 해결할게."

최 신부는 그동안 무관심했던 세월에 대한 보상이라도 해야 할 것처럼 시호에게 말을 했지만 시호는 최 신부의 사제직 포기를 끝까지 만류하고 싶었던 것이다.

"오빠, 뗏목 사건도 우연한 사고였잖아. 오빠가 일부러 그렇게 한 것도 아니고 다만 책임자로서 도의적인 책임이 있을 뿐이지."

"그래 시호야 네 말이 맞아, 그런데 지혜의 일은 내가 피할 수 없는 운명적인 것 같아. 왜 하필 이때에 네가 나에게 알리게 되었는지, 그것도 참 이상하잖아. 그렇지 않아도 사제복을 벗어야 할지 고민하고 있었는데 시호 네가 나타나서 더 이상 고민할 필요 없어졌어."

"그럼 오빠 정말로 신부 그만둘 거야? 성당에서 나오면 뭐 하고 살 건데."

"그건 그다음 일이야. 차츰 생각해야지. 글을 쓰면서 살아도 되고 또 다른 공부를 시작해도 되고. 뭐 할 일은 많을 것 같은데."

"오빠, 신부는 하느님의 허락이 있어야 될 수 있는 것처럼 그만두는 것도 하느님의 허락을 받아야 되는 거 아냐?"

"나같이 형편없는 신부는 당장 그만두라고 하실 거야. 하느님께 죄를 지었잖아 용서받을 수 없는 죄."

최 신부는 자책감인지 죄책감인지 마음을 짓누르는 알 수 없는 부담감에 낙심만 되었다.

"오빠, 하느님께 용서받을 수 없는 죄는 없다고 생각해. 아니 용서받지 못하는 사람이 있다면 그는 아마 세상에서 가장 불쌍한 사람일 거야. 오빠는 아직도 양구에서 있었던 일을 죄라고만 생각하는 거야? 그럼 지혜는 죄의 결과물이겠네. 나는 그게 아니라고 생각해. 사랑도 죄라면 인간이 할 수 있는 게 도대체 뭐야."

"시호야, 너에 대한 사랑은 진심이었어. 그러나 신부로서 해서는 안 될 일을 했다는 것은 교리적으로나 윤리적으로 죄인 거야. 세상 사람들이 나를 보면 손가락질을 하지 않겠어? 하느님을 위해서 혼자 살겠다고 작정한 놈이 멀쩡한 아가씨를 미혼모를 만들었으니 천하의 죽일 놈이지."

"난 천하의 죽일 놈의 사랑을 받은 거고, 참 불쌍한 여인이네."

"그게 아니고."

"오빠, 난 그렇게 생각 안 해 하느님은 사랑이라며. 사랑이 뭐야, 너를 위해서 나는 죽어도 괜찮다는 게 사랑이 아닐까, 나는 오빠를 위해서라면 무슨 일이든 할 것 같았고 그런 심정으로 지혜를 낳았고 세상 사람들의 시선이 두렵지도 않았어. 지혜의 병만 아니었으면 오빠에게 연락도 안 했을 거야."

최 신부는 수많은 사람들에게 사랑의 강론을 펼쳤지만 모호하기만 했던 사랑이라는 단어가 시호에게서 명료하게 들렸다. 그 어떤 강론보다도 힘이 있었고 가슴에 울림이 있었다. 과연 나는 시호를 위해 목숨이라도 내어놓을 만큼 사랑을 했던가. 아니면 순간적인 욕정에 사로잡혀서 실수를 한 것인가. 사제직을 박탈당할까 봐 전전긍긍했던 당시의 상황이 부끄럽기만 했다.

최 신부는 자기를 향한 시호의 진심 어린 사랑에 미안함과 부끄러움이 밀려 와 할 말을 잃고 말았다.

"시호야, 지혜가 보고 싶구나, 너를 꼭 빼닮은 것 같아. 그런데 갑자기 내가 지혜 아빠라고 나타나면 지혜가 많이 놀랄 거야. 그러니까 그냥 아는 성당 신부라고 하는 게 어떨까?"

"그래 오빠 생각대로 할게."

"아마 성당 일을 인수인계하고 중앙 교구청에 환속 절차를 밟으면 면직까지는 시간이 꽤 걸리겠지만 한두 달 안에 지혜 곁으로 갈 수 있을 거야. 지혜 입원한 병원 좀 알려 줘."

"오빠 처음이니까 나하고 같이 가는 게 좋을 것 같아. 연합대학병원 소아병동 무균실에서 대기 중이야."

"그래 내일 병원으로 가서 골수 이식 절차를 밟을게."

최 신부는 시호와 다음 날 병원 로비에서 만나기로 약속을 하고는 헤어졌다.

* * *

엊그제 김 경사가 홍 박사 부인을 한번 만나 보라는 부탁이 기억났다. 아무래도 홀몸도 아닌 상태로 어린 아들과 얼마나 심적 고통이 클지 생각만 해도 가슴이 저려왔다. 늘 가정적인 홍 박사의 헌신적인 봉사도 그랬지만 어디 하나 흠 잡을 데 없는 신앙인으로서 성당에서도 모두들 존경하는 그런 인물이었다.

"사모님 안녕하세요. 최 신부입니다."

연구원들이 주로 거주하는 연구소 인근 아파트 상가에서 피아노 학원을 운영하는 홍 박사의 부인이 아무도 없는 피아노 학원의 한쪽 소파에 등을 기대고 누워 있었다.

"네, 신부님 들어오세요."

"몸은 괜찮으세요?"

"네, 아이도 건강하대요."

"다행입니다."

"엊그제 경찰서에 갔더니 김 경사가 전해 주었습니다. 홍 박사님이 사고 나기 일주일 전에 여섯 개나 되는 생명보험을 다 해약했다더니 그게 사실인가요?"

"네 신부님. 왜 그랬나 모르겠어요."

"정말로 홍 박사가 그랬나요."

"네, 제가 보험회사에 알아봤습니다."

"혹시 사고 전쯤 부부싸움이라도 하셨나요."

"아뇨 아무런 일도 없었어요. 뗏목 탐사 준비로 바쁜 것 같았어요. 그리고 생명보험과 무슨 상관이 있었겠어요."

"아, 그래요······."

최 신부는 성당 사무실로 돌아와 뗏목 탐사 당일 뗏목 타기 직전에 찍었던 단체 사진을 유심히 들여다보았다. 모두들 주황색과 빨간색이 뒤섞인 구명조끼를 입고 있었는데 홍 박사만 점퍼 차림이었다. 그것도 더운 여름 날씨에 붉은색 점퍼를 걸쳤으니 모두들 구명조끼처럼 착각을 했던 것이다. 유독 홍 박사만 구명조끼도 입지를 않았던 것이다.

경찰 조사에 의하면 4대강 사업의 일환으로 지난 수개월 동안 강하천의 모래를 퍼 올렸고 준설 작업으로 금강 곳곳에 큰 웅덩이가 형성되었다고 했다. 공교롭게 뗏목이 그곳을 지나며 뒤집혔고 휩쓸려 내려가다가 구즉교 교각에 또 한 번 부딪치면서 전파되었다는 것이다.

일차적인 원인은 강바닥에 형성된 웅덩이를 중심으로 강물이 소용돌이쳤고 뗏목이 그 부분을 잘 통과하질 못해서 우연찮게 발생된 사고라고 정리했다. 그런데 왜 홍 박사는 구명조끼도 입지 않았으며 사고 일주일 전에 거액의 생명보험을 모두 해약했을지 이해가 가질 않았다. 경찰에서도 그 부분이 의아했지만 사고의 결정적인 원인은 아니어서 사고사로 사건을 종결했다는 것이다. 최 신부는 홍 박사의 처신이 도무지 이해가 가질 않았지만 스스로 목숨을 끊을 만큼 심각한 일도 없어 보였기에 더욱 그랬다.

최 신부는 문득 홍 박사의 동료 연구원들로부터 전해 들었던 방사능 피폭 사건이 생각났다. 언젠가 원자력연구소 내의 조사재 시험시설 필터 화재 발생으로 일부 방사능 물질이 누출되는 사고가 발생했던 것이다. 연구원들 가운데 일부가 비정상 피폭을 당했고, 당시 방사선 백색비상이 발령되기도 했다. 연구용이었지만 어쨌든 방사능 피폭 사고였기에 언론에 알려지면 원자력 연구에도 상당한 차질이 생길 것 같아서 연구소 내에서 쉬쉬하며 마무리를 했다는 것이다.

당시 피폭 사고에 참여했던 젊은 기혼 연구원들에게 일정 기간 동안 피임을 하도록 교육했으며 가족들에게도 철저히 함구하도록 지시를 했다는 것이다. 연구를 하다가 일어난 일이라 연구원 당사자들의 잘잘못도 있었고 세상에 알려져 봤자 연구원들에게 모든 책임이 돌아올 것이 뻔했기에 모두들 암묵적으로 동조했던 것이다. 그에 따른 상당한 금전적 보상도 주어졌지만 홍 박사처럼 신혼이었던 연구원들에겐 충격적인 사건이었던 것이다.

아내 모르게 방사능 해독약을 복용하면서도 영양제라고 속였고 부부 생활도 가급적 피했지만 아주 가끔 부부관계를 할 때에도 철저히 피임을 했다는 것이다. 그러다 홍 박사의 아내가 임신 소식을 알렸으니 홍 박사로서는 당시 상황에서 낙태를 고려했지만 신앙 양심 상 그럴 수도 없었고 아내는 영문도 모르는 채 홍 박사가 임신 소식을 기뻐하지도 않았고 낙태 이야기를 꺼내서 당황했다는 것이다.

방사능, 임신, 기형아, 낙태, 당시 홍 박사를 두려움에 사로잡히게 했던 것들이었다. 최 신부는 당시 홍 박사의 심경을 상담을 통해 어렴풋이 짐작했다는 김 신부의 말에 수긍이 되었다. 신앙적으로 낙태는 살인에 버금가는 중대한 범죄 행위였기에 홍 박사로서 어려운 선택이었겠지만, 피임 중에도 임신이 가능한 건지 나름의 의심도 없지 않았다고 했다.

홍 박사는 담당 의사에게 집요하게 물어봤지만 의학적으로도 간혹 실수로 임신하는 경우도 없지 않다는 애매한 답변만 돌아왔다. 홍 박사 자신도 인간들의 발명품이라는 게 이전 것보다 좀 더 낫거나 못 하거나의 상대적인 것들이지 절대적인 것은 못 된다는 생각이 들었다. 어쩌면 세상일이란 것도 인간들에게 절대라는 말을 붙이는 것은 오만한 일인지도 모른다.

그러니 선과 악, 성공과 실패, 삶과 죽음, 행과 불행이라는 개념 조차도 모두들 서로 속고 속이며 살아가고 있는 건 아닌지 누가 장담할 수 있겠는가. 아니 삶 또한 이 생뿐이거나 혹 또 다른 생이 있을지 누가 알겠는가. 홍 박사는 이런저런 생각에 아내의 불륜까지 의심하는 지경에 이르렀다는 것이다.

의처증으로 오해받을 만큼 홍 박사의 당시 심경이 매우 복잡했다는 것이다. 그래도 아내의 출산하는 날이 가까워서는 직장에 연가를 내고 함께 생활했으며 새 생명의 탄생을 누구보다도 기뻐했다는 것이다.

그러나 아내의 출산과 함께 홍 박사의 궁극적 의심도 결말을 맺고 말았다. 홍 박사는 아내에 대한 도리가 아니라고 하면서도 자기 아들인가에 대한 의구심에 유전자 검사에 대한 유혹을 느꼈지만 아닐 것이라는 사랑의 확신으로 꾹꾹 눌러왔던 것이다.

그래도 혹시나 하는 조바심이 문득문득 홍 박사의 의구심을 흔들어 댔다. 결국 홍 박사는 연구단지 인근에 위치한 국립과학수사연구소에 근무하는 친구에게 아내 몰래 유전자 검사를 맡겼던 것이다. 홍 박사는 피가 마르는 듯한 일주일을 보냈지만 결국 친자 불일치라는 통보를 받게 되었고 그때부터 홍 박사의 고뇌가 깊어졌던 것이다.

이후로 홍 박사의 심리적 방황은 계속되었으며 동료 신부에게 고해성사를 여러 번 요청하게 되었다는 것이다. 동료 신부는 홍 박사의 안타까운 심정이 충분히 이해되었고 어렵지만 그래도 용서밖에는 해결책이 없지 않겠냐는 원론적인 답변만 해 주었다고 했다.

원수까지도 사랑하라는 그리스도의 말씀으로 권면했지만 홍 박사는 스스로 사랑이 충만한 사람에게는 애시당초 원수가 있을 수가 없고, 원수가 있다는 것은 이미 사랑이 없다는 반증인데 어떻게 원수를 사랑하라는 계명이 성립되는지 반문을 했다는 것이다.

그럴 때마다 홍 박사는 수긍하는 것 같았지만 쉽게 용서가 안 되었다고 했다. 이후로 홍 박사는 성당 활동에도 적극적이질 않았고 술로 하루하루를 보냈다고 했다. 당장이라도 홍 박사는 아내를 추궁하고 싶었지만 둘째를 임신한 상태라 이러지도 저러지도 못 하고 속만 끓였다고 했다.

그러다 성당 청년들을 중심으로 금강 뗏목 탐사가 시작되었고 홍 박사는 심경에 변화라도 일으킨 사람처럼 적극적으로 힘을 쏟았다는 것이다. 사랑과 증오로 마음의 갈피를 못 잡다가 뗏목 탐사라는 다소 모험적인 일을 통해 홍 박사는 삶을 정리하고 싶었는지도 모를 일이었다. 그러나 홍 박사는 끝까지 아내에게 단 한 마디 추궁도 못하고 세상을 뜨고 말았던 것이다. 어쩌면 아내에 대한 애증 때문에 생명보험을 다 해약해 버리지 않았을까, 라는 추측만 하는 것이다. 그러나 아직도 그의 아내는 영문도 모르는 채 둘째 출산을 기다리고 있다고 했다. 최 신부는 뗏목 탐사 무렵 홍 박사가 선물해 준 '사람은 혼자가 아니다'라는 책의 속표지에 써 준 문장을

다시 읽어 보았다.

내가 죽어 누워 있을 때,

아침 햇살은 찬란한 기지개로 세상을 또 깨우겠지요.

볼을 비비는 바람의 살결도 여전히 탱탱하겠고요.

사람들 오고 가는 발걸음도 씩씩하게 하루가 또 지나가겠지요.

내가 죽은 줄도 모르고,

누구일까요.

첫째 날, 내가 죽어 누워 있을 때,

아무런 표정도 없이 향을 피우고

말라 버린 국화 한 송이라도 놓고 갈 사람,

아니면 눈물 몇 방울 훔치는 이 있을까요.

둘째 날, 내가 죽어 누워 있을 때,

태어나서 슬픈데 사람들은 환호를 하고

죽어서 기쁜데 사람들은 슬피 운다는

삼류극장의 철 지난 영화 같은 인생이 불쌍하다고

과연 단 한 사람이라도 남루한 저의 생을 애도해 줄 사람,

누구일까요.

셋째 날, 내가 죽어 누워 있을 때,

문상도 시들해지고 유족들의 슬픈 얼굴도 피곤해지고

세상 모든 꿈들을 빨리 땅에 묻어 버리고 싶은 사람들,

내가 천국에서 눈을 뜨거나 지옥에서 눈을 감거나 별로 관심 없다는

지상에서의 마지막 삼일 낮밤을

내가 죽어 누워 있을 때,

사람들은 울까요,

아니면 웃을까요.

존경하는 신부님, 내내 평안하시기를…….

홍병식 프란치스코 드림

평소 영적 통찰이 담긴 책을 곧잘 선물해 주었던 그는 나름의 문장력도 있어서 글도 잘 썼다. 원자력을 연구하는 과학자였지만 책도 골라 읽을 줄 알았고 인문학에 상당한 관심을 갖고 있어서 최 신부와 종종 삶과 죽음, 인생에 대한 이야기를 나누기도 했다. 거나하게 술이 들어가면 알 수 없는 한시를 읊조리기도 했던 그였다.

죽음은 삶의 또 다른 동어반복이라는 그의 통찰에 놀라기도 했지만, 최 신부는 자기 죽음을 미리 예언이라도 하듯 담담히 써내려 간 홍 박사의 글에서 죽음의 그림자를 미리 눈치채지 못한 것에 대한 안타까움이 가득했다. 뗏목 탐사가 뭐라고, 아니 금강의 녹조가 뭐 그리 대수라고 몸부림쳤던 한 영혼의 고뇌에 대한 눈치도 없이 일에만 사로잡혔던 자신이 부끄럽기만 했다.

결국 홍 박사의 죽음은 최 신부로 하여금 종교적인의 위선을 벗어 버리도록 했다. 최 신부는 중앙교구에 환속 청원서를 제출하고는 지혜가 입원하고 있는 병원으로 향했다.

"신부님, 이렇게 떠나시면 주의 일은 누가 해요……."

카타리나 수녀의 간곡한 만류였지만 최 신부의 결심은 단호했다.

"주의 일은 주님이 직접 하시는 겁니다. 저는 주의 일을 망쳤을 뿐입니다. 그동안 고맙고 감사했습니다."

최 신부는 늘 하던 대로 카타리나 수녀에게 간단한 메모를 적은 책 한 권을 선물했다.

카타리나 수녀님,

삶은 기다림인 것 같습니다. 지나간 세월이 등짐처럼 힘에 겨웠지만 문득 돌아보니 아픔은 아픔대로, 슬픔은 슬픔대로 저마다 빛을 발하며 그런대로 추억할 만한 게 삶이란 것을 조금은 알 듯합니다. 막다른 골목길 저 끝에서 어쩔 수 없이 되돌아 나오는 바람처럼 지나온 세월이지만 그 주름진 세월의 골마다 사연을 다 들어본들 누가 그 깊은 속뜻을 헤아리기나 하겠습니까. 누가 한 생을 다 살아 보지도 않고 사랑을 노래하고 이별을 슬퍼하겠습니까. 사랑을 잃었어도 가진 그 무엇을 잃었다 해도 후회할 일이 없으면 뒤를 돌아보지 말 일입니다. 마음 어느 한편에 아직 시퍼런 소금기 조금이라도 남아 있다면 짜디짠 눈물 꾹꾹 눌러가며 돌아보지 않는 게 사랑이기 때문이겠지요. 세월 가면, 소금도 그 맛을 잃겠지만 사랑도 시들해지겠지만 그래도 언젠가 그대가 사랑했던 것들과 내가 사랑했던 것들이 마주 앉아 뜨신 국밥을 뜨는 날, 그날을 손꼽아 기다려 보면 알게 됩니다. 어떠한 아픔도 어떠한 슬픔도 마침내 삶의 기쁨으로 바꾸어 놓는 재즈처럼, 하느님도 사랑 때문에, 사랑 때문에 아직도 살아계심을 조금만 기다려 보면 알게 됩니다. 사랑과 감사함으로.

최 신부는 보이지 않는 하느님을 향하여 단단한 확신이 믿음이 아니고 기다림이 믿음이라고 했다. 카타리나 수녀에게도 그 기다림을 선물로 주고는 성당을 떠났다. 한편 홀가분했지만 알 수 없는 공허감이 밀려들었다. 여름의 끝자락인데도 후덥지근한 습기 탓에 가슴 깊숙한 곳에서 더운 열기가 치밀어 오르는 것만 같았다. 기진맥진한 패잔병을 향해 성당 꼭대기의 십자가가 손가락질을 하는 것만 같았다. 최 신부는 성당을 뒤로하고 도망치듯 떨어지지 않는 발걸음을 재촉했다. 갑자기 최 신부는 지혜가 보고 싶어졌다.

"제가 지혜 아빠입니다."

최 신부는 꿈에라도 자신이 아빠가 될 거라고는 단 한 번도 상상을 해 본 적이 없었다. 어릴 적 꿈이 신부였고, 신부가 아빠가 된다는 것은 있을 수 없는 일이었기 때문이다. 그럼에도 '지혜 아빠'라는 말이 자기 입에서 정말로 자연스럽게 튀어나온 것에 스스로 놀라기도 했다. 아주 오래전부터 그래 왔던 것처럼. 굵은 검은색 안경테로 인해 그의 눈빛을 느끼지는 못했지만 친절해 보이는 담당 의사가 놀란 듯이 대꾸를 했다.

"아, 네 반갑습니다. 지혜가 아빠를 닮았군요."

"네, 감사합니다. 지혜 상태가 궁금해서요."

최 신부는 의사에게 지혜의 상태를 꼬치꼬치 묻고 싶었지만 기다리는 환자들에게 눈치가 보여서 곧바로 일어섰다.

"가서서 혈액 좀 뽑고요. 3일 뒤에 골수 채취를 하겠습니다."

"지혜가 좋아질 수 있나요?"

"네, 장담할 수는 없지만 아빠 골수는 성공률이 높지요. 좋아질 겁니다."

최 신부는 간호사가 이끄는 대로 입원 절차를 밟았고 기초적인 검사를 진행했다. 수술 전에 지혜를 한번 보고 싶었다. 최 신부는 환자복을 갈아입고 지혜가 입원하고 있는 무균실 병동을 찾았다. 관계자 외 출입금지라는 안내판 앞에 멈추어 섰지만 최 신부의 마음을 막을 수는 없었다. 최 신부는 당직 간호사에게 간청을 해서 유리창 너머로 무균실에 입원하고 있는 지혜의 모습을 멀찍이 바라볼 수 있었다. 몹시 지친 듯한 표정에 뒤척이는 지혜의 모습이 들어왔다. 최 신부의 입에서는 '지혜야'라는 말이 나지막이 흘러나왔고 그의 눈에는 눈물이 고였다. 한없이 미안한 마음에 최 신부는 당장이라도 달려가 안아 주고 싶었지만 그럴 수도 없는 입장이었다. 아니 어떻게 해야 할지 모르겠다는 것이 최 신부의 심정이었다. 한참을 지켜보고 있는 최 신부의 눈길을 느꼈는지 지혜도 유리창 너머로 최 신부의 모습을 발견하고는 의아한 표정을 지었다.

"어, 오빠 왔네."

시호였다.

"응, 입원 절차를 밟았어, 지혜가 보고 싶어서."

"오빠, 나하고 같이 들어가, 잠깐이면 돼."

"아냐, 지혜가 놀라고 당황할 거야."

"괜찮아 언젠가는 알게 될 텐데, 지혜도 감당해야지."

"정말 괜찮을까?"

최 신부는 지혜를 보자 북받치는 감정에 휩싸여 어쩔 줄을 몰랐지만 시호가 이끄는 대로 무균실로 따라 들어갔다. 지혜보다도 나이가 조금 어려 보이는 아이들 대여섯 명이 환자복을 입고 누워 있었다. 모두들 마스크를 한 채 두서너 개의 링거를 꼽고 있는 모습이 그동안 얼마나 치열한 투병 생활을 했는지 말해 주고 있었다. 안쓰러움에 최 신부의 눈에 눈물이 가득 고였다.

"지혜야."

"엄마."

해맑은 표정으로 시호를 맞이하는 지혜의 표정에서 작은 시호를 보는 듯했다. 최 신부는 시호의 뒤를 따라 지혜가 누워 있는 침대 곁으로 다가섰다.

"지혜야, 아빠야."

시호는 늘 그렇듯이 돌직구로 최 신부를 아빠라고 소개했다. 지혜의 얼굴이 굳어졌다. 아니 당황스러운 표정이었다.

"지혜야, 너에게 골수를 기증해 주시러 왔어, 인사드려야지."

"안녕하세요."

아빠가 아닌 이웃집 아저씨에게 인사를 하듯 지혜가 아는 척을 했다. 그러나 지혜에게 아빠라는 존재는 아직 낯설기만 했다. 지혜가 최 신부의 눈길이 어색한 듯 시호에게 안겼다.

"지혜야 힘들었지 미안해……."

최 신부가 지혜의 손을 잡으며 어렵게 말문을 열었다.

"감사하다고 인사를 해야지."

시호가 지혜를 부추겼다.

"감사합니다."

지혜가 최 신부를 향하여 고개를 숙였다.

"아냐, 지혜야 내가 미안해……."

최 신부는 지혜를 와락 껴안고는 한 없이 눈물을 쏟았다. 미안하고 고맙고 대견스럽고 말로 할 수 없는 복잡한 감정이 교차했다.

"오빠, 무균실이라 오래 면회를 못해. 담당 의사 좀 보고 올게."

시호가 자리를 비켜 줬다. 오히려 지혜가 더 쑥스러워했지만 최 신부는 지혜와 단둘이 있는 게 좋았다. 지혜에게 많은 이야기를 해줄 것 같았는데 별로 할 말이 없었다. 그냥 지혜만 바라보고 있어도 좋았다. 지혜의 존재가 신비스럽기만 했다. 그동안 최 신부의 목을 조였던 죄책감도 일순간에 날아가 버린 듯했다.

"지혜야, 골수 이식을 하면 얼마든지 좋아질 수 있는 병이래, 그

래서 아빠가 이렇게 달려왔잖아. 미안해 너무 늦어서. 나중에 자세

한 이야기를 해 줄게."

"괜찮아요. 고맙습니다."

시호를 닮아서인지 예의 바르고 경쾌한 표정이 역력했다.

"지혜야, 아빠는 하느님이 살아 계신 걸 믿는 사람이야. 내가 기

도해 줄게."

"저도 하느님이 도와주실 걸 믿어요. 감사합니다."

최 신부는 지혜의 머리에 손을 가볍게 얹고는 조용히 기도를 올

렸다. 눈물이 앞을 가렸지만 최 신부의 기도는 안타까운 만큼 간절

했다.

"오빠, 이제 가요."

담당 의사를 만나고 온 시호가 최 신부를 불렀다. 지혜의 손을 힘

껏 잡아 주고는 최 신부가 자리에서 일어섰다.

"엄마, 내일 올게."

시호와 최 신부는 무균실을 나섰다. 지혜와 같은 병동이지만 층

이 달라서 최 신부의 입원실로 향했다.

"오빠, 어땠어?"

"뭐가?"

"지혜 말이야."

"응, 너무 예뻐, 고마워 잘 키워서."

"하느님의 선물인 것 같지 않아? 아마 지혜가 없었으면 이렇게 오빠를 다시 만날 수도 없었을 거야, 미안해."

"아냐, 나도 지혜를 만나니 세상 두려운 게 없어졌어."

"오빤, 뭐가 그렇게 두려웠는데?"

"그냥 사는 모든 게 두려웠어. 모든 사람이 나를 향해 손가락질을 하는 것만 같았어."

"오빠, 사람들은 남한테 관심 없어. 오직 자기한테만 관심이 있는 거야. 그래서 누군가 남의 눈이 지옥이라고 했잖아."

"그래, 고마워."

"골수 이식 절차를 밟으려면 한 삼 일 정도는 입원해야 한대. 괜찮겠어?"

"그럼, 벌써 담당 의사 만났어."

"오빠, 내가 지금 출판사에 들렀다가 내일 다시 올게."

"그래 내가 알아서 잘 할게, 걱정하지 마. 시호야 정말 미안하고 고마워."

"오빠, 이제 그런 말 하지 마. 앞으로 어떻게 사는 게 더 중요한 것 같아."

최 신부는 시호를 깊이 안아 주고 싶었지만 용기가 나질 않았다.

손만 힘껏 잡아 주고는 헤어졌다. 최 신부는 사제복을 벗고 하루아침에 아빠가 되어 버린 자신의 처지가 황당했지만 이전보다 훨씬 몸도 마음도 자유로워졌다는 느낌을 떨칠 수가 없었다. 오히려 사제복을 입고 엄숙한 미사의식을 진행할 때보다도 더 하느님과 친숙해졌다는 믿음도 생겼다. 최 신부는 병실 침대에 누워 천정의 사각무늬 패널을 이리저리 맞춰 가며 마치 자기 인생의 퍼즐을 맞춰 보려는 듯 깊은 상념에 빠져들었다. 인생이라는 퍼즐은 내가 계획한 대로 되지 않는다는 평범한 진리를 확인이라도 한듯 시호와의 뗄 수 없는 인연을 받아들이고 있었던 것이다. 이미 병실 천정의 패널은 최 신부가 입원하기 전에 누군가의 계획대로 맞춰져 있었던 것처럼.

무엇보다도 지혜가 혼외자라거나 사생아라는 오명을 쓰지 않도록 가정을 만들어 줘야겠다는 결심도 생겼다. 최 신부는 자신이 유명 작가도 아닌데 글을 써서 가정을 책임진다는 것은 너무 무모한 일인 듯싶었다. 다시 공부를 해야겠다는 생각의 패널이 천정 한가운데서 크게 확장된 듯이 보였다. 돌아가신 할아버지께서 장손에게 한의원을 유업으로 남기고 싶었는데 신부가 되겠다고 했을 때 할아버지의 실망 섞인 표정이 아직도 생생했다.

최 신부는 한의대 진학을 다시 한번 해 보는 게 어떨까 싶었다.

어릴 적부터 할아버지 한의원에서 풍기는 한약 냄새가 친숙하기도 했지만 간식거리가 흔치 않았던 시절 쓰디쓴 한약들 가운데 단맛 나는 약재들만 골라서 잘도 집어 먹었다. 집안 뒤꼍에 말려 놓았던 숙지황을 입 속이 새카맣게 물들 정도로 몰래 집어먹던 일, 플라스틱 용기에 고약을 담아 한지로 붙이던 일, 온 식구가 달려들어 밀가루 반죽처럼 된 한약을 손가락으로 빚어서 알약으로 만들던 일, 어려운 한자로 가득 찬 약장에서 용케도 달콤한 계피나 감초를 찾아내 훔쳐 먹던 일, 어쩌면 최 신부의 어릴 적 추억의 한 부분은 할아버지 한의원에서 있었던 일이었다. 아픈 곳에 아픈 침을 눈물 나게 잘도 찌르셨던 할아버지, 유난히 새소리를 좋아하시던 할아버지가 야생 종다리를 키워 보겠다고 들로 산으로 헤매시던 모습이 얼마나 인상적이었는지 최 신부는 학창 시절 글로 남겨놓기도 했다.

당귀도 산당귀가 약발이 좋다며 꽃도 야생화를 좋아하시던 할아버지, 야생 종다리를 키워보겠다고 한식 무렵 청보리밭을 슬금슬금 기어 다니시더니 종다리 알 두 개를 슬쩍 품에 넣었는데요. 명주솜에 곱게 싸서 이웃집 병아리 부화기에 입양시키고는 학수고대하셨는데요. 꼬박 보름이 지나니 정말로 털 난 올챙이 같은 종다리 새끼 태어났어요.

할아버지는 고추 달린 손자나 얻은 것처럼 얼마나 얼굴이 환하던지, 아기밀 아기밀 하시며 대쪽 같은 수저로 아기 손톱 같은 새끼 주둥이를 열었다 닫았다 어미새 노릇에 세월 가는 줄 모르셨는데요. 할아버지 종다리만큼 레퍼토리가 많은 새도 없다며 새소리 중에 최고의 명창이라며 그 소리 집안에 들여놓겠다고 지극 정성 다 하셨는데요. 새끼 종다리 솜털 벗고 깃털도 늘어 관모도 그럴듯한 어미새 다 되었는데요. 글쎄 입춘이 지나고 한식이 다가와도 종다리가 좀처럼 울지 않는 거예요. 구름 속에서나 운다는 운작을 새장에 가두었으니 어쩌겠나 싶었는지 할아버지 밤새 할머니 품속에서 끙끙거리시더니 아침 일찍 종다리 새장을 치켜들고 청보리밭에 단숨에 달려가셨는데요. 요놈이 떠나왔던 마을의 이쁜 암컷을 찾아 청보리밭 한가운데 은밀한 곳에 갖다 놓으셨어요. 드디어 고놈의 입이 터지더라고요. 그 소리 놓칠세라 조심스레 집으로 돌아왔는데요. 청보리밭 암컷 생각에 마냥 울어대는 종다리 세레나데가 어찌나 애절했는지 동네 어귀라는 어귀 다 돌아오고도 남을 만큼 절창이었어요.

이튿날 웬 새소리냐고 동네 사람들 궁금하던 차에 할아버지 보란 듯이 한의원 이층 테라스에 종다리 전시했는데요. 온 동네가 종다리 울음으로 진창이었어요. 횃대에 앉아 지절거리는 잡새 소리

가 아니라 제 몸을 울대 삼아 몸을 비틀어 솟구치며 토해 내는 열
창이었어요. 때 아닌 종다리 울음소리에 사람들 고향생각 절절했는
지 그냥 지나치는 사람이 없었는데요. 아, 청보리가 채 여물기도 전
에 고놈을 글쎄 누가 슬쩍 집어 간 거예요. 할아버지 얼마나 상심
하셨겠어요. 그래도 찾아보겠다고 종다리 울음을 따라 온 동네 헤
매시다가는 청보리밭 냇둑에 나앉아 계시고는 하셨지요. 종다리
울음도 시들해지고 언젠가 병석에 누우셨을 때에 애야, 내 귓속에
서 자꾸만 종다리 울음만 들리는구나. 요놈의 종다리 좀 잡아 봐
라. 요놈은 필시 내 품을 파고드는 걸 보니 아마도 암컷일 게다.
이쁜 암컷일 게야.

　8월 5일, 더위가 한창 기승을 부렸고 병실 밖 가로수에서는 매미
의 울음이 시끄러울 정도로 진창이었다. 지혜가 골수이식, 즉 최
신부로부터 조혈모세포 이식을 받은 지 꼭 4주가 되는 날이었다.
지혜가 답답한 무균실로부터 탈출하는 날이기도 했다.
　최 신부는 모든 것을 제쳐두고 병원으로 향했다. 그동안 최 신부
는 시호와 지혜가 지내던 단독주택 옥탑방을 둘러보고는 여기저기
서 돈을 구해 지혜가 퇴원을 하고 지낼 만한 쾌적한 곳으로 거처를
옮겼다. 향후 수개월 동안 예후를 지켜봐야지만 완치 판정을 받을

수 있다는 의사의 말에, 최 신부는 지혜를 위해 할 수 있는 모든 일을 해야겠다고 작심을 했던 것이다. 강력한 면역 억제제와 스테로이드 장기 투약으로 지혜의 얼굴은 푸석거렸고 핏기가 없었다. 잘 먹고 감기를 조심해야 한다는 의사의 말에 병원만큼은 아니지만 최 신부는 집을 병실처럼 꾸몄다. 상처나 감염에 특히 신경을 써야 하고 곧바로 치료를 해 줘야 하는 상황이어서 각종 응급처치 물품을 갖추기도 했다.

최 신부는 그동안 지혜에게 빚진 마음의 빚을 갚겠다는 심정으로 최선을 다했다. 그렇게 몇 번의 주일이 정신없이 지났지만 최 신부는 신부라는 사람이 지금 무엇을 하고 있나, 라는 자괴감도 없지 않았다. 시호와 지혜와 함께 단란한 가정이 주는 포근함도 맛봤고 신부로서 늘 혼자였던 삶에서 사랑하는 혈육과 함께 지낸다는 깊은 안식도 없지 않았다.

그러나 주일 미사를 준비하며 바쁘기만 했던 신부가 주일날 빈둥거리고 있다는 것에 적응이 잘 안 되기도 했다. 인근 성당엘 나가도 교우들이 알아볼 것만 같았고 타락한 신부라는 손가락질이 부담스럽기도 했다. 아니 시호와 지혜에게도 불편할 것만 같아서 가급적 성당을 멀리 했다. 하느님이 성당이라는 건물 속에만 계시는 것이 아니라고 수없이 교우들에게 가르쳐 왔지만 정작 최 신부 자신이 성당을 떠나 생활 속에서 하느님의 임재를 누린다는 것이 그리 쉬운 일이 아니었음을 깨닫기도 했다. 그동안 너무 관념적으로만 신앙을 가르쳤다는 후회도 없지 않았다.

최 신부 자신도 경험해 보지 못한 신앙의 세계를 그냥 관념적으로 전달한 것은 아니었는지 반성이 되었다. 어쩌면 성당이라는 종교적인 틀을 벗어나 일상적인 삶 속에서 하느님의 실존을 경험하는 것이 진정한 믿음 생활일 거라는 확신을 얻기도 했다. 그래도 최 신부는 이제라도 지혜의 투병 생활에 함께하는 것만으로도 감사한 마음이 들었다.

최 신부는 주일날 집에서 빈둥거리기보다는 차라리 지적 장애우 시설인 베데스다에 들르기로 했다. 종종 동료 수녀님들과 함께 방문해서 미사를 드렸던 곳으로 최 신부가 익히 아는 지적 장애우들이 매주일 모이는 곳이었다.

"신부님 안녕하세요."

"응, 재희구나. 잘 지냈어?"

지혜만큼 예쁘고 착한 아이였지만 이혼한 부모에게서 버려져 보호시설에서 지내며 자폐를 앓고 있었다.

쯧, 쯧, 쯧, 쯧, 쯧

우, 우, 우, 우, 우

게, 게, 게, 게, 게……

젖먹이도 아닌 다 큰 녀석들이 단음절을 끊임없이 반복하며 떠들어 댔다. 대다수 뇌성마비나 자폐 아이들이어서 매우 소란스런 분위기였다. 느닷없이 웃음보 터지는 소리도 그랬지만 깔깔대는 아이들의 박장대소엔 웃음이 절로 터져 나오기 일쑤였다.

이런저런 아이들을 데리고 미사를 진행한다는 것도 어설펐지만 그래도 아이들 눈높이에서 여러 수녀님들의 도움으로 그럭저럭 잘 진행되고 있었다. 한 문장도 제대로 따라 하지 못하는 아이들을 위해 일단 기도는 짧게 복창을 했다.

대표 기도를 맡은 수녀님이 천천히 '하느님 아버지' 하면 아이들이 그대로 따라서 '아 나 님 아 부 지' 어설프지만 복창으로 기도를 했다. 수녀님들이 어쩌다 기도를 좀 잘해 보겠다고 기도 문장을 길게 끊으면 아이들은 우물쭈물 함구하고 말았다. 이처럼 한두 마디의 문장으로 화음을 이루듯 그렇게 기도가 끝나면 대부분 찬양이 율동과 함께 이루어졌다.

말도 제대로 안 나오는 아이들에게 손짓 발짓은 너무 고난도 율동이었지만 그런대로 잘하는 아이들이 더 많았다. 특히 지체장애가 심한 유진이의 율동과 찬양은 애잔하지만 맑고 투명했다. 이런저런 소음에다 뜬금없이 돌아다니는 녀석들 때문에 웬만한 내공의 수녀가 아니면 강론을 끝까지 마치기도 어려웠다. 그럼에도 수녀님들은 아주 은혜스럽게 아이들과 호흡을 맞추며 하느님을 알려 주기 위해 여념이 없었다.

가끔 소리를 질러서 깜짝 놀랄 때도 있었지만 주위 집중이 안 되는 아이들을 어떻게 해서든 집중시켜 보겠다는 노력이 안타까울 뿐이었다.

종종 시청각 자료를 이용하기도 했다. 교사를 맡은 수녀님이 천국과 지옥이라고 쓰인 팻말을 들고 '여러분 어디 가고 싶으세요?' 했더니 모두들 '지옥이요' 하는 게 아닌가. 난처해진 수녀님이 얼른 천국 팻말을 힘주어 흔들어 대며 '천국 가고 싶으시지요?' 했더니, 또 모두들 '예' 한다. 어쩌겠다는 건지. 이미 우리는 모두 알고 있었다.

1부 미사가 끝나면 2부는 반별 공과 공부가 진행됐다. 최 신부가 맡았던 반은 경래, 승진, 재승, 영주 모두 네 명이었다. 재승이는 고3에 올라가는 자폐아이지만 말을 한 마디도 못한다. 아니 안 하는 것 같기도 했다. 다 알아듣고 있지만 어떤 이유에서든 한 마디도 내뱉질 않았다. 그의 어머니의 말에 의하면 어려서는 노래도 종종 불렀다는데, 자라면서 아예 말을 안 하더라며 포기 상태에 있었다. 지난 1년간 최 신부가 아이들과 공부한 내용은 사랑과 생명, 진리에 대하여 주로 대화를 나누었다.

대화라고 해 봤자 재승이는 아예 묵묵부답이고, 승진이는 겨우 한두 문장만으로 자기 의사를 표시했다. 그럼에도 최 신부는 청년들을 가르칠 때와 똑같은 열정과 수준과 어휘로 진리를 가르쳐 주었다. 저들도 우리와 똑같은 한 영혼이라는 생각에서였다. 어차피 하느님의 진리라는 것이 학식이나 이성에 의한 깨우침이 아니요, 성령에 의한 계시요, 믿음조차도 하느님의 선물이라면 세상 전문가들이 말하는 저들 눈높이의 바보 교육만을 고집할 필요는 없을 것 같았다.

성경 전문가들이었던 바리사이파 사람들이나 율법사들이 오히려 예수의 설교조차도 못 알아들은 걸 보면 진리는 언어로도 담아낼 수 없는 지식 이전의 그 무엇이기 때문이었다. 공과공부가 끝나면 저마다 손을 테이블 위에 포개 놓고 돌아가면서 기도를 하고 마쳤다.

아쉽게도 재승이의 기도 차례가 되면 말을 한 마디도 못하는 재승이가 신음소리를 내며 간구하는 외마디 탄식을 들으며 최 신부는 이심전심으로 그의 마음을 읽게 되었다. 가끔 영주가 눈치도 없이 끙끙거리는 재승이에게 빨리 기도를 하라고 채근하는 것 말고는 모두들 그렇게 기도를 하고 성경공부를 마쳤다. 다시 모두들 한 자리에 모이면 손에 손을 잡고 찬양을 부르며 미사를 마쳤다. 언젠가 서른이 넘은 승진이가 장가가고 싶어 죽겠다고 최 신부에게 고백을 한 적이 있었다. 아직도 자폐를 앓고 있지만 구청 복지관엘 출근하며 용돈을 벌고 있는 승진이의 간절함에 최 신부도 당황했던 적이 있었다.

'하느님께 기도해'라는 상투적인 답변으로 얼버무렸지만 두고두고 안타까웠다.

"승진아, 지금도 장가가고 싶어?"

"네 신부님, 저, 여자 친구 생겼어요."

"우와, 잘 됐네, 장가가도 되겠구나."

"근데, 저를 싫어해요."

"왜?"

"몰라요."

자폐증만 아니면 남들과 똑같은 성적 충동도 있고 이성을 향한 동경심도 있는 것인데 그러한 욕구를 충족시킬 수 없는 아이들로서는 사랑조차도 상상 속에서 혼자 하는 것만 같았다. 최 신부는 베데스다의 지적 장애 아이들과 어울리고 나면 자신도 어린아이가 된 것처럼 마음의 짐이 한결 가벼워지는 것을 느꼈다.

아이들의 장애가 아이들의 잘못이거나 부모의 잘못도 아니고 어느 누구의 잘못이 아닌 하느님의 섭리 가운데에 일어난 일이라면 감사로 받는 것이 마땅한 일이라고 생각했다.

최 신부는 지혜가 겪고 있는 고통이 자기의 죄악 때문이라는 죄책감을 다소나마 덜게 된 것도 베데스다의 지적 장애우들을 만나면서부터였다. 어쩌면 내가 여기 있는 것이 나로부터가 아님을 깨달은 사람이라면 나의 지금의 형편도 나로 말미암지 않았다는 역설이 진리가 아닐까. 세상 모든 사람들이 진리처럼 여기는 자업자득이라는 그럴듯한 논리에 속았던 것은 아닐까.

한때 최 신부도 성당에서 '내 탓이오'라는 슬로건으로 겸손을 가르쳤지만 이제 '내 탓이 아니오'라는 어이없는 믿음이 진리가 아닐까. 왜 사람들은 무슨 일이 일어나면 그 원인을 사람에게서만 찾고자 하는 걸까. 아니 자기 속에서 원인을 찾고자 하는 '내 탓이오'라는 게 성숙하고 겸손한 사람으로 여기는 걸까. 나 여기 있음이 나로 말미암지 않았다면 내 인생의 크고 작은 잘잘못도 내 탓도 남 탓도 아닐 수도 있지 않은가. 최 신부는 이런저런 망상에 자신의 처지를 빨랫줄에 걸린 빨래처럼 이리저리 뒤집어 보곤 했다.

* * *

"신부님, 축하합니다. 신부가 예뻐요."

카타리나 수녀였다.

"고마워요. 바쁠 텐데……."

"아뇨, 신부님 결혼식인데 제가 꼭 와야지요. 참, 신부님, 신부 얼굴이 어디서 많이 본 듯해요."

"네, 성당엘 몇 번 왔었답니다."

"아, 그랬군요."

카타리나 수녀도 많이 궁금했을 것이다. 느닷없이 사제복을 벗고 결혼식을 통보했으니, 최 신부는 사제로서 환속을 신청하고 잠적해 버린 것에 대한 온갖 소문을 묻어 버리기라도 하려는 듯 동료 신부들에게 결혼 소식을 알렸다. 시호는 극구 반대를 했고 최 신부 자신도 한편 쑥스럽기도 했지만 숨기는 것보다는 떳떳하게 알리는 것이 시호와 지혜를 위하는 길이라 생각했다. 시호와 지혜와 함께 그냥 가족이라는 이름으로 적당히 살아도 누가 뭐라 하겠느냐만 그동안 숨죽이며 살았을 시호에게 작은 이벤트라도 해 주고 싶었던 것이다. 누구보다도 아빠 없는 아이로 주눅 들어 살았을 지혜를 생각하면 많이 안쓰럽기도 했다. 최 신부 자신도 사제로서의 삶은 비록 실패했지만 이제 시호와 지혜를 위해 한 가장으로서의 삶에 대한 책임감을 보여 주고 싶었던 것이다.

평소 존경하는 주임 신부님께 주례를 부탁드렸고 동료 신부들만 초청을 했던 것이다. 결혼식이라기보다는 간소한 혼배 성사에 지나지 않았지만 최 신부로서는 시호와 지혜를 사람들에게 떳떳하게 알리고 싶은 마음뿐이었다. 청년들과 피정이 있을 때마다 가끔씩 찾았고 최 신부 자신이 사제로서의 삶이 힘들고 지칠 때마다 즐겨 찾기도 했던 계룡산 후미진 계곡에 다소곳이 위치한 떼제 수도원이었다.

계룡산이 돌아앉은 듯, 상신리와 하신리라는 마을은 늘 자리다툼을 했다. 긴 여름이 키워 놓은 계룡산 후미진 계곡의 물소리를 따라 산을 오르며 여기쯤이 상신리인가 하면 저기가 상신리라고 했다. 가을 단풍 불끈 타오를 땐 산을 내려오면서 여기쯤이 하신리이겠지 하면 또 저기가 하신리라고 했다. 최 신부는 그렇게 한참을 상신리와 하신리를 헷갈렸다. 그 상신리와 하신리 사이쯤에 떼제 수도원이 자리하고 있었다. 최 신부가 사제로서 신앙에 대한 고뇌가 있거나 지쳤을 때 수도원 골방에서 묵상을 하며 산책을 즐겨했던 곳이다. 하루 이틀 정도만 묵상하며 기도를 하고 나면 어디에선가 힘이 생기는 듯했다. 최 신부는 이제 사제로서가 아닌 한 가정의 가장으로서의 삶이 막막했지만 떼제 수도원에서 그 힘을 얻고도 싶었던 것이다.

"남자와 여자로 태어나서
남성과 여성으로 성장을 하고
남편과 아내로 한 몸이 되는 것이 결혼입니다.
사랑하기 때문에 결혼하지만
사랑을 하기 위해서 결혼을 하는 겁니다.
그래서 결혼은 사랑의 완성이 아닌 시작인 것입니다."

결혼도 안 해 본 주임 신부님의 주례사는 아마 수십 번은 들어 본 것 같았다. 성당에서도 거의 매주 혼배 성사가 있었고 그럴 때마다 주임 신부님의 강론은 늘 비슷했다. 동료 신부들의 축가와 기도가 진행되었다. 혼배 성사가 거의 끝나갈 무렵, 최 신부는 미리 준비해 온 메모지를 재킷 안주머니에서 꺼내 읽기 시작했다. 장내가 잠시 고요해졌다. 중저음의 최 신부의 목소리가 잔잔히 울려 퍼졌다. 시호를 향한 최 신부의 진심 어린 헌시였다.

당신의 오른편은

언제나 나의 왼편이듯이
아름다운 동행으로 한 세상 다 저물도록
하염없이 걷고 싶습니다.

바람이 불어도 좋고
눈비가 내려도 좋을
갈참나무 우거진 험한 숲길이어도

당신으로 하여금 꿈이 있고 힘이 솟는
또 하나의 세상이 있기에
또 하나의 길이 있기에

비록 우리 연약하여 둘이 걷지만 한 걸음으로
두 마음이지만 한 마음으로
모든 아픔 쓰다듬으며 그렇게도 살아 보겠습니다.

때로 별빛도 흐린 어둔 밤이거나
때로 흙먼지 휘날리는 좁은 길을 만나더라도

결코 흔들리지 않고

눈부시게

눈부시게

저 빈들에서 남모르게 뿌리를 내리는 들꽃처럼

들꽃의 아름다움처럼

처음 하늘이 열리던 그날의 환희와 기쁨으로 살아가겠습니다.

당신으로 하여금

또 하나의 길이 시작되는

이렇게 좋은 날,

당신의 오른편은 언제나 나의 왼편이듯이

아름다운 동행으로 걸어가겠습니다.

　순간 장내가 숙연해졌다. 누구보다도 시호의 눈에 눈물이 고였
다. 최 신부는 시호의 눈물을 닦아 주고는 가볍게 안아 주었다. 여
기저기서 눈물을 훔치는 이들의 모습이 보였다.

　"아빠, 축하해요."

　쑥스러운 듯 지혜의 입에서 '아빠'라는 말이 자연스럽게 흘러나

왔다. 최 신부는 화동으로 시호의 곁에 서 있던 지혜를 깊이 안아 주었다. 한 쌍의 부부가 탄생하는 결혼식이 아니라 어떤 섭리에 의해 아주 오래전부터 살아왔던 한 가족의 재회를 알리는 듯했다. 모두들 자리에서 일어나 박수로 축하해 주었다.

"신부님, 신부보다는 신랑이 더 잘 어울리는 것 같아요. 멋지십니다."

청년부 사제였던 김 신부의 농담 섞인 격려였다.

"네, 감사합니다. 저 때문에 많이 힘드셨지요."

청년부 뗏목 사태로 함께 경찰서를 드나들기도 했고 유가족들의 피해보상 문제로 민사 소송 등 뒷수습에 김 신부의 역할이 많았었다. 더구나 책임 신부였던 최 신부가 지혜로 인해 마무리도 못하고 환속을 해야 했기에 김 신부의 부담이 그만큼 컸던 것이다. 그래도 최 신부를 격려하며 뗏목 사태도 잘 마무리했다. 나이는 최 신부보다 어렸지만 생각하는 것이나 결단할 때는 단호한 면이 있어서 최 신부는 김 신부에게 여러 문제로 조언을 구하기도 했다.

"사제일지라도 진짜 사명은 자신의 죄인 됨을 드러내는 것이지, 오히려 자신의 죄인 됨을 감추는 것은 가짜 사명자라고 생각합니다. 인간의 의식은 모두 자의식뿐이거든요. 모두들 하느님을 잘 믿는다고 큰소리치지만 결국 자기를 믿고 있는 겁니다. 전 인간은 하느님을 결코 믿거나 사랑할 수도 없다고 봅니다. 자기가 곧 신이기 때문이지요. 에덴을 쫓겨난 인간의 절망적 한계이고요. 최 신부님, 너무 죄책감 갖지 마세요. 다 죄인인걸요."

최 신부가 유일하게 자기의 속내를 털어놓고 환속을 고민할 때에도 어쩌면 김 신부의 영적 통찰이 담긴 조언이 있었기에 가능한 일이었다. 특히, 한의대를 졸업하고도 한의사 면허증을 팽개치고는 신부의 길에 들어선 희귀한 사명자였던 것이다.

"참, 최 신부님 지난주에 홍 박사 부인이 아들을 출산했답니다."

"어떻게, 순산하셨나요?"

"네, 산모 아이 모두 건강하답니다."

"제가 한번 찾아뵐게요."

"연락 주시면 저도 함께 가겠습니다."

"김 신부, 한의대 편입에 대하여 정보 좀 있으면 보내줘."

"한의대 편입하시게요. 제 면허증을 드리면 되는데."

"고마워, 아무래도 이제 직업을 가져야 할 거 아니겠어. 공부밖에는 할 수 있는 게 없는 것 같아. 쉽지 않겠지만 도전해 보고 싶어서."

"신부님 정도면 충분히 하실 수 있으세요. 제가 도와드릴게요."

"고마워요, 다른 공부를 시작하느니 돌아가신 할아버지의 유언이기도 했던 한의대 편입이 의미가 있을 것 같아서."

"네, 신부님 준비되는 대로 보내 드릴게요. 지난 주 홍 박사 부인이 피해 보상금 전액을 성당에 가져왔어요. 어떻게 처리해야 할지 모두들 고심 중이랍니다."

"형편이 어려우실 텐데, 왜 그러셨지요. 보상금이 적어서 그랬나요."

"그건 아닌 것 같구요."

최 신부도 의아했다. 언젠가는 홍 박사 부인을 만나서 무슨 말 못할 사연이 있는지를 물어야겠다고 생각했다. 최 신부는 시호가 출근을 하고 나면 그동안 밀쳐 두었던 책들을 읽기 시작했다. 최 신부는 사제복을 벗고 나서야 신학교에서 배웠던 지식너머의 영적 세계에 대한 궁금증이 더해졌다. 신부로서 강론을 위해 준비했던 때와는 전혀 다른 차원의 질문이 솟구쳤다. 낮에는 지혜를 데리고 산책을 했다. 인근 천변을 거닐며 감기에 좋다는 곰보 배추를 채집하기도 했고 지혜와 이러저런 이야기를 나누기도 했다. 언젠가 지혜가 천연덕스럽게 물었다.

"아빠, 나 궁금한 게 있는데 물어봐도 돼요?"

"그럼."

"하느님은 남자야, 여자야?"

"너는 어떻게 생각해?"

"아마도 남자일 것 같은데."

"왜?"

"예수님이 하느님을 아버지라고 불렀잖아. 그러니까 남자가 맞지."

"아빠 생각엔 하느님 어머니도 맞을 것 같은데."

"에이, 그건 좀 수상한데, 예수님도 남자잖아. 그러니까 하느님 도 남자가 맞지."

"아빠 생각엔 하느님은 남자도 아니고 여자도 아니야."

"그럼 도대체 뭐야?"

"하느님은 우리와 같은 사람을 만드신 분이잖아. 그러니까 남자 도 여자도 아닌 거야."

"근데 왜 예수님은 하느님을 아버지라고 불렀어?"

"그건 예수님이 하느님과 우리와의 관계를 설명해 주기 위해서 아버지라고 부르신 거야. 그때 당시 사람들이 하느님을 굉장히 무 서워했었거든, '하느님 아버지'라고 부르면 좀 안 무섭잖아, 지혜는 누가 제일 무서워?"

"음……."

"엄마! 난 아빠가 무섭지 않은데."

"그래, 고마운데?"

"그래도 난 하느님이 어떻게 생겼는지 궁금해."

"지혜야, 만약 코끼리들이 하느님을 알고 싶어 한다면, 코끼리들은 하느님을 어떻게 생겼다고 생각할까?"

"음, 아마도 큰 코끼리 같이 생겼다고 할 것 같은데."

"그래, 새들도 하느님을 향해 노래한다면 자기들 본성대로 하느님도 큰 새 같이 생겨서 자기들이 재재거리는 소리를 즐겨 들으실 거라고 생각할 거야. 코끼리가 코끼리를 경험하는 것 이상을 생각하거나 상상할 수 없는 것처럼 인간은 안 그런 척하지만 인간들도 마찬가지야. 당연히 사람들도 하느님이 사람 같을 거라는 생각을 많이 했어. 창세기에 하느님 형상대로 사람을 만드셨다거나 지혜의 말대로 예수님이 하느님을 아버지라고 부르셨기 때문일 거야. 아니면 주변 이방 종교의 신들이 사람 형상을 신이라고 만들어 놓고 제사를 드리니까 좋아 보였던 거야. 그 영향을 받았던 거지. 지혜야, 바람이 어디서 와서 어디로 가는지 알 수 없듯이 하느님도 그런 분이야."

"아빠, 어려운 것 같아."

"그래, 아빠도 하느님을 아직도 잘 모르겠어."

"아니, 신부님이 하느님을 모르면 누가 알아?"

"지혜야, 모세라는 사람 알지? 출애굽기에 나오는."

"그럼."

"그 모세라는 사람이 하느님을 만났대, 호렙산이라는 곳에서. 근데 하느님께 이름이 뭐냐고 물었다는 거야, 지금 지혜가 궁금했던 것처럼."

"그래, 하느님 이름이 뭐래?"

"넌 하느님 이름이 뭐라고 생각해?"

"음, 하느님 아냐? 교회에 다니는 친구는 하나님이 맞대, 언젠가 신부님은 야훼라고 가르쳐 주셨고."

"그런데 모세에게 하느님이 '나야, 나' 그랬대."

"에이, 그게 뭐야, 그건 내 친구들도 장난칠 때 '나야, 나'라고 하는데."

"그래, 모세도 어리둥절했을 거야, 그런데 모세가 곰곰이 생각해 보니까 하느님은 원래 이름이 없는 분이 맞대."

"이 세상에 이름이 없는 게 어디 있어."

"그래 오직 하느님만 이름이 없는 분이야. 모든 만물을 창조하신 창조주이시니까 모세에게 '나다' 하셨으니 진짜 하느님이었지, '내가 신이다' 하셨으면 가짜였다고."

"어려운데, 그래도 다 이름이 있잖아. 내가 이름이 없으면 아빠가 나를 어떻게 불러."

"야, 하면 되지."

"에이, 그건 이름이 아니잖아."

"그래도 어떤 아저씨가 지혜를 보고, 야 너 좀 이리 와 봐, 그러면 네가 알아듣잖아."

"하느님은 멋진 이름이 있을 것 같은데?"

"음, 지혜야 네가 만일 네 친구 이름을 모를 땐 어떻게 하지?"

"친구에게 직접 물어보지."

"그래, 하느님의 이름은 누구에게 물어봐야 알 수 있을까?"

"하느님께."

"그래 하느님의 이름도 하느님께 직접 물어봐야겠지. 사람에게 물어서는 알 수 없는 거야. 아빠도 모르잖아. 그러니까 지혜가 직접 하느님께 물어 봐. 신부님이 가르쳐 준 야훼도 성경 속의 인물들이 하느님께 물어서 알아 낸 거야."

"정말, 하느님이 알려 주시려나?"

"그럼, 하느님이 지혜를 사랑하시니까."

"에이, 그래도 내가 모세도 아닌데, 또 '나야 나' 그러시면……."

"아니야, 너하고도 이야기하고 싶으시대."

"정말, 그런데 하느님은 아브라함이나 모세 같이 특별한 사람들하고만 이야기하시는 것 같아."

"아니야, 하느님 앞에서 특별한 사람은 없어, 하느님 앞에서는 모든 사람이 다 특별하고 모든 사람이 다 소중한 거야."

"그렇다면 나도 하느님에게 특별한 사람이겠네. 기분 좋은데. 그럼 나에게도 말씀하셔?"

"그렇다니까. 하느님이 특별한 사람만 골라서 말씀하시는 게 아니라 하느님에게 특별히 귀를 기울이는 사람에게 말씀하시는 거라고."

"그게 무슨 말이야? 좀 어려운데."

"음, 넌 이 세상에서 무슨 소리를 제일 좋아해?"

"음악소리, 그것도 발라드 음악. 밤이 새도록 들어도 좋은 거 같아."

"그것 봐, 너는 하느님의 소리가 듣고 싶다면서도 지금 음악소리를 좋아하잖아."

"그럼 어떻게 하는 게 하느님 소리에 귀를 기울이는 거야?"

"음, 너 봄이 오는 소리 들어봤어?"

"아니."

"봄이 살금살금 오는 소리를 들어 봐. 아침이면 어둠이 화들짝 놀라 도망가는 소리, 빛이 일어서는 소리, 꽃이 기지개를 켜는 소리, 온 우주가 하느님의 소리로 가득 찼어. 그런데 사람들이 귀를 막고 있는 거야, 엉뚱한 세상 잡담에 귀가 먹은 거지. 그리고 하느님의 소리를 들으려면 한 가지 조건이 있어."

"그게 뭐야?"

"너 친구와 전화통화를 해 봤지, 친구 이야기를 들으려면 어떻게 해?"

"조용히 귀를 기울여서 듣지."

"그래, 네가 같이 말을 하면 무슨 소리인지 못 알아듣는 것처럼 조용히 있어야지 들리는 거야. 조용히 머물러서 하느님이 지금 너와 함께 계신다는 생각만 해, 그럼 네 속에서 하느님이 말씀하실 거야. '지혜야! 너 숙제했니'라고."

"에이 그건, 엄마가 자주 하는 잔소리인데?"

"그래 지혜를 이 세상에서 가장 사랑하는 엄마를 통해서도 말씀하신다니까."

"정말이야?"

"하느님도 사랑이시고, 예수님도 사랑하라고 하셨잖아. 그래서 사람과 사랑은 원래 한 몸이었대."

"그럼, 사람이 사랑이야? 신기한데?"

"그래, 사람과 사랑은 원래 같은 단어인데 글자만 놓고 본다면 ㅁ과 ㅇ의 차이가 있지, 그래도 각이 없는 동그라미가 잘 굴러다니겠지 ㅁ는 움직일 줄도 모르고 뾰족한 모서리로 남을 찌르기도 하고. 사람보다는 그래도 사랑이 좋겠지, 누군가 지혜를 '이 사람아'라고 부르면 괜히 긴장되지 '이 사랑아' 그러면 기분이 좋고."

"아빠, 그럼 ㅁ과 ㅇ의 차이는 왜 생겼어?"

"넌 ㅁ와 ㅇ 중에서 어느 것이 좋아?"

"ㅇ가 좋지. ㅁ는 좀 답답한 것 같아."

"지혜의 마음은 하늘을 닮았구나."

"그럼, ㅇ가 하늘이야?"

"그래, 옛날 사람들은 하늘을 둥글다고 생각했고 땅은 네모지다고 생각했대. 하늘이 둥글게 보이기도 했겠지만 해와 달이 둥글잖아. 또 땅은 반듯해 보이니까 동서남북 사방이라고 했던 거야. 그래서 하늘에 계신 하느님은 사랑이시고 땅에 있는 인간은 사람인 거야. 고대 신전을 보면 하늘을 향해서는 둥그런 원형 창문을 만들었고 벽면엔 네모난 사방 창문을 만들었어. 옛날 신화에 나오는 이야기인데, 우로보로스라는 뱀이 있었대. 자기 꼬리를 잘라먹으며 계속해서 자기 몸을 만들어서 영원히 살았다는 거야, 시작도 없고 끝도 없이. 아마 누군가 동그라미 모양을 계속 쳐다보다가 재미난 상상을 한 거겠지, 그런 뱀이 어디 있겠어. 그런데도 당시 사람들이 신으로 받들고 동그라미 모양의 원형을 미신처럼 섬겼다는 거야, 신의 상징처럼 동그라미를 그리고 집도 건물도 창문도 돈도 동그랗게 만들었대. 기분 나쁜 사람을 만나면 손가락으로 동그라미를 그리며 주문을 외기도 하고, 재미있지."

"아빠, 그런데 왜 사랑이 사람이 됐어?"

"지혜야, 하느님은 사랑이라는 말씀 알지? 그 사랑이 사랑의 대상을 만드셨는데 그게 인간이었거든 하느님의 사랑 속에서 살도록. 그런데 악마의 유혹을 받아서 죄를 짓고 하느님의 사랑의 품을 떠나 네모난 자기 사랑에 갇혀 버린 거라고. 우리는 자기를 사람으로 보지 말고 사랑으로 봐야 해. 그것도 하느님의 사랑을 받고 사는 사랑의 대상으로. 지혜도 하느님의 사랑의 열매이니까, 네가 곧 사랑이야. 주님의 사랑을 받아야만 사는 존재라는 뜻이야, 주님의 아름다운 신부로만 살라는 뜻이기도 하고. 이제 사람을 보면 사랑으로 읽어. 그럼 사랑스러워질 거야."

최 신부는 지혜가 하느님에 대한 관심을 드러내는 것이 기특하기도 했다. 틈만 나면 최 신부는 지혜를 가슴 깊이 안아 주면서 기도를 해 주었고 하느님에 대한 궁금증을 풀어 주었다.

그날 밤, 잠이 막 들려고 하는 순간 시호의 목소리가 최 신부를 깨웠다.

"오빠, 지혜가 열이 심해."

시호의 다급한 목소리가 예사롭지 않았다. 아침저녁으로 한기가 들어 지혜가 감기에 걸리지 않도록 신경을 썼건만 결국 감기에 걸린 것만 같았다. 밤도 깊었고 병원에서 고열이 나면 먹이라고 처방해 준 약이 있어서 일단 약을 복용시켰다.

시호가 얼음주머니를 만들어 지혜의 이마에 올려 주었다. 담당 의사가 감기에 걸리지 않도록 주의를 주었건만 어쩔 수 없는 일이었다. 출근을 해야 하는 시호를 잠자리에 들게 하고는 최 신부가 지혜 곁을 지켰다. 열은 오르락내리락했고 가끔씩 지혜의 호흡이 거칠어질 땐 겁이 덜컥 나기도 했다. 지혜를 흔들어 깨워 보기도 했고 하느님의 가호를 구하며 간절히 기도를 올리기도 했다. 새벽녘에서야 지혜의 숨소리도 안정을 취했고 열도 좀 내리는 듯싶었다.

아침 일찍 시호와 함께 지혜를 데리고 담당 의사를 찾았다. 몇 가지 검사를 하더니 담당 의사가 시호를 불렀다. 백혈구 수치가 불안정해서 무균실에 다시 입원을 시켜야 한다고 했다. 최 신부는 자신이 지혜를 잘 돌보지 못해서 그런 것처럼 또 자책감이 밀려왔다.

"오빠 잘못 아니야, 골수 이식 환자들의 면역체계가 불안정해서 종종 일어나는 현상이래."

"바람이 찬데 괜히 천변엘 데리고 갔나 봐."

"좋아질 거야."

시호는 어디 믿는 구석이라도 있는지 늘 긍정적이었다. 염려나 걱정은 하느님의 존재를 경멸하는 행위라고까지 강론했던 최 신부가 정작 지혜의 병환에 대한 염려와 걱정이 끊이질 않았던 것이다. 결국 지혜를 무균실에 입원시키고는 시호와 함께 집으로 돌아오고 말았다. 시호는 좋아질 거라고 안심시켰지만 내심 최 신부는 걱정을 내려놓지 못하고 있었다.

시호가 먼저 잠자리에 들었고 최 신부는 지혜에 대한 불안감으로 안절부절못하며 책장을 뒤적이다가 그동안 쓰다 만 소설을 완성시키기 위해 원고를 꺼내 들었다. 원고를 넘기며 소설의 이야기를 구상했지만 자꾸만 죽음에 대한 상념이 떠나질 않았다.

뗏목 사고를 겪으며 죽음이라는 단 한순간의 사건이 결국 모든 삶을 초토화시키는 것을 목격한 최 신부로서는 왜 하필 하느님은 이렇게 비참한 죽음의 제사를 제물로 받으셨는지 궁금하기만 했던 것이다. 뗏목 사고조차도 인간들의 부주의로 일어난 우연한 사고가 아닌 주의 뜻이란 말인가. 날마다 소나 양을 잡아 죽이면 죽음에 대하여 무감각해지는 것일까. 또 그렇게 죽음에 대하여 초연하게 살라고 죽음의 잔치를 벌이시는 것인가. 하긴 장례식장이나 병원 중환자실이 날마다 북새통인 걸 보면 단 하루도 죽음이 일어나지 않는 날은 없다. 최 신부는 죽음의 사건을 제물로 바쳤던 제사장들의 영적 세계를 끝까지 파헤치고 싶었던 것이다. 그 길이 사제로서의 삶에 대한 정체성을 찾는 일이 아닐까 생각했던 것이다.

최 신부가 시호와 지혜를 만난 후 심한 죄책감 때문에 원로 신부님께 사제직을 내려놓겠다고 말씀을 드렸을 때 원로 신부님의 추상같은 말씀이 아직도 최 신부의 깊숙한 곳에서 영적 발효를 거듭하고 있었다.

"최 신부, 두 번 다시 자네의 착함을 기대하지 말게, 사람이 실패하지 않으면 용서가 크게 보이질 않는 거야. 죄를 지어서 죄인이 아니라, 모두들 죄인으로 태어나서 죄를 짓는 거라고. 살아 있는 게 죄고, 모든 게 죄야. 인간이 죄를 짓는 게 아니야. 죄가 인간을 갖고 노는 거지. 죄를 짓지 않겠다는 건, 죄의 세력이 얼마나 큰지 모르고들 하는 소리야.

그러니 용서받으면 되는 거지 너무 자책하지도 말라고. 책임지려고 하지도 말아. 인간은 자기가 누군지도 모르는데 어떻게 책임을 지겠어. 그냥 내가 사라지면 되는 거야. 원래 인간은 자기밖에 모르게 되어 있어 일평생 자기 밖에 모르는 존재야. 무슨 사랑이 있고 무슨 희생이 있겠나. 자기 사랑이고 자기를 위한 희생일 뿐이야. 그래서 하느님은 인간들이 할 수 있는 것은 받지를 않는 분이야. 인간들이 할 수 없는 게 뭐가 있겠어. 자기 죽음뿐이라고. 그래서 자기 죽음의 겉옷을 들추면 거기에 생명이 숨어 있는 거야. 모든 인간이 살고자 하지만 죽어가고 있잖아. 결국 살려고 하니까 죽어가는 거라고 이미 살아 있는 자는 죽어도 괜찮다고 하면서 사는 거야. 이걸 자유라고 하는 거야. 죽고자 하는 자가 살아 있는 거야. 자기를 부인하고 자기 생명을 미워하라고 가르치는 신을 도대체 누가 믿겠나, 아니 사람들의 소원을 들어주지도 않고 저주하는 신을. 그러니 인간들이 믿을 수 없는 신이 진정한 하느님일 거야. 사람들은 자기 불가능 때문에 초월을 열망하면서 신을 찾는다고.

인간들이 즐겨 찾는 신은 이미 자기 속에 숨어 있다고. 그러니 내가 믿는 신은 모두 가짜야. 왜냐면 나로부터 형성된 믿음이기 때문에 그것도 일종의 육신의 행위에 지나지 않아, 육은 육이라고 했잖아. 오직 하느님께서 자기 계시를 통해 믿음을 선물로 준 사람들이 있어, 이건 아무도 몰라. 받아본 사람만 아는 거야, 자기만 알 뿐이지. 그러니까 신앙은 지극히 개인적인 거야. 그래서 하느님은 받는 분이 아니라 주는 분이야. 하느님은 인간으로부터 아무것도 기대를 안 해, 당신이 준 것을 돌려받을 뿐이야. 그래서 인간의 모든 행함을 무화시키는 죽음의 제사만 받는 거야. 인간 세상에서 가장 순수한 것은 죽음뿐이거든."

* * *

"오빠, 지혜가……."

울음을 잔뜩 머금은 시호의 목소리였다. 불길한 느낌이 스쳤다.

"지혜가 왜?"

시호의 흐느끼는 소리에 직감적으로 뭔가 잘못됐구나, 라는 생각이 들었다. 김 신부와 홍 박사 부인을 만나기로 했던 약속을 취소하고는 급히 병원으로 향했다.

"연합대 병원요, 빨리 좀 가 주세요."

택시 기사를 재촉하면서도 최 신부의 입에서는 '주여'라는 말이 저절로 터져 나왔다. 골수 이식을 한 지 채 일 년도 안 되었는데, 수술은 잘 되었다고 했는데, 감기 때문인지, 어디서 무엇이 잘못되었는지 최 신부는 또 자신 때문인지 마음이 무겁기만 했다. 잠깐 눈을 감고 기도문을 외우는 사이 택시는 병원 로비에 도착했다. 허겁지겁 소아병동으로 향했지만 시호가 병원 복도 의자에 겨우 기대어 쓰러져 있는 것이 보였다.

"시호야……."

최 신부는 시호를 일으켜 세웠지만 이내 쓰러지고 말았다.

"혹시 지혜 보호자 되시지요?"

"네."

"지혜를 영안실로 옮겨야 하는데요."

"네?"

최 신부도 넋을 잃고 말았다. 시호를 부추기던 손에서 힘이 빠졌다. 순간, 시호와 최 신부는 그 자리에 뒤엉켜 쓰러지고 말았다. 지혜의 죽음이라는 사건 앞에 속절없이 무너지고 있었다. 여기저기서 간호사들이 뛰어왔고 시호와 최 신부도 응급실 침대에 누워 버리고 말았다. 그래도 최 신부가 먼저 정신을 차렸고 눈을 뜨자마자 지혜를 찾았다.

"지혜, 지혜, 우리 지혜……."

최 신부는 실성한 사람처럼 지혜를 외쳐 대며 간호사의 안내로 중환자실로 향했다. 이미 숨을 거둔 상태라 하얀 시트로 얼굴까지 덮어 놓았다. 최 신부는 숨이 막힐 지경이었다. 세상 모든 게 멈춘 것만 같았다. 떨리는 손으로 가만히 시트의 한쪽을 들어올렸다. 지혜였다. 채 붓기가 가시지 않았지만 맑고 투명한 얼굴이었다. 최 신부는 눈물을 뚝뚝 떨어뜨리며 지혜의 얼굴을 쓰다듬었다. 최 신부의 뜨거운 눈물이 지혜의 눈과 코와 입을 스치며 흘러내렸다.

"지혜야, 미안해, 아빠가 잘못했어."

결국 최 신부는 지혜의 침대 곁에 무릎을 꿇고는 통곡을 하고 말았다. 주체할 수 없을 정도로 눈물이 쏟아졌다. 일평생 이렇게 울어 본 적이 없었다. 그러면서도 최 신부의 마음 저 깊은 곳에서는 차라리 나를 데려 가시지, 왜 이런 어린 것에게 이토록 가혹한 형벌을 내리는지 하느님이 원망스러웠다.

아니 멱살이라도 잡고 따지고 싶었다. 어린 것이 무슨 죄가 있다고 이렇게 처참하게 죽게 했는지 그 이유를 묻고 싶었다. 의사가 아닌 하느님께, 언제나 그렇듯 하느님은 묵묵부답이었다. 뗏목을 뒤집어 삼켰던, 생때같은 청년들과 홍 박사의 목숨을 수장시켰던 금강의 시퍼런 강물처럼 시치미를 뚝 떼는 것만 같았다.

"그래, 이런 비참한 죽음이 향기로운 제물이란 말인가."

죽음을 제물로 받는다는 잔인한 하느님을 향해 끊임없는 항변을 되씹고 있었다.

"지혜를 영안실로 옮겨야 합니다."

간호사들의 사무적인 말투까지도 귀에 거슬렸다.

"지혜야, 지혜야……."

시호였다. 헝클어진 머리에 맨발로 지혜를 찾았다.

"우리 지혜 좀 살려 주세요."

영문도 모르는 주변 간호사들을 붙들며 간청을 하고 있었다. 최 신부는 시호를 부둥켜안고 한참을 울었다.

"시호야 울지 마, 그만 울어, 지혜 하늘나라로 갔어."

최 신부는 시호를 위로하면서도 무책임하고 상투적인 말밖에는 달리 방도가 없음에 맥이 빠졌다. 정말 지혜가 죽어서 하늘나라로 갔을까. 어느 누가 장담할 수 있겠나. 죽어 본 사람이 없는데, 그냥 죽음이 두려운 연약한 인간들의 자기 고백 아닐까. 부모가 죽으면 땅에 묻지만 자식이 죽으면 가슴에 묻는다고 했던가, 시호는 지혜의 죽음을 도저히 감당할 수 없을 것만 같았다. 시호와 최 신부는 마음을 추스르지도 못했는데 병원 측에선 장례 절차를 어떻게 할지, 장지는 어디인지 사무적인 것들로 귀찮게 했다. 최 신부는 경황이 없는 상태로 화장을 해서 공원묘지에 수목장을 하겠다고 했다. 빈소랄 것도 없는 장례식장에서 시호와 최 신부는 지혜가 세상을 작별한 첫 날 밤을 꼬박 지새웠다.

"오빠, 나 이제 어떻게 살아."

시호가 정신이 좀 들었는지, 최 신부에게 한탄스런 자신의 처지를 드러냈다.

"시호야 내가 있잖아."

시호에게 지혜는 생존의 끈이었던 셈이다.

"시호야 지혜를 주신 분도 하느님이고 데려가신 분도 하느님이잖아."

"왜 나를 데려가지 지혜를 데려간 거야."

시호도 그랬다. 하느님이 원망스러웠던 것이다.

찌푸린 날씨에 비가 흩뿌렸다. 도시 외곽 화장터인 정수원 가는 길은 늘 우울했다. 성당 교우들의 장례식 때도 그랬다. 월송 공원 뒤편 다소 음습한 곳에 자리한 탓도 있지만, 흰색과 검은색만으로 치장한 버스며 사람들이며 모두가 죽음의 세력에 짓눌린 것만 같았다. 황토 유골함을 파는 곳이라는 작은 간판의 구멍가게만 아니면 화장터 입구인지 모를 정도로 정돈이 잘 되어 있었다. 우거진 숲 속에서는 각종 새들의 울음소리도 간간이 들렸지만 화장터 부근에서 문득문득 터져 나오는 유족들의 울음소리에 날빛조차도 침침하게 느껴졌다. 일렬로 늘어선 장례 버스의 뒤편에선 끊임없이 운구 행렬이 화장터로 들어갔고 화장이 끝난 유족들은 유골함을 안고 줄지어 나오곤 했다.

"2층 B열 4호입니다."

화장장도 좌표가 있었다. 지혜를 화장시킬 자리였다. 시호는 도저히 볼 수 없다며 1층 유족 대기실에서 기다리기로 했다. 최 신부는 김 신부와 카타리나 수녀와 함께 지혜의 화장장에 들어갔다. 세상 모든 걸 삼켜 버릴 듯 붉은 화염이 벌써 이글거리고 있었다.

최 신부는 지혜의 화장 장면이 생각보다 충격적이지 않았다. 이미 지혜의 영혼은 이 땅을 떠났을 거라는 믿음과 흙으로 돌아갈 수밖에 없는 육신을 처리하는 과정뿐이라는 생각에 그랬던 것 같았다. 이웃한 화장장에서는 유족들의 애끓는 울음이 터져 나왔지만 카타리나 수녀가 눈물을 훔치는 것 외에는 너무도 조용했다. 김 신부도 그랬다. 어린아이의 육신이라 그랬는지 생각보다 일찍 화장이 끝났다. 화장장 직원이 예의를 갖추고는 지혜의 유골을 정성껏 담아 주었다. 최 신부가 지혜의 유골함을 받아 드는 순간 최 신부는 억눌렸던 울음이 쏟아졌다. 유골함이 생각보다 따뜻했다. 마치 지혜가 건강할 때의 체온처럼 느껴졌다. 살아생전에, 아니 어려서부터 지혜를 깊이 안아 주지 못한 자책감에 최 신부는 지혜의 유골함을 깊이 껴안고는 한참을 통곡했다. 주체할 수 없는 눈물이 흘러내렸다.

'은하수 공원 수목장'이라는 나무 팻말을 따라 유골함을 안고 최 신부가 앞장을 섰다. 길게 뻗은 공원묘지의 능선처럼 최 신부의 굽은 등이 더욱 굽어 보였다. 아무리 공원묘지라고 해도 늦가을의 정취가 조금씩 느껴졌다. 문득문득 생각난 듯이 고추잠자리 몇 마리가 주위를 맴돌다 갔다. 이름 모를 들꽃들이 망자의 사연에 고개를 끄덕이며 안타까워하는 것만 같았다. 김 신부와 카타리나 수녀가 시호를 부추겨 가며 뒤를 따랐다. 사람 키만큼 자란 편백나무 밑에는 손바닥만 한 표지에 망자의 간단한 이력이 표기되었다.

최지혜, 데오도라.
1995 ~ 2008
아픈 만큼 사랑하다.

데오도라, 최 신부가 고심 끝에 지혜에게 지어 준 '하느님의 선물'이라는 뜻의 세례명이었다. 분명 지혜는 시호와 최 신부에게 하느님이 보내 준 선물이었다. 이제 그 선물을 하느님께 다시 돌려 드리는 것뿐이다. 공원묘지 인부들이 미리 파 놓은 편백나무 밑에 최 신부가 유골함을 가만히 내려놓았다. 김 신부의 짧은 강론과 기도가 이어졌고, 최 신부와 시호가 손으로 흙을 한 줌씩 쥐어서 유골함 위에 뿌렸다. 울음을 참고 선 최 신부의 모습에 시호의 오열이 터져 나왔다. 인근에서 준비하고 있던 몇몇 인부들은 아무런 표정도 없이 마당을 정리하듯 삽을 들고는 유골함 주변을 정리했다. 너무도 허무하게 한 영혼의 흔적이 쉽게 지워져 버리고 말았다. 세상 어디에도 지혜의 흔적은 없었다. 최 신부는 늘 산자가 죽은 자를 땅에 묻지만 때로 죽은 자가 산자에게 묻기도 하는 것만 같았다.

아직도 살아 있느냐고, 아니 아직도 살고 싶은지를 묻는 것만 같았다. 이 지상에서 죽음의 의미를 산 채로 드러낼 수 있냐고.

최 신부와 공원 일꾼들이 유골함을 묻고 돌아서는데 시호가 자리에서 일어서질 않았다. 웬만한 역경에도 끄덕하지 않았던 시호도 어린 딸의 죽음 앞에서는 어쩔 도리가 없었다. 아무도 울지 않는 밤이 없고 아무도 죽지 않는 날이 없건만 눈물로 밤을 지새운 시호는 아직도 눈물이 남았는지 오열을 토하고 있었다. 최 신부는 시호의 어깨를 감싸 안으며 일으켜 세웠다.

"지혜가 엄마 힘내라고 할 거야, 나 잘 있다고."

"오빠, 여기가 어디야?"

"공원묘지, 지혜 때문에 왔잖아."

최 신부는 시호의 상태가 안 좋다는 것을 직감했다. 겨우 시호를 달래서 공원묘지를 내려왔다. 그 이후로도 시호는 말수가 적어졌고 결국 회사까지도 그만두었다. 집 안에서 지혜의 유품만 만지작거리며 도무지 문밖을 나서질 않았다. 상담을 했던 정신과 의사도 정신적인 충격이 너무 심해서 일시적인 공황장애 내지는 우울증이라고 했다. 주기적으로 정신과 상담도 했고 최 신부의 정성 어린 내조에도 시호의 상태는 쉽게 호전되질 않았다. 약을 먹으면 약에 취해 무한정 잠을 잤고 눈을 뜨면 지혜를 찾으며 헛소리를 했다. 주위에서는 시호를 입원시켜야 한다고 했지만 최 신부는 시간이 좀 흐르면 좋아질 거라는 막연한 기대감에 시호를 집에서 데리고 있기로 했다.

늘 명쾌하고 자신만만했던 시호였는데 어린 딸의 죽음 앞에서 하루아침에 무너지고 말았다. 저항할 수 없는 죽음의 세력 앞에 사람이라는 게 이렇게 연약한 존재라는 게 실감이 났다. 시호는 죽고 싶다고만 했다. 아니 정말 죽고 싶은 사람처럼 넋이 나갔다.

"시호야, 억지로 죽지 않아도 언젠가는 죽게 되어 있어. 이미 우리는 살아 있으나 죽은 존재들이야."

"오빠, 언젠가 그랬잖아. 하느님은 죽음만 제물로 받는 분이라고, 우리 지혜도 하느님이 데려갔다며 왜 나도 좀 데려가지."

시호는 원망 섞인 말투로 대꾸를 했다.

"그래, 지혜는 하느님이 이 땅에 보낸 것처럼 하느님이 데려 간 거야, 그러니까 너무 마음 아파하지 마. 죽음의 순간은 누구에게나 아프고 슬프겠지만 역설적으로 죽음의 순간은 죽이는 분을 만나는 순간이기도 한 거야. 하느님의 존재를 믿는 사람이라면 감격스러운 순간이지 않을까."

"오빠, 그래, 다 맞는 말이야. 그래서 나도 죽고 싶다고, 나도 좀 죽여 달라 말이야."

"시호야, 태어난 것도 내 뜻이 아닌 것처럼 죽는 것도 우리 뜻이 아니야."

"자살하는 사람은 뭐야."

시호의 입에서 자살이라는 단어가 너무도 쉽게 튀어나왔다. 최 신부는 순간 전율이 느껴졌다. 삶에 의욕과 집착이 누구보다도 강했던 시호가 아닌가. 그의 입에서 자살이라는 말이 스스럼없이 튀어나온 것이 의외였다. 최 신부는 시호를 잘 지켜봐야겠다는 생각이 들었다.

"시호야 자살은 죄야, 목숨이 자기 것이 아닌데 자기 것처럼 끝내려는 것도 그렇고 자살하는 것은 결국 자기 목숨을 버리는 것이 아니라 자기를 끔찍이 사랑하는 극단적인 이기심의 표현에 지나지 않아. 그래서 죄인 거야."

"그래도 죽고 싶어."

시호의 단호한 대꾸에 최 신부는 할 말을 잃고 말았다. 더 이상의 설득으로는 안 될 정도로 시호의 병이 깊어졌음을 실감했다. 병원 약을 먹으면 무기력하게 잠잠했다가 약효가 떨어지면 또 불안해하는 시호의 모습을 보면서 최 신부는 약으로만 치료될 수 없음을 직감하고는 혼배 미사를 드렸던 떼제 수도원으로 자리를 옮겼다. 수도원에 근무하는 수녀님들의 도움으로 시호는 기도와 명상 시간을 가질 수 있었고 들녘을 산책하며 마음의 평안을 조금씩 회복했다.

최 신부는 준비했던 한의대 편입 공부를 틈틈이 이어 갔고, 시호의 건강 회복을 위해서라도 한의사가 되어야겠다는 결심이 단단해졌다. 최 신부는 한 차례 편입 시험에 낙방을 하고는 이듬해에 지방 한의대에 입학했다. 마흔이 다 된 나이에 대학생이 된 최 신부는 결국 학업 때문에 시호와 떨어져 지낼 수밖에 없었다. 전주에서 한의대를 다니기 위해 최 신부는 원룸에서 생활을 했고 주말이면 집으로 올라와 시호와 함께 지냈다. 결국 주중에는 시호 혼자서 생활할 수밖에 없는 상황이었다. 최 신부가 낯선 전주에서 한의학 공부를 하며 일 년 여를 보냈을 무렵, 갑작스럽게 전화가 왔다. 시호였다.

"오빠, 나 죽겠어. 숨이 잘 안 쉬어져."

시호가 호흡 곤란을 호소하며 다급히 최 신부를 찾았다.

"시호야, 시호야……."

최 신부는 멀리 떨어져 있어서 어쩔 수 없이 119에 집주소를 알려 주었고, 김 신부에게도 전화로 방문 요청을 했다. 최 신부가 집에 도착할 무렵 이미 상황은 종료되었고 시호도 응급실에서 돌아온 뒤였다.

"최 신부님 당분간 함께 계셔야겠습니다. 스스로 목을 맨 흔적이 있다고 119 구급대원이 알려 주었습니다."

"네, 뭐라고요?"

최 신부는 상상이 안 되었다. 그렇게 많은 이야기를 주고받았건만 어떻게 스스로 목숨을 끊을 생각을 했는지 시호가 안타까우면서도 야속하기만 했다.

"시호야, 왜 그랬어."

아무런 대꾸도 없이 시호가 눈을 감고 있었다. 곁에 있던 김 신부가 아직은 안정을 취해야 한다고 최 신부를 만류했다. 카타리나 수녀가 시호의 이마에 수건을 갈아 주며 최 신부에게 말을 했다.

"신부님, 당분간 시호 씨 곁에 있어야겠어요."

"네, 알겠습니다."

최 신부는 지혜와 시호를 책임지기 위해서 사제직을 버렸고 다시 한의대 편입을 한 것도 그런 이유뿐인데, 최 신부는 정작 자신이 책임질 수 있는 것이 아무것도 없다는 생각에 힘이 빠졌다.

"오빠, 미안해."

시호가 정신이 들었는지 힘겹게 말을 했다.

"하느님은 죽음의 제사만 받는다며, 왜 나도 좀 데려가시지, 사람을 살리지도 못 하고 죽여 버리는 하느님이 어디 있어……."

최 신부는 시호의 원망 섞인 절규에 가슴이 무너졌다. 시호의 울분을 최 신부도 충분히 공감했지만 어떻게 설득하거나 위로할 도리가 없었다. 시호에게는 생명의 끈이었던 딸을 잃은 엄마로서 당연한 고백이었다. 어쩌면 최 신부의 마음속 깊은 곳에서 올라오는 끝없는 항변을 시호가 대신해 주고 있는지도 모를 일이었다.

"내가 지혜를 살려 달라고 얼마나 간절히 기도를 드렸는데 이게 하느님의 응답이야?"

시호는 지혜의 죽음을 하느님의 뜻으로 받아들이지 못 하고 있었다. 지혜를 목숨처럼 여겼던 시호의 상실감이 얼마나 큰지 말해 주고 있었던 것이다.

"오빠, 말 좀 해 봐. 도대체 하느님은 우리 기도를 들어주기나 하는 거야?"

사실 최 신부도 뗏목 탐사 전에 수많은 시간을 하느님께 지켜 달라고 안전을 위한 기도를 드렸지만 전혀 상상도 못한 일이 벌어졌을 때의 절망감은 이루 말로 할 수 없을 정도였다. 하느님이 없는 것만 같았다. 한동안 최 신부도 영적 무력감에 빠져 하느님께 기도조차 드릴 수도 없었던 것이다. 그러니 시호의 절망감을 최 신부도 충분히 공감하고 있었기에 기다릴 수밖에 없었다.

결국 최 신부는 삶에서 일어나는 크고 작은 문제들의 해결사로 하느님의 흔적을 찾기보다는 죽음의 통로에서 하느님을 마주칠 것만 같은 생각에 사로잡히기도 했다. 뗏목 사건과 지혜의 죽음 앞에서 무기력했던 최 신부가 그나마 버티고 있었던 믿음의 단초였다. 언젠가는 이 어둠의 터널이 끝나고 하느님의 현존 앞에 설 수 있으리라는, 최 신부는 도대체 죽음의 실체가 무엇인지 궁금하기만 했다. 인간의 모든 것을 무화시키는 죽음의 피로 죄를 씻기고 인간들을 만나 주신다는 하느님은 도대체 왜 죽음을 제물로 받는 것일까. 비참한 죽음이 어떻게 향기로운 제물이 될 수 있단 말인가. 최 신부는 끝없는 자문자답을 하며 지혜의 장례도 치러 냈던 것이다.

최 신부는 성당에 근무할 때에도 형형색색의 아름다운 스테인드글라스를 볼 때마다 답답함을 느꼈다. 언젠가는 자기가 주임 신부가 되면 스테인드글라스를 모두 떼어내고 맑은 하늘이 보이는 투명한 창으로 만들겠다는 다짐 아닌 다짐도 했었다. 아무리 유명한 작가의 스테인드글라스일지라도 내가 보고 싶은 그림만 매일 보는 것이 아니라 맑은 하늘도 보이다가 어둑한 밤하늘도 보이다가 때로 눈도 내리고 폭풍우도 몰아치는 모습을 그대로 볼 수 있는, 만들어 가는 삶이 아닌 주어진 대로 살아가는 삶, 그것이 신앙이 아닐까라는 생각에 성당의 온갖 치장이 눈에 거슬리기도 했다.

최 신부는 인간들이 성당의 유리창에까지 자기가 보고 싶은 형상을 그려 넣기 시작하면서 종교가 타락했다고 생각했다. 형형색

색의 유리창이 만들어 내는 아름다운 형상을 신앙과 종교로 품고 살아가는 사람들은 언젠가는 의혹의 작은 돌멩이에도 그 믿음이 깨질 수 있다는 것을 분명하게 깨우쳐 주고 싶었다. 언젠가 꿈속에서 성당의 스테인드글라스를 향하여 무수한 돌멩이를 던져 와장창 깨트리다가 주임 신부에게 혼이 나는 꿈을 꾸기도 했다.

그래서 최 신부의 강론은 늘 돌직구였고 역설적이었다. 주일 미사 때 헌금을 정성껏 드리는 신도에겐 하느님은 받는 분이 아니라 주시는 분이라며, 돈은 당신이 필요하지 하느님은 돈이 필요치 않으신 분이라며 무리하게 봉헌하지 말라고 가르쳐서 주임 신부와 마찰을 빚기도 했다. 최 신부는 하느님께 드려지는 기도가 세상 모든 종교에 있는 기도 행위와 내용이 별반 차이가 없다면 우상 숭배에 다름 아니라고 목소리를 높이기도 했다.

최 신부는 창세기의 인간들이 하느님과 함께 거닐었던 에덴에서 쫓겨나면서부터 모든 인간들 속에는 알 수 없는 공포와 결핍이 자리 잡았다고 했다. 결국 악마의 유혹을 받은 이후 인간들은 누리는 존재에서 요구하는 존재로 전락했다는 것이다. 그날 이후로 모든 인간은 욕구와 요구와 욕망의 함수 관계 속에서 자주 길을 잃었고 누구나 호흡처럼 기도를 하며 살아간다고 했다. 그가 종교인이든 아니든, 최 신부는 기도란 것도 에덴에서 추방당한 이후 겪게 된 결핍에서 터져 나온 고통의 표현방식에 불과하다고 했다.

마치 부자 아버지의 품에서 쫓겨난 어린 아들의 심정이랄까, 그러한 원초적인 결핍을 채워 보고자 모든 인간들은 아무한테나 빌어 댄다는 것이다. 믿음의 상대가 중요한 것이 아니라 누구든지 나의 결핍을 채워 주는 신이 진짜 하느님이라며 일방적으로 온갖 정성을 다한다는 것이다. 그래서 진정한 기도는 그것을 구하는 것이 아니라 그분을 구해야 하는, 요구 이전에 그분과의 감격적인 관계에서 터져 나오는 탄성이어야 한다고 최 신부는 강론을 했던 것이다.

최 신부는 늘 종교 너머의 진리에 대한 고민이 깊었다. 자기의 의로움을 자처하는 종교인들이 지천에 넘쳐나고 있지만 세상은 한 치도 달라지지 않고 오히려 더 끔직스러워지고 있는 것은 종교의 허상을 반증하는 것이라고 생각했다. 최 신부는 진리의 적이 오히려 진리를 추구하는 종교가 아닌지 의구심이 없지 않았다. 결국 죽기 위해서 태어난 인간이 살려고 발버둥 치면서 모든 걱정과 근심이 싹트게 되었고 종교를 찾게 되었다는 것이다.

최 신부는 언젠가부터 삶의 모든 원인이 자기에게 있지 않음을 깨닫고는 그 원인을 하느님께 돌려드리는 것을 진정한 회개라고 생각했다. 사사로운 잘잘못을 후회하거나 반성하는 것은 아무 의미 없는 짓이라고 했다. 아무리 후회하고 반성을 해도 또다시 그러한 함정에 빠질 수밖에 없는 태생적으로 연약한 존재라는 것이다. 최 신부 자신이 죄인임을 깊이 인식하는 만큼 용서의 위력을 경험할 수 있었기 때문이었다. 최 신부가 뗏목 사건과 지혜의 죽음 앞에서 다소나마 죄책감을 벗어던질 수 있었던 이유이기도 했다. 최 신부는 시호가 겨우 잠들고 나면 책상머리에 앉아 글로서 기도를 올리기도 했다. 다음날 시호에게 타락한 신부의 참회 기도문이라며 읽어 주기도 했다.

　주님,
　당신을 사랑한다는 건,
　내가 죽도록 당신을 사랑한다는 건
　내 기꺼이 죽어지는 일인데.
　그리하여, 이 세상 어디에서나 너와 나는 없고
　긍휼이 넘치는 우리만 남는 게 아닌지요.
　그럼에도 당신의 긍휼로 내가 죽어지는 십자가의 길
　그 좁고 협착한 길은 말로만 가르쳐질 뿐,
　당신처럼 굽은 등을 보이며 묵묵히 그 길을 걷는 이들은 많지 않습니다.

아직도 이 세상 여기저기엔 시퍼렇게 내가 살아서

난장을 벌이고 있는 게 보이시나요.

하루의 삶조차 고단한 영혼들의 탄식과 눈물은

또 어찌해야 하는지요.

참된 종교는 사랑을 가르치고

거짓 종교는 두려움을 가르친다지요.

사랑에 어찌 형벌이 있겠습니까.

그럼에도 진리를 다 깨우친 사람처럼

자기 확신에 빠져

종교라는 허위의식으로 민초들의 삶을 억누르는

눈먼 성직자들

인간에게 있어서 가장 큰 불행은 자신을 볼 수 없는 것과

나와 내 것을 분간도 못하는 맹목이 아닌지요.

누군가 인생에서 가장 긴 여정은

머리에서 가슴까지의 채 일 미터도 안 되는 짧은 여행길이라 했지요.

아는 것에서 사는 것으로의 기꺼운 순종,

한평생이 걸려도 도달할 수 없는 힘겨운 여정이겠지만

결국 당신을 사랑한다는 건,

내가 죽도록 당신을 사랑한다는 건

다함없는 궁휼로 나를 비워내는 일이며

그 빈자리에 사랑과 생명과 존재감으로 채워가는 일인 줄 알겠습

니다.

그래서 당신을 사랑한다는 건,

때때로 찬물을 끼얹듯

정신이 번쩍 드는 일인가 봅니다.

그 사랑 속에서

정녕 당신께서 나의 생명이 되는 일인가 봅니다.

* * *

화암동 산기슭, 아픈 세월만큼 저만치 물러서 있는 성심요양
병원이라고 쓰여진 간판이 흐릿하게 눈에 들어왔다. 한의대를
만학으로 어렵사리 졸업하여 한의사 면허증을 받아든 최 신부
의 첫 출근지였다.

우여곡절 끝에 신부 생활을 접고 한의사로 제2의 인생을 시
작하는 것이라 감회가 새로웠다. 그러나 아직도 한의사라는 직
업은 잘 어울리지 않는 외투 같았고 뼛속 깊이 신부라는 생각만
맴돌았다. 그래도 그의 명함에는 '성심요양병원 한방과 제2과장

최시온'이라고 적혀 있었다. 도심 외곽이었지만 병풍처럼 야트막한 산에 둘러싸여 고즈넉한 모습이 마치 리조트를 연상케 했다. 그러나 입구에 들어서자마자 요양병원의 실체가 여실히 드러났다. 방금 실내 소독을 했는지 역한 약품 냄새가 코를 찔렀다. 대기실 햇볕 잘 드는 곳에는 검은색 안마의자가 놓여 있었고 머리가 희끗희끗한 여자 노인 환자가 느긋한 졸음에 빠져 있었다.

요양병원의 안락한 분위기를 연출하려고 설치한 듯한 원목 테이블 위엔 주인 잃은 찻잔들이 나뒹굴고 있었다. 대기실 한쪽 모퉁이를 이용한 매점엔 어른들의 기저귀가 산더미처럼 쌓여 있었고, 벽면엔 블루베리, 아로니아와 각종 견과류의 그림이 그려져 있었다. 그 밑에는 치매에 좋은 식품들이라는 설명이 자세히 적혀 있었다. 저렇게 좋은 건강식품들을 못 먹어서 치매에 걸렸다고 알려 주는 것인지 아니면 지금이라도 잘 챙겨 먹으면 좋아진다는 것인지 선거철 포스터처럼 무의미하게 느껴졌다. 거동이 불편해 보이는 몇몇 여자 노인 환자분들이 휠체어에 탄 채 옹기종기 현관 대기실에 모여 있었다. 금방이라도 밖으로 뛰쳐나갈 것 같은 간절한 모습이 안쓰러워 어느 누구도 말릴 수도 없는 것 같았다. 얼마나 밖이 그립고 사람이 그리웠으면, 아니 집으로 돌아가고 싶으면 저렇게 현관만을 바라보며 기다리고 있을까. 누군가 자기 가족이 찾아오기만을 학수고대하는 모습이 역력했다. 마치 출근하는 최 신부를 맞이하려는 것 같기도 했다.

"안녕하세요."

최 신부의 인사말에 어느 한 사람 대꾸가 없었다. 모두들 비석처럼 꿈쩍 않고 그대로 있었다. 역시 그들이 기대하던 사람이 아니었던 것이다. 그들은 그냥 병원 밖으로 나가고만 싶었던 것이다. 아니면 자기 피붙이들의 얼굴만을 고대하고 있었던 것이다.

최 신부는 사무장의 안내를 받아 원무과를 둘러보고 진료실을 배당 받았다. 1층 작은 구석진 골방에 테이블만 덩그러니 놓여 있었다. 책꽂이에는 퇴직한 전임자가 놓고 간 듯한 책들이 몇 권 꽂혀 있었다.

'숨결이 바람이 되어', '어떻게 죽을 것인가' 언젠가 읽어 본 듯한 책도 눈에 띄었다. 아마도 요양병원에 근무하면서 말기 환자들의 심리를 조금이라도 이해해 보고자 노력했던 것 같았다. 사무장의 안내를 받아 병원 구석구석을 돌아보았다.

3층, 현관 입구의 작은 엘이디 간판에서는 '부모님처럼 정성껏 모시겠습니다'라는 말이 별 감동도 없이 광고처럼 계속 돌아가고 있었다. 과연 부모님처럼 정성껏 모실 수 있을까라는 자문자답을 하며 최 신부는 현관을 들어섰다.

긴 복도 끝에 위치한 대기실 TV에서는 피투성이의 격투기 장면이 틀어져 있었고 거동이 가능한 남자 노인 환자들은 무기력한 모습으로 소파에 어설프게 기대어 있었다. 몇몇은 휠체어를 이리저리 굴려가며 선수들의 일거수일투족을 참견하기도 했다.

피투성이가 되도록 싸우는 격투기 선수들의 충만한 동물적 본능이 그리웠을 수도 있다. 대부분의 환자들이 무기력하게 죽기만 기다리는 듯한 병원 분위기 속에서 TV에서나마 피 튀기는 혈투를 생생하게 보여 주고 있으니 그나마 대기실에 생기가 도는 것 같았다.

결국 여자 환자들은 집으로 돌아가고 싶어서 1층 출입문 앞에 옹기종기 모여 있었고 남자 환자들은 격투기를 보며 마지막 남은 힘이라도 다시 한번 휘둘러 보고 싶은 간절함이 느껴졌다.

병동 2층, 햇볕 잘 드는 남쪽을 향해 집중 치료실이 있었다. 사실 저 정도면 더 이상 무슨 치료가 필요할까라는 의구심이 들 정도로 심각한 환자들로 가득 찼다. 숨조차 산소 호흡기에 붙들려 마지막 생존의 끈을 풀어놓지 못하는 사람들, 핸드폰 충전하듯 생애 마지막 에너지를 콧줄로 받아먹으며 한마디씩 하는 것만 같았다. 밥은 입으로만 먹는 게 아니라고, 숨도 코로만 쉬는 게 아니라고, 세상

사는 게 내 힘으로 산 게 아니었다고, 내 몸도 내 것이 아니었다는 것을 모두들 아프게 깨닫고 있었다. 그러나 그러한 때 늦은 깨달음이 죽음의 고통을 덜어 주지도 못하는 무력함에 삶의 무자비한 허무가 짙게 묻어났다.

최 신부는 한의대를 졸업하면서 언젠가는 성심요양병원에서 근무를 하고 싶었다. 물론 일반 환자들이 많았지만 연로하신 신부님과 수녀님들이 생의 마지막을 정리하는 곳이기도 했다. 병원이면서도 수도원 같은 분위기가 친숙했다.

최 신부는 첫 출근 날이어서 병원 구석구석을 둘러보며 환자들과 일면식을 트고 있었다. 남자인지 여자인지 잘 구별이 되지도 않았고 삶이 고단했는지 아니면 편하게 한평생을 살았는지 아무도 묻지 않고 대답할 힘조차 소진한 누군가의 아버지, 어머니들이 젖줄처럼 링거 줄을 코에 꽂고 코로 음식을 받아먹고 있었다.

최 신부는 초임 발령이라 일이 많은 2층 집중 치료실에 배당을 받았다. 간호사들이 환자들의 위급 상태에 따라 화투장을 뒤집듯 병실 침대의 위치를 수시로 바꿨다. 그러다 한두 명이라도 죽어나가면 가족들이 혼란을 겪기도 했다. 환자 가족이 병실에 들어서면서 자기 아버지를 향해 '아버님' 하고 부르면 여기저기서 으, 어, 하며 조금이라도 의식이 남아 있는 사람들이 신음처럼 나도 아버지라고, 나도 한때 식솔들을 거느리며 호령했던 시절들이 있었노라고, 힘겹게 응답을 했다.

최 신부는 환자들과 대화도 잘 안 되었고 그냥 기계적인 처치만 반복되는 일상이었지만 머릿속으로는 많은 생각들이 오고 갔다. 모두들 지금은 무기력하게 누워 있지만 저들도 한때는 생존을 위해 치열하게 살았던 분들이 아닌가. 처자식을 먹여 살리느라 자기 몸을 돌볼 겨를도 없이 일을 했을 것이다. 모두가 살기 위해, 조금이라도 더 잘 살아보기 위해, 한평생 애를 써 봤지만 결국은 모두가 지금 누워 있는 환자들처럼 죽음의 자리에 이르러 내가 생명이 아니었음을 드러내고 만 것이다.

최 신부는 매일 죽어나가는 환자들이 장례식장으로 실려 가며 난 결코 생명이 아니었다는 걸 죽음으로 웅변하고 있어도 그 소리가 잘 들리지 않는 것 같았다. 왜 그럴까, 모두들 살아 있다고 큰소리치지만 떼어 낼 수 없는 죽음의 그림자에 짓눌려 있는 것만 같았다. 어쩌면 모두가 살고자, 더 잘 살아보고자 하지만, 어쩔 수 없이 죽어가고 있다는 사실이 인간 실존의 비극이 아니겠는가.

최 신부는 요양병원의 집중치료실을 드나들며 최선을 다해 몸부림치며 살아보지만 결국 죽음의 문턱에서 모든 게 허물어지고 마는 삶의 허무가 뼛속 깊이 느껴지기도 했다. 모두들 이렇게 비참한 죽음을 맞이하기 위해 열심히 달려왔단 말인가. 한마디로 죽기 위해서 살았던 셈이다. 이렇듯 생존 때문에 한평생 전전긍긍하는 사람들에게 생존 문제를 뛰어넘어 죽어도 괜찮을 만큼 화끈하고 신비로운 참 생명의 나라는 어디쯤에서 그 깃발을 휘날리고 있는 것일까. 생명을 위해 기꺼이 생존을 포기한 그 보이지 않는, 걸어서 갈 수 없는 나라의 자유로운 영혼이 최 신부는 그립기도 했다. 마치 골고타 언덕의 히브리 청년처럼, 생존의 문제를 초월하여 죽음도 넘어선다는 그 생명의 근원은 어디일까, 최 신부는 이런저런 생각에 몰두하며 환자들을 돌보며 하루 일과를 마쳤다.

* * *

"오빠."

시호였다. 최 신부의 병원 생활을 둘러보기 위해 시호가 병원 입구에서 기다리고 있었다.

"괜찮아?"

"그럼."

"오빠, 오늘이 무슨 날인지 알아?"

"글쎄."

"오늘이 지혜 생일이야, 4월 15일."

"아 그렇구나, 지혜한테 가 볼까?"

"웅."

최 신부는 시호를 차에 태우고 은하수공원묘지로 향했다. 여기저기서 꽃봄을 알리려는 듯 철쭉이며 개나리며 목련이 '저요, 저요' 하며 푸짐한 꽃다발을 내밀고 있었다. 상큼한 봄바람에 온갖 상념이 다 날아간 듯했다.

"오빠, 참 오랜만이지."

"그래."

사실 시호가 지혜를 잃고 너무 큰 충격을 받아 제정신이 아니었고, 심각한 우울증으로 입원과 퇴원을 반복하며 투병생활을 하느라 지혜의 묘지를 돌볼 틈이 없었다. 어쩌면 최 신부가 시호의 아픈 상처 회복을 위해 지혜에 대한 기억을 지워 버리도록 의도적으로 멀리했던 것이다. 아직도 정신과 치료를 받고 있지만 시호는 많이 호전되어서 파트타임으로 회사도 출근하기 시작했다.

"오빠, 고마워."

"무슨."

공원묘지의 동쪽 능선을 따라 줄지어 서 있는 편백나무 밑에는 반듯하게 눕혀진 검은 비석들이 망자의 사연을 대변하고 있었다. 아무래도 최 신부의 눈에는 지혜의 묘지 비석이 유난히 눈에 띄었다.

'아픈 만큼 사랑하다.'

지혜가 죽었을 때 최 신부가 순간적으로 떠올렸던 비문이었다. 깊이 생각하지도 못 했지만 지혜를 사랑해 주지 못한 아쉬움을 담았다.

"많이 사랑도 못 해 줬는데."

시호가 무릎을 꿇고는 지혜의 비석을 쓰다듬으며 혼잣말로 중얼거렸다. 예전처럼 눈물을 보이거나 고통스러워하지는 않았다.

"오빠, 난 지혜 없인 살 수 없을 것 같았는데, 또 이렇게 살아지네."

"그럼, 더 씩씩하게 살아야지, 그게 지혜가 바라는 걸 거야."

"이제 중학교에 들어갈 나이인데, 우리 지혜……."

시호의 가슴속에는 여전히 지혜가 살아 있는 듯했다. 최 신부는 시호를 가볍게 안아 주었다.

"지혜도 주님 품에 있고 우리도 주님 품에 있는 거야. 주님 안에 있으면 사는 것도 죽는 것도 의미를 잃는 것 같아. 그래서 주님 안에서는 비극이 없어. 죽은 자가 세상을 떠난 게 아니라 산 자가 남겨진 거야 여기가 본향이 아니니까."

"그래도 좀 서운하잖아."

"하긴 나도 그래."

"사는 게 뭔지……."

시호가 또 낙심하고 우울해지는 것 같아 최 신부가 화제를 돌렸다.

"내가 재미있는 이야기 하나 해 줄까? 한의학은 음양 이야기가 많거든. 음과 양은 상대적이고 대립적인 개념이야, 남자와 여자처럼. 그런데 재미있는 것은 음이 극에 달하면 양으로 넘어간다는 거야. 양이 극에 달하면 음으로 넘어가고. 아니 어떻게 정반대의 극과 극이 통하는 게 말이 되냐고."

"남자가 여자가 되고 여자가 남자가 된다는 이야기네. 정반대인데 옛날 사람들이 잘 몰랐던 것 아냐?"

"아냐, 우리 몸을 보면 열이 심하게 날 때 오히려 춥게 느껴지잖아. 아마도 옛날 사람들이 생활 속에서 그런 현상들을 보며 정리한 것 같아. 삶과 죽음도 대립적인 것 같지만 그 끝은 통한다는 거지. 선과 악도 그렇고. 선이 지나치면 오히려 악이 되는 거야. 사랑과 미움도 그럴 것 같아. 히브리 청년을 죽였던 사두가인들이나 바리사이파 사람들이 당시로선 하느님을 잘 섬기고 하느님에 대한 전문가들이었거든. 그런데 그들이 하느님으로부터 왔다는 히브리 청년을 몰라본 거야. 아니 온갖 음모를 꾸며서 죽여 버렸지. 하느님을 위한다는 명분으로, 하느님을 소망했고 하느님을 기다렸던 사람들이 정작 하느님이 보내신 하느님의 아들을 몰라보고 죽였다는 것이 인류 역사 가운데 최대의 아이러니야."

"정말, 왜 못 알아봤지."

"글쎄, 나도 아직도 그게 궁금해. 아마도 자기들이 기대했던 하느님의 모습이 아니었던 거지. 자기들의 어려움을 해결해 주고 복을 주고, 형통하게 해 주는 전능한 신을 기대했는데, 보잘것없는 초라한 청년의 모습으로 왔으니 어느 누가 그를 보면서 하느님을 볼 수 있었겠어."

"정말 그랬겠는데."

"오늘날도 마찬가지야. 자기를 잘 되게 해 주는 신이 진짜 같아 보이지, 병들게 하고 죽게 하고 망하게 하는 신이라면 아무도 안 믿을 거야. 그래서 진짜 믿음은 하느님을 믿는 게 아니라 자기 자신을 믿지 않는 거야. 인간은 누구든지 하느님을 사랑할 수도 없어. 이미 자기가 신이거든, 자기밖에 사랑할 줄 모르는. 그래서 자기를 믿지 않는 것이 진짜 믿음이고 자기를 사랑하지 않는 것이 진짜 사랑일 거야. 우리 안에 우리보다 더 귀한 분이 계시니까. 그래서 사랑은 마음을 주고받는 게 아니라 일방적으로 빼앗기는 거야. 그대 있음에 나라는 존재가 죽어 없어져도 괜찮을 정도로. 내가 시호가 너한테 나의 마음을 빼앗긴 것처럼."

"오빠, 정말 그랬어……?"

"그럼, 하느님께 빼앗겼어야 하는데 너한테 빼앗겨서 이렇게 성당에서 쫓겨났잖아."

"에이, 그건 아니지."

"그래 알아, 저 찬란한 햇빛 좀 봐. 백일홍이 예쁘다고 더 많이 햇빛을 주거나 엉겅퀴 너는 밉다고 햇빛을 덜 주지 않거든. 누구 편을 들지 않는다는 거야, 바람도 그렇고."

최 신부는 시호와 어깨를 슬슬 부딪쳐 가며 이런저런 이야기를 나누면서 공원묘지를 내려왔다.

"오빠, 책 제목은 뭘로 할 거야?"

"검은 제사장들, 아니면 내가 죽어야 하는 이유, 글쎄 어떤 게 좋을까?"

"둘 다 제목이 좀 부정적인 것 같은데, 요즘엔 감각적이고 스마트한 게 좋아."

"그럼, 타락한 신부라고 할까."

"아냐."

"내가 죽어야 하는 이유, 그게 괜찮은데? 우리는 살아가면서도 사는 이유를 모르고, 죽어가면서도 죽는 이유를 모르잖아. 하느님을 안다는 것은 바로 내가 죽어야 하는 이유를 아는 걸 텐데."

"내가 죽어야 하는 이유, 난 아직도 모르겠어. 우리 지혜가 저렇게 일찍 죽어야 했던 것도 모르겠고."

"나도 아직 잘 모르겠어, 왜 느닷없이 뗏목이 뒤집혀서 멀쩡한 청년들이 죽었는지, 어렴풋이 짐작만 할 뿐이지."

"죽음은 시체가 되는 것이 아니라 나를 죽이는 분을 만나는 순간이라고 했지."

"사람이 사람을 죽인 것 같지만 하느님은 그 죽음 속에 계시는 것 같아."

최 신부는 말을 끝까지 잇지 못했다. 시호가 조심스럽게 최 신부의 말을 이었다.

"하느님이……."

"그래서 믿을 수 없는 하느님이 진짜 하느님인 것 같아."

다음날, 최 신부가 요양병원 입구를 들어서는데 김 신부가 대기실에서 기다리고 있었다.

"최 신부님, 저도 다시 한의사나 해야겠어요."

한의대를 졸업하자마자 한의사 면허증을 보란 듯이 던져 버리고 신학대학에 진학하여 신부가 되었던 김 신부였다.

"왜요, 무슨 일 있었어요?"

"홍 박사 부인이 두 아들을 데리고 재혼을 한답니다."

"누구하구요."

"아실 거예요. 헬스장 하는 박 코치요."

"뗏목 탐사를 같이 했던……."

"네, 홍 박사와 사이가 안 좋았던 것 같아요, 아이들도 박 코치 아이라는 소문도 있었는데."

"아, 그래요."

최 신부는 세상에 숨길 게 없구나, 라는 생각이 들었다. 어쩌면 홍 박사는 처음부터 자기 아내와 청년과의 관계를 의심했을 수도 있었다. 그래도 뗏목 탐사 때 홍 박사를 적극 도왔던 그가 아닌가. 뗏목 앞쪽에서 홍 박사와 함께 노를 젓기도 했던, 그러나 홍 박사는 죽고 그만 살았으니, 경찰 조사 때에 김 경사가 최 신부에게 따져 물었던 것이 있었다.

과연 뗏목을 누가 만들었는지, 재료 구입은 어떻게 했는지 등등 별 쓸데없는 질문을 다한다고 생각했지만 돌이켜보니 뗏목 제작에서부터 문제가 있었던 것이다. 사실 작은 고깃배를 빌려서 탐사를 진행했어도 되는 일인데 군이 뗏목 탐사를 고집했던 것도 박 코치였다. 모두들 뗏목 탐사의 위험성을 지적했지만 평소 래프팅을 즐겨했던 박 코치의 주장대로 진행되었던 것이다.

어떻게 열 명이나 탔던 뗏목을 튼튼한 밧줄도 많은데 왜 하필 느릅나무껍질로 만들어진 싸구려 중국산 밧줄을 사용했냐는 것이다. 느릅나무 껍질로 만들어진 밧줄은 건조 상태에서는 견인 강도가 높지만 물속에 들어가면 풀어지는 성질 때문에 견인 강도가 급격히 떨어져서 쉽게 파손된다고 했다. 얼마나 튼튼하고 좋은 밧줄들이 많은데, 김 경사는 뗏목을 만들 줄 모르는 사람이 했거나 아니면 의도적이었을 거라고 했다.

김 경사는 대개 위험한 일을 하기 전에 생명보험을 더 가입하는 게 사람 심리인데 왜 하필 탐사 무렵에 임박해서 홍 박사는 여섯 개나 되는 거액의 생명보험을 본인이 직접 해약을 했는지 그것도 의문점이라고 했다. 모든 게 홍 박사가 살아 있었다면 경찰에서도 필히 조사해야 할 사항이었지만 고인이 된 경우 수사 종결이 되고 만다고 했다.

뗏목 탐사에 동행했던 몇몇 청년들은 뗏목이 뒤집힐 당시 박 코치가 홍 박사와 뗏목 방향을 놓고 약간의 다툼이 있었고 흥분한 박 코치가 순간적으로 홍 박사 쪽으로 자리를 옮기면서 뗏목이 균형을 잃고 뒤집혔다고 했다.

결국 뗏목 참사의 원인은 허술하게 만들어진 뗏목도 아니었고 홍 박사와 다툼을 했던 박 코치도 아니었다. 애매한 강물의 소용돌이 탓으로 종결되고 말았다. 어쨌든 홍 박사에게 물어볼 수도 없고 하느님만 아실 일이었다. 홍 박사가 그 청년과 함께 죽고 싶었던 심정도 이해가 됐지만 누가 가해자이고 누가 피해자인지 최 신부도 혼란스러웠다.

요양병원 뒤편 별관. 책의 부록처럼 본관과 다소 떨어져 있어서 독립적이었지만 병원의 고즈넉한 분위기를 살려주는 곳이기도 했다. 은퇴한 신부님들과 수녀님들이 주로 입원해 있는 병동이었다. 본관 일반 환자들 병실엔 가끔씩 오고 가는 가족 방문객들로 소란스러웠지만 별관은 유난히 조용했다.

뒤편 산그늘이 슬금슬금 내려올 때면 무겁게 가라앉은 분위기가 마치 산속 깊은 수도원 같기도 했다. 일평생 독신으로 늙었으니 혈육이 다 끊어졌고, 결국 병든 노구를 이끌고 외롭게 투병 생활로 생을 마치는 고독한 분들이었다. 그래서 원로 신부님들의 병실은 더욱 수도원처럼 적막했다. 최 신부도 본관 진료 시에는 정신이 없었지만 별관 진료를 나오면 오히려 피정을 온 것처럼 쉼을 얻기도 했다. 일반 병실에서는 환자들을 어르신 혹은 아버님, 어머님하고 불러주면 되었다. 그러나 별관에서는 신부님, 수녀님으로 통했고 봉사자들도 성당 교우들이거나 간호사 출신 수녀들이 직접 담당했다. 최 신부는 별관에서 진료를 할 때에는 마치 자기도 다시 신부가 된 것처럼 착각을 했다. 일반 병동에서는 최 과장이라고 불렀지만 별관에 오면 대부분 최 신부라고 불러주었다.

그만큼 최 신부도 별관 환자들에게는 동질감도 있었고 가족 같은 유대감도 있었다. 일평생 성당에서 헌신하였지만 말년엔 돌볼 가족들이 하나도 없었으니 얼마나 외로울지 짐작이 가기도 했다. 어머니 같은 연로하신 수녀님들에겐 최 신부가 틈틈이 써 놓은 자작시를 직접 읽어 주기도 했다.

어디인들 당신 앞이 아니겠습니까.
우리는 곧잘
사람들 앞에서만
당신을 느낄 때가 있습니다.

언젠가 당신 앞에
홀연히 서는 날이 있기에
사람 없는 곳에서나
어느 누구의 관심조차 없을지라도
외롭게 당신을 느껴 보는 삶이

더욱 간절합니다.

어디인들 당신 품이 아니겠습니까.
우리는 곧잘
사람들의 웅성거림 속에서만
당신의 품을 느껴 봅니다.

언제나 당신이 우리 안에 계셨듯이
아무도 없는 곳에서나
어느 누구의 보살핌이 없을지라도
당신이 우리 안에 계심으로
우리가 당신의 품인 것을 느껴 보고 싶습니다.

"최 신부님, 읽어 주신 시를 보니 지금 이 누추한 자리가 바로 주
님의 앞이고 우리가 주님의 품이었군요. 감사합니다. 신부님."

코에 장착한 엘튜브로 인해 호흡도 시원치 않은 연로하신 수녀
님이 누운 채로 최 신부에게 고맙다고 답을 했다. 일평생 성당에서
봉사와 헌신을 다했지만 뜻하지 않은 병고로 요양병원에서 질곡의
세월을 보내는 연로하신 수녀님들의 피폐해진 영혼이 최 신부는

너무도 안타까웠던 것이다.

"히브리인들의 신앙의 모토였던 '하느님 앞에서'라는 뜻의 코람
데오를 시로 한 번 표현해 본 거랍니다."

"참 좋은데요, 한 편만 더 읽어 주세요."

"네, 원하시면 언제든지 읽어 드릴게요."

그림자도 없고
얼굴조차도 없는 당신,

당신께서 문득 내 얼굴을 알아볼 때까지
정녕,
외롭게 흔들려야만 하는 세월입니까.

오, 이름조차도 없으신
내 슬픔을 기꺼이 등에 지고 가는 이여,

사람과 사람 사이
맑게 트이는

오늘만큼은

제 이름 석자마저 지워 버리고

제가 당신의 이름으로 불리고 싶습니다.

"신부님, 시가 너무 좋아요."

"졸작인데요, 감사합니다."

최 신부는 성당에서 근무할 때보다 더 큰 보람을 느꼈다. 화석화된 종교의식을 반복하며 사변적인 강론만 늘어놓기보다는 사람들과의 만남 속에서 실제적인 영적 교감이 느껴졌던 것이다. 최 신부는 종종 연로하신 신부님들을 돌봐 드리면서도 그들의 마지막 인생 메시지가 듣고 싶기도 했다. 저무는 노을빛이 강렬하듯 누구든지 죽기 직전의 딱 한마디에 인생의 모든 깨달음이 다 실릴 것 같기도 했다. 최 신부는 원로 신부님들을 뵐 때마다 죽음의 문턱에서 후배 신부에게 들려주고 싶은 유언이라도 있는지 가끔씩 묻기도 했다. 때로는 정신이 오락가락하면서도 저들이 내뱉는 한마디 한마디가 화살처럼 뇌리에 박히기도 했다.

언젠가 김이식 원로 신부님의 병상 곁에서 이런저런 세상 돌아가는 이야기를 나누며 시간을 보내기도 했다.

"신부님, 생전에 주옥같은 강론을 많이 해 주셨는데 그 모든 걸

한마디로 요약하실 수 있는지요."

"최 신부, 내가 그동안 너무 많은 말을 한 것 같아. 잘 알지도 못하면서 아는 척을 했지."

"아닙니다. 얼마나 좋은 말씀을 많이 해 주셨는데요. 저는 아직도 어떻게 사는 게 잘 사는 건지 모르겠어요. 사제로도 실패했고."

"최 신부, 내가 어떻게 살아야 할까 너무 고민하지 말아. 하느님이 어떻게 하셨나를 알면 삶의 고민이 다 끝나는 거야. 인생에서 성공과 실패는 아무 의미가 없어. 따지고 보면 이 세상엔 십자가에서 죽은 히브리 청년보다 더 억울한 사람도 없고, 더 큰 실패자도 없다고. 오히려 그 실패가 하느님의 구원 역사의 현장이었잖아. 나도 한평생 진리가 무엇인가를 묻고 다녔지만 헛짓이었어. 진리가 자유를 주는 것이지, 진리를 아는 것이 자유를 주는 게 아닌 것 같아. 난 아직도 하느님에 대해서 잘 모르겠어. 자네가 부탁을 했으니 딱 한 가지만 유언처럼 말한다면 '관계'인 것 같아."

"무슨 관계를 말씀하시는지."

최 신부는 좀 더 원로 신부님의 설명이 듣고 싶은 듯 그의 침상 곁으로 바짝 다가가 앉았다.

"히브리 청년 예수의 가르침을 한 마디로 요약하면 관계였다고. 자네 포도나무와 가지의 비유를 알잖아, 하느님과 우리와의 관계를 아버지와 아들로, 신랑과 신부로, 포도원 주인과 품꾼으로 그의 수많은 예화는 모두 관계를 설명하기 위한 비유였다고, 하느님과 우리와의 관계가 어떤 관계인가를 깨우치려고 했던 거라고."

팔십 평생을 독신으로 하느님만 바라보며 구도자의 길을 걸으신 분답게 그의 말씀에서 깊은 영적 통찰이 느껴졌다.

"창조주와 피조물의 관계에서 인간들이 할 수 있는 게 뭐가 있겠어, 감사밖에는 없다고. 마땅히 감사해야 한다는 교훈이 아니야. 그런 거라면 사서삼경에도 있고 세상 모든 종교에도 널려 있는 흔해 빠진 종교인의 덕목에 불과한 거야. 피조물로서 나라는 자기의식이 멈출 때 터져 나오는 감사가 진짜 감사인 거라고. 선과 악, 행과 불행, 성공과 실패, 삶과 죽음조차도 우리의 좋고 나쁨이라는 분별은 애당초 틀렸다는 거야. 좋은지 나쁜지 누가 알겠어. 정작 우리는 자기에게 무엇이 좋은 건지 모르는 거야. 그런데 우리는 살아가면서 자기의 유익이 기준이 되어 모든 걸 판단해서 감사도 하고 불평도 하잖아. 그러니 이 세상에 죽기를 좋아하는 사람이 어디 있겠어.

사도 바오로가 그랬잖아. 차라리 죽는 게 유익하다고. 그런데 우리는 죽기를 싫어하잖아. 바오로나 우리나 믿음의 대상이 같은데 어떻게 이렇게 믿음의 고백이 다른지 모르겠어. 내가 죽어 마땅한 존재라면 내가 어찌 되든 무슨 상관이겠어. 자기를 죽음의 자리에 내려놓을 수만 있다면 매사가 감사할 것밖에 없을 텐데. 어쨌든 이렇게 비참한 죽음조차도 감사한 일이라는 거야. 힘들기는 하지만 하루라도 빨리 죽었으면 좋겠다는 것이 진심이었으면 하는 거라고. 결국 살아간다는 것은 죽어간다는 것과 같은 말이야. 어떻게 하면 죽는 것조차도 복되다고 할 수 있을까를 깊이 깨닫는 게 지혜라고. 그러니 형편이 어찌 됐든 죽기 전에 '감사합니다' 단 한 마디로 유언을 대신할 수 있다면 성공한 삶이 아니겠어. 인생은 살다 보면 죽는 게 아니야. 그냥 죽음의 일부로 살아온 거지. 그래서 죽음을 누리는 게 진정한 제사라고. 성전의 제사장들처럼, 죽음의 문턱에서 그걸 깨닫고 있으니 나도 잘못 살았어.

최 신부, 힘든 일이 있겠지만 감사함으로 살아. 내가 이렇게 죽어가면서도 좀 더 살아야겠다고 몸부림친다면 얼마나 우습겠나. 그냥 오늘 하루도 들풀처럼 살려주셔서 감사합니다, 하면 되는 거라고. 또 그렇게 언젠가는 죽이시겠지. 그것도 감사한 일이고. 이 지상에서 살아 있다고 큰소리 쳐 봤자 그저 살아 있는 죽음에 불과한 거야.

그래도 사람들은 무기력한 죽음보다는 빛나는 삶이 더 좋아 보이고 힘이 있어 보이겠지. 모두들 죽음을 막아 내기 위해서 발버둥을 치고 있잖아. 죽는 순간까지도 살고 싶은 거라고. 그런데 뒤집어 보면 삶보다 죽음이 더 위력적인 것 같아. 우리를 둘러싸고 있는 수많은 죽은 사상가들의 말들이 여전히 세상을 이끌고 있잖아. 오늘 우리가 발을 붙이고 살아가는 이 세상도 결국은 죽은 자들이 쌓아 놓은 문명의 축대이고. 아마 죽음이 없었다면 종교도 필요치 않았을 거야. 그래서 죽음이 바로 산 자들의 종교인 거야. 죽음을 말하지 않는 종교는 다 가짜야. 하느님이 살아 계신 증거도 인간의 죽음만큼 확실한 게 없다고. 죽음을 각오하면 못 할 일도 없잖아. 역설적이게도 죽음이 삶의 에너지라니까. 그걸 이제야 나도 깨닫고 있으니 참 한심하지. 죽어도 주님 품이라는데 무슨 두려움이 있겠어. 우리는 그동안 속고 살았던 거야. 이 육신조차도 주님의 것인데 내 것이라고 우겼으니. 따지고 보면 이 세상에선 울 일도 웃을 일도 없어, 그냥 감격할 일밖에 없는 거라고."

원로 신부님은 누군가가 묻기를 기다렸다는 듯이 비장하면서도 논리정연하게 인생 메시지를 쏟아 놓았다.

"신부님 제가 사제직을 그만 두면서도 풀리지 않는 의문이 하나 있었답니다. 수천 년 동안 하느님을 향한 제사가 끊이질 않았고 하느님께 특별히 선택받았다는 유대 민족인데, 하느님을 위해 지어 바친 웅장한 성전도 있었고 안식일도 지켰고 구제도 했고 경건과 거룩을 실천하여 백성들의 존경을 받았던, 하느님에 대하여 잘 안다고 자부했던 유대의 종교 지도자들이 하느님의 나라 한복판에서 어떻게 하느님의 아들을 몰라보고 죽여 버렸는지, 아니면 일부러 죽였는지 아직도 납득이 안 되거든요."

"사도 요한이 바람이 부는 것과 같다고 하지 않았나. 인간들은 살고자 하는데 메시아는 죽자고 오셨으니, 자기들이 상상하고 기대했던 하느님이 아니었던 거야. 여기 병실 풍경을 보게. 이렇게 비참한 죽음의 문턱에서 이게 하느님이 받으시는 제사라고 한들 누가 그 말을 믿을 수 있겠나. 오늘 이 자리에 하느님의 아들이 나타나도 사람들은 외면할 걸세. 사람들은 대부분 하느님도 자기가 좋아하는 걸 좋아하겠지, 라고 생각하는 거야. 그래서 인간들은 하느님을 믿을 수도 없는 거라고. 그분이 믿게 해 주셨는데 마치 자기가 잘나서 믿은 것처럼 말을 하는 게 인간들이라고. 그게 죄인의 본성이야. 그러니 죽음을 품고 살지 않으면 무슨 짓을 해도 모든 게 죄가 된다는 거야.

나도 내 삶을 돌이켜보니 죽어 마땅한 인간이 살고자 했던 것보다 더 큰 죄는 없는 것 같아. 최 신부, 안 믿어지겠지만 솔직히 말하면 사는 게 형벌이었던 것 같아. 형벌로서 인생이 아름다운 게 어디 있겠나. 형벌은 다 비참한 거야. 지금 여기 병실에 누워 있는 사람들을 보라고. 인간의 비참함을 모르고는 하느님의 사랑을 이해할 수가 없어. 결국 우리 모두는 죽으라고 태어난 거야. 죽기 위해서 열심히 살았던 거고. 유대의 종교 지도자들도 정작 자기들이 소망했던 메시아는 죽어서 밀쳐 버리고 자기들은 이 세상에서 인정받으며 잘 살아보겠다고 했으니 어불성설 아닌가. 결국 종교란 것도 타락한 인간들이 자기의 수치를 감추기 위한 최후의 은신처밖에 안 되는 거라고. 산다는 것이 무엇인지 살면서도 모르고, 죽는다는 것이 무엇인지 죽어가면서도 모르는 절망적 한계가 인간의 비극이야. 그래서 사람은 늙어서 죽는 게 아니라 죄 때문에 죽는 거야. 목숨이 끊어지는 게 죽음이 아니라 하느님과의 관계가 끊어지는 게 죽음이라고. 신령한 눈으로 본다면 자네와 나는 죽음밖에는 받을 삯이 없다고. 우리가 인정하든 안 하든 우리는 완전히 파산한 상태로 이 세상에 왔다는 말이지. 그래서 태어난 게 슬픈데 사람들은 환호를 하고 죽어서 기쁜데 사람들은 슬퍼한다는 역설의 진리를 뒤집어 쓴 거라고.

사실 별 의미도 없는 존재로 이 세상에 왔는데 무슨 거창한 의미를 찾겠다고 난리들이었으니, 내가 나를 봐도 참 한심한 인생이었어. 진리가 무엇인지도 모르면서 목소리만 높였으니. 피조물로서 주의 은혜만 증거 하면 되는 거라고. 그래서 감사밖에는 우리가 할 일이 없어. 이렇게 비참한 모습으로 죽음을 기다리고 있는 나에게 무엇이 더 바랄 게 있겠나. 그분의 절대적인 은총밖에는. 그래서 신앙은 우리가 무엇을 어떻게 하는 게 중요한 게 아니라 그분과의 동행인 거야. 너 지금 누구하고 살고 있느냐는 거지. 죽을 때까지, 종교, 다 쓸데없는 짓이라고 혹세무민이야. 이렇게 비참한 죽음에 대하여 강론해 보라고. 다 도망갈 걸. 다 살고 싶다는 거야. 잘 사는 데에 도움이 되는 말만 해 달라는 거지. 그래서 생명이란 끝내 내가 죽는 모습으로 증거 되는 것 같아. 사도 바오로의 소원도 죽는 거였잖아. 어떻게 그런 고백을 할 수 있었겠어, 그러니 죽음조차도 하느님의 선물인 거라고. 주님의 죽으심에 합세하는 죽음. 그냥 지금 당장 죽어도 여한이 없다는 고백이겠지. 자기에 대한 미련을 버리고 자기를 놔 버릴 때 예상 못한 기쁨이 오는 것 같다고.

자네도 청년들의 죽음을 책임지겠다고 도망치듯 성당을 떠났잖아. 하느님이 피조물들에게 책임지라고 한 적이 없어. 어떻게 자네가 청년들의 죽음을 책임지겠나. 하느님의 섭리일 뿐이야. 우리가 알 수 없는. 그래서 세상 모든 종교는 다 껍데기야, 자기 살 궁리만 하잖아. 결국 구원받겠다는 사람들, 천국 가겠다는 사람들이 오실 메시아를 기다리다 오신 메시아를 죽인 거라고. 그래서 지금도 메시아의 적은 종교고, 종교의 적은 메시아일 뿐이야. 세상엔 히브리 청년 예수처럼 십자가를 지려는 사람은 없고, 사람들에게 십자가를 지우려 드는 놈들만 넘친다고. 최 신부 알잖아, 인류 역사상 가장 잔인했고 치욕스러웠고 오래 싸운 게 종교 전쟁이었다고. 나도 일평생 헛짓만 했어, 세상 모든 종교는 언젠가는 허물어지게 되어 있다고 누군가가 히브리 청년처럼 목숨을 걸고 외쳐 대겠지, 다 무너뜨리라고."

아직도 원로 신부님의 가르침에는 핏기가 남아 있었다.

"신부님, 바보 같은 질문인데 정말로 착한 사람이 천국 가고 나쁜 사람이 지옥 갈까요."

"무슨 소리야, 남들이 착하다고 다 착하겠어. 남들이 나쁜 사람이라고 손가락질해도 다 나쁜 사람이겠냐고. 그래서 착한 사람이 천국 가는 것도 아니고 나쁜 사람이 지옥 가는 것도 아니야. 오히려 자기 착함을 자랑했던 사람들이 히브리 청년 예수를 십자가에 매달았잖아. 그 십자가 앞에서 자기도 죄인임을 자각하는 사람만이 착함과 나쁨에 상관없이 천국에 속한 사람일 거야. 그것이 거룩에 목숨을 걸었던 성직자들이 지옥에 떨어졌고 강도와 살인자 간통녀가 천국에 들어간 이유 아니겠어. 사람이 자기가 더럽다는 것을 알면 수십 년 살아온 인생의 고민과 걱정이 다 끝난다고. 이렇게 냄새나는 요양병원에 시체처럼 누워 있어도 감사한 거야. 우리

인생의 고민이 왜 많겠어. 자기가 뭔가 소중하다고 여기고 자기가 아직 의미 있다고 자기를 우상시해서 그래. 거룩하겠다는 것은 이미 거룩하지 않다는 반증이야. 이미 거룩해진 사람은 오히려 내가 더럽다는 것에 감사가 있다고. 그래서 세상의 어떤 더러움이나 착함에도 흔들리지 않는 거야. 왜냐면 내가 가치 있게 생각할 나는 이미 없어졌기 때문이겠지. 그래서 산 채로 죽음의 의미를 드러내면 그 사람은 이미 하느님이 친히 만드신 성전인 거야.

그래서 이 세상에서 나쁜 사람으로 버려진 히브리 청년 예수의 죽음은 사람들로 하여금 어떻게 하면 구원될까가 아니라 왜 인간들은 구원받지 못하는 존재일까를 보여 주고자 일어난 사건이야. 이 세상이 살만한 곳이 못 된다는 것을 33년 동안 보여준 것이 히브리 청년의 삶이었다고. 그가 매달린 십자가는 우리들이 하느님을 죽였다는 유일한 증거물이고. 결국 이 세상은 하느님을 죽일 수밖에 없는 세상이라는 것이지. 하느님의 아들이 이 세상에서 핍박받고 죽었는데 우리가 이 세상에서 대접받고 살겠다는 것은 뭔가 자기 주제 파악이 안 된 거라고. 그런데도 사람들은 그의 죽음을 이용하여 자기는 구원받겠다고 '저요, 저요' 하고 있으니 한심한 노릇 아닌가. 자기가 죄인이라고 스스로 고백하다가도 누가 죄인이라고 손가락질하면 그 손가락을 부러뜨리고 싶은 게 인간들의 불가항력적인 죄성이야. 이런 인간이 어떻게 자기 구원을 이야기할 수 있겠나. 인간은 혼자가 아닌 순간이 없고 남을 먼저 생각한 적도 별로 없어. 결국 알 수 없는 것은 하느님도 천국도 아니고 자기 자신이야. 일평생 자기밖에 모르는 존재가 인간이라고.

나도 너무 오래 살았어. 산다는 것은 살아남는 게 아니라 산채로 죽음의 의미를 드러내는 거야. 그래서 믿음의 표징은 죽기를 소망하는 거라고. 죽어도 괜찮다고 하는 사람만이 구원이 뭔지 아는 사람이고. 최 신부, 이 지상에서 살아 있다고 큰소리 쳐봤자 다들 그저 살아 있는 죽음에 불과한 거야. 이제 내가 살날이 얼마나 될지 모르겠지만 마지막 소원이 있다면 내가 살아 있음보다 주님의 살아 계심이 더욱 실감 났으면 좋겠어. 내가 주님을 아는 게 아니라 주님이 나를 알아보신다는 게 너무도 감사한 거라고. 이제 나는 아무것도 바랄 게 없어. 사람은 누구나 자기를 안 도와주면 한이 맺히는 거야, 원한관계가 된다고. 그게 부모든 자식이든 하느님도 그래. 요구가 많을수록 잃는 게 많다고. 결국 관계가 끊어진다고. 그래서 아무것도 바랄 게 없는 게 믿음이야, 그래야 사는데 두려움도 없고. 아이가 어머니의 사랑을 확신할 때는 어머니를 잊고 살잖아.

나도 이제 좀 자유로워진 것 같아. 인간의 착함은 어색하고 억지스러운 거야. 얼마나 자랑하겠어. 자기 착함을 자랑하는 건 하느님께 반항하는 거라고. 최 신부, 너무 자책하지도 말아, 주님이 최 신부를 사랑하시잖아, 사랑하는 사이에는 시시콜콜 따지지 않는 거야. 그냥 살아. 그나저나, 나 좀 빨리 죽게 해 줘."

"신부님도 별말씀을······."

최 신부는 병원 생활 틈틈이 원로 신부님들과 주고받은 가벼운 대화 속에서 영적 통찰을 얻기도 했고, 본의 아니게 중단됐던 사제로서의 삶에 대한 아쉬움을 달래기도 했다.

별관에도 본관처럼 상태가 안 좋은 환자들을 위해 집중치료실이 따로 설치되어 있었다. 아무리 환기를 시켜도 환자들의 몸에서 나는 특유한 체취와 배설물 냄새, 소독약 냄새가 뒤엉켜 집중 치료실은 일반 병실보다 근무 조건이 열악했다.

집중치료실과 마주하고 있는 건너편 대기실에서는 가끔씩 애절한 찬송가가 울려 나왔다. 상태가 악화됐거나 회복 불가능하여 죽음이 임박한 환자들을 가족들이 임종할 수 있도록 배려를 한 장소였다. 일반 병실에서 상태가 나빠지면 집중치료실을 거쳤다가 최종적으로 죽음의 대합실에서 임종을 맞이하는 것이었다. 최 신부는 무슨 의미로 대기실이라고 붙였는지 의아했다. 아마도 가족들이 환자를 대기하라는 뜻으로 써 붙였겠지만 마치 저승에서 온 죽음의 사자가 대기하는 곳처럼 느껴졌다. 결국 지상에서의 마지막

접견실인 셈이다. 환자들이나 가족들의 종교 취향에 따라 둔탁한 목탁 소리가 들리기도 했고 찬송가 소리가 들리기도 했다.

때로는 애절한 울음소리만 맥없이 터져 나오기도 했다. 종교가 있건 없건 신앙이 있건 없건 애절한 울음소리의 강도는 별 차이가 없었다. 아무리 죽은 다음에 좋은 세상으로 간다고 굳게 믿었어도 사별의 아픔은 어쩔 수 없는 것 같았다. 아니 종교의식이라는 게 죽음의 순간에는 망자의 얼굴에 그려 놓은 분칠에 지나지 않았다.

집중치료실에 누워 있는 환자들 가운데 조금이라도 의식이 있는 환자들은 복도 건너편 죽음의 대기실에서 간간이 울려오는 애곡소리에 예상외의 반응을 보이기도 했다. 참담한 마음을 주체하지 못하고 마른 눈물을 보이는 환자들도 있었고, 자기의 임종을 상상하며 점점 목을 조여 오는 듯한 죽음의 공포를 느끼는 환자들도 있었다. 결국 최 신부는 사무장에게 임종 대기실의 소음이 가급적 새어 나오지 않도록 문의 밀폐를 강화하도록 건의하기도 했던 것이다.

집중치료실에는 산소 호흡기를 비롯한 각종 응급 시설이 갖추어져 있었고, 간호사들이 상시 대기했다. 대부분 엘튜브라 부르는 콧줄로 음식을 받아먹거나 산소 호흡기에 의존해 연명하는 중증 환자들이었다.

인체 구조상 인후라고 불리는 식도의 끝과 폐 기관지의 끝이 붙어 있어서 장기간 누워 있는 환자들에게는 음식물이 기도로 넘어가 발생되는 흡인성 폐렴의 구조적 원인이 되기도 했다.

대다수 요양병원에 입원한 환자들의 최종적인 사망 원인은 흡인성 폐렴이나 급성 폐렴이었다. 어찌 보면 일찍 죽는 것이 비참하게 연명하는 것보다 나을 것 같지만 대부분 환자들이 말로는 빨리 죽고 싶다고 하면서도 몸이 좀 불편하거나 아플 땐 생존 의지가 더욱 강렬해지는 것을 보면 죽는 순간까지 살고 싶은 게 인간의 본능이 아닌가 싶다.

최 신부는 요양병원에 근무하면서 어떻게 하면 저들의 마지막 가는 길이 조금이라도 편안하고 고통스럽지 않게 해 줄 수 있을 것인가에 골몰하기도 했다.

요양병원에 근무하는 대다수 의료진들이 어차피 죽을 환자들을 상대한다는 생각에 쉽게 포기하거나 기계적인 처치만 반복하는 경우가 없지 않았다. 그러나 최 신부는 신부 출신답게 환자들의 육신의 고통만을 살피지 않았고 영혼의 안식을 걱정했으며 어떻게 하면 저들이 구원의 은총 가운데에 생을 마칠 수 있을지 도와주고 싶었다.

가급적 환자들의 상태가 조금이라도 호전되면 가족의 품에서 마지막을 보내는 게 좋다고 집으로 모시고 갈 것을 설득했고 많은 환자 가족들이 그의 말을 따르기도 했다. 최 신부는 입원한 환자들 대다수가 폐렴으로 죽어나가는 것을 목격하고는 어떻게 하면 호흡기 질환을 예방할 수 있을 것인가를 고민하다가 일본 학계의 자료를 찾아서 적용하기도 했다.

전체적으로 근육의 양이 줄어든 노인 환자들이 오랜 시간을 누워 있게 되면 턱이 벌어지고 혀가 뒤로 넘어가 기도를 막게 되어 공기의 흐름이 나빠지고 결국 산소 부족으로 건강이 더욱 악화된다는 것이었다.

특히 입을 벌리고 있어서 건조해진 입안에 각종 병원 내 세균들이 침범하여 번식하게 되면 면역력이 떨어진 노인 환자들이 폐렴을 비롯한 각종 호흡기 질환에 노출되어 일찍 사망에 이르게 된다는 나름 설득력이 있는 이론이었다.

최 신부는 생명 유지에 있어서 호흡이 가장 중요한 요소라는 것도 익히 알고 있었던 터라 본인이 먼저 잠들기 전에 테이프로 입을 막고 잠들기도 했다. 아침에 일어나 보면 자기도 모르게 테이프를 떼어 버리기도 했고 심지어 테이프가 입 안에서 발견되기도 했다. 그래도 시행착오를 거듭하며 최 신부가 실천해 본 결과 상당한 유의성이 있을 것으로 판단되어 환자들에게 적용시켜 보기로 했다.

사실 대다수 요양병원의 집중치료실 입원 환자들이 연하곤란으로 엘튜브를 장착하고 있어서 코로 호흡하기보다는 입을 벌리고 호흡을 하는 경우가 다반사였다. 최 신부는 간호사들에게 가급적 환자들이 입을 다물고 생활할 수 있도록 가르쳤으며 수면 중에도 테이프로 입을 막아 주도록 지시했다. 최 신부가 코 호흡을 가르쳤던 일반 병동에서도 여러 환자들로부터 상태가 호전되었고 컨디션도 좋아졌다고 했다. 처음엔 답답하다고 떼어 버리고 잠드는 경우도 없지 않았지만 차츰 익숙해지면서 이제 잠들기 전에 입을 막지 않으면 오히려 목이 마르고 감기도 잘 걸린다고 했다.

최 신부는 일반 환자들로부터 긍정적인 반응이 나타는 걸 보고는 급한 마음에 별관 집중치료실 원로 신부님들과 수녀님들에게도 적응시켰던 것이다. 병실 근무하는 간호사들에게도 교육을 시켜서 환자들이 잠들기 전에 테이프로 입을 막아 줄 것을 권장하게 되었다. 몇몇 환자들은 불편하다고 거절했지만 대다수 환자들이 잠들기 전에는 꼭 입을 막고 잠자리에 들었다.

* * *

여름 축 늘어진 삼복, 그 허리춤에 왕뜸을 올려놓은 것처럼 요양병원 입구의 배롱나무가 불콰하게 열기를 발하고 있었다. 굵은 꽃대가 연수를 말해 주듯 만개할 때면 다른 꽃들이 필요 없을 정도로 화려했다. 종종 산책 나온 노인 환자분들이 배롱나무 꽃그늘에 앉아 있으면 꽃빛에 취해 다소나마 핏기가 도는 것처럼 느껴지기도 했다. 요양병원의 실내엔 늘 생사를 넘나드는 잿빛 일상의 반복이었지만 그래도 정원엔 아직 봄이 이르다 싶을 때엔 목련이 만개하여 화사함을 드러냈고, 황사가 불어올 때쯤 샛노랗게 개나리가 수를 놓았다. 철쭉과 영산홍이 뒤를 이었고, 청초한 목단과 작약이 늘 새 옷으로 차려입고는 요양병원의 한 구석을 밝혀 놓았다.

장미가 부끄러운 듯 얼굴을 붉히며 병원 담장 너머로 고개를 살짝 내밀면 봄은 끝물에 이르렀다. 하여, 꽃들이 다 갔구나 싶은 여름 더위에 나무 그늘이 시원하게 느껴질 때쯤 서서히 달아오르는 배롱나무의 정열은 역시 여름 꽃다웠다. 분홍도 아니고 빨강도 아닌 적당한 핏기로 성이 오른 꽃대궁은 한 여름 삼복더위를 이열치열로 식혀 놓기에 충분했다. 석 달 열흘을 화끈하게 달아오르는 배롱나무의 꽃말이 궁금한 듯 배롱나무에서 눈을 떼지 못한 최 신부가 주차장을 거쳐 병원 입구에 들어섰다. 무슨 사고라도 일어났는지 병원 입구에 앰뷸런스가 세 대씩이나 대기하고 있었다. 평소 같으면 죽어 나가는 환자들이 한두 분이어서 앰뷸런스가 한꺼번에 세 대씩이나 오는 경우는 극히 드물었다.

"최 신부님, 큰일 났어요."

별관 집중치료실 담당 간호사 출신 수녀였다.

"오늘 아침에 원로 신부님 세 분이 한꺼번에 소천하셨어요, 김이식 신부님도."

"네, 뭐라구요?"

김이식 원로 신부는 최 신부의 후견인처럼 늘 고민을 상담해 주며 도와주셨던 아버지 같았던 분이었다.

"왜요, 무슨 일이 있었나요."

"코에 엘튜브를 장착한 상태로 입을 테이프로 막아서 밤사이에 산소포화도가 급격히 떨어졌고 질식 상태가 되었답니다."

"네?"

최 신부는 순간 다리가 풀려서 휘청댔다. 지혜가 죽었다고 했을 때처럼 온몸에서 기운이 일순간에 빠져나가는 느낌이었다. 최 신부는 황급히 별관 집중치료실로 달려 올라갔지만 이미 세 개의 침대는 텅 비어 있었고 병원은 난리가 났다. 일반 병동의 환자들까지 동요가 일어났다. 병원에서 어떻게 관리했길래 환자가 질식해서 죽도록 방치했냐고 원무과에 항의하는 환자 가족들도 있었다.

"최 과장, 나 좀 보지."

병원 이사장이었다.

"아니, 환자들의 입을 테이프로 막았다며."

"네, 호흡이 안 좋은 사람들은 하지 말라고 했는데."

"그래도 그렇지 가만 두어도 곧 죽을 사람들인데 얼마나 더 살리겠다고 그랬어. 환자 한 사람이 죽어 나가면 우린 손해가 얼마나 되는지 알아?"

역시 이사장은 환자들을 돈으로 보았다. 한 명 들어오면 한 달에 얼마가 떨어지고 한 명이 죽어 나가면 손실이 얼마가 된다는 것이 머릿속에서 기계적으로 돌아갔다.

"그나저나 최 과장 이미 보건소에서 다녀갔고 사망 사고라서 아마 경찰 조사를 받게 될 거야. 의료과실로 처리될 것 같아."

"네, 죄송합니다. 제가 책임질 일이 있으면 책임지겠습니다."

"그래도 일반 병동 환자 같았으면 가족들이 최 과장을 가만 두지 않았을 거야, 신부님들이었고 환자 가족들이 없었으니 망정이지. 내가 경찰에도 잘 이야기할게."

최 신부는 또 자기 때문에 원로 신부님들이 세 명씩이나 죽었다는 사실에 가슴이 무너지는 것만 같았다. 특히 아버지 같았던 김이식 신부님께 큰 죄를 지은 것만 같았다. 결국 최 신부는 요양병원을 사직하고 말았다.

며칠 후,

"남단 경찰서 수사과 이 경사입니다. 성심요양병원 최시온 과장님 맞으시죠? 이번 주 목요일에 경찰서에 나오셔야 합니다."

"네, 알겠습니다."

최 신부는 참담했다. 의료 과실치사, 재판, 한의사 면허취소, 타락한 신부, 뗏목 사고, 지혜의 죽음, 원로 신부님들의 죽음 등등 이런저런 생각이 꼬리에 꼬리를 물며 최 신부를 나락으로 떨어뜨렸다. 두렵기도 했고 주체할 수 없을 정도의 죄책감도 밀려들었다. 최 신부는 도망갈 수만 있다면 어디론가 숨고만 싶었다. 아니 죽고 싶기도 했다. 그동안 신앙의 선배들로부터 배우고 들었던 신앙적 지식과 교우들에게 강론했던 신념이 너무도 무기력하게 무너져 내렸다.

간간이 흩뿌리는 빗발이 차창을 두드리며 최 신부의 마음을 더욱 요동케 했다. 어떻게 운전을 해서 집으로 돌아왔는지 모를 정도로 공황 상태에 빠진 듯했다.

집에 들어서니 시호가 약을 먹고 잠에 취해 있었다. 최 신부가 들어오는 것도 모를 정도로 곯아떨어졌다. 최 신부 자신의 처지도 그랬지만 언제 회복될지도 모르는 정신 질환으로 약에 취해 혼이 빠진 듯한 시호의 모습이 너무도 안쓰러워 보였다. 가만히 시호의 얼굴을 내려다보고 있는데 최 신부의 눈에서 뜨거운 눈물이 주르륵 흘러내렸다.

"시호야, 미안해 정말 미안해."

최 신부는 병원 약제실에서 몰래 챙겨 온 알약 한 주먹을 주머니 속에서 만지작거리며 시호 옆에 가만히 누웠다. 함께 늙는 사랑의 무능이 이런 건가 싶었다. 최 신부는 시호를 위해서도 지혜를 위해서도 아니 뗏목 사고로 숨진 청년들을 위해서도 아무것도 해 줄 수 없는 자신의 무력함에 초라했고 참담했다. 입에 침이 마르고 숨이 막힐 지경이었다. 이것이 최 신부가 받아야 할 죄에 대한 하느님의 형벌이라면 더 이상 할 말이 없었다.

주머니 속에서 느껴지는 알약의 촉감이 부드러웠다. 최 신부는 시호 옆에 가지런히 누운 채로 주머니 속의 알약을 엄지와 검지로 만지작거리며 숱한 생각을 반복했다. 그러다 문득 무슨 생각이라도 난 듯이 알약을 쥔 손이 최 신부의 입을 향했다. 최 신부는 알약 하나를 입에 넣고는 물도 없이 씹기 시작했다. 바짝 말라버린 입속에서 알약 부스러지는 소리가 마치 최 신부의 모든 삶이 깨어지는 것처럼 귓속까지 크게 울렸다. 씁쓸한 약 맛이 입안 가득 감돌았다. 뗏목 사고로 숨진 홍 박사와 청년들의 얼굴이 하나둘 환영처럼 최 신부의 얼굴을 덮쳤다. 부스러진 약가루가 목에 달라붙어 목을 조이듯 아팠지만 눈물샘을 타고 목젖까지 흘러내린 눈물이 조금씩 씻어 내렸다.

최 신부는 아무런 거리낌도 없이 또다시 알약 하나를 입에 넣었다. 아픈 지혜의 얼굴이 스치면서 울컥 눈물이 솟구쳤다. 약보다도 주체할 수 없는 눈물에 목이 메었다. 자식이 뭔지, 지혜의 죽음을 생각하며 최 신부는 가슴이 미어졌다. 몇 차례 최 신부는 숨이 막혀 답답한 듯 가슴을 들썩이며 눈물로 알약을 씹어 삼켰다. 뺨을 타고 흐르는 눈물이 베갯잇을 적셨다. 하느님도 시호도 깊이 잠들었는지 어느 누구도 최 신부를 말리지 못했다. 최 신부의 입에서 신음처럼 몇 마디 기도가 흘러나왔다.

"주여, 이 죄인을 불쌍히 여겨 주시옵소서. 불쌍히……."

최 신부는 목이 메어서 더 이상 기도를 할 수도 없었다. 숨죽인 울음소리가 탄식처럼 터져 나왔다. 최 신부가 또다시 주머니 속의 알약을 입에 넣으려는 순간 돌아가신 김이식 신부님의 환영이 떠올랐다. 세상 일이 그렇듯 살아 있다는 게 죄스러운 것으로 느껴질 때에는 대개 산 자들보다는 죽은 자들이 더 자주 말을 걸어오는 것 같았다. 늘 최 신부를 피붙이처럼 격려해 주었던 김이식 신부님이 그랬다. 최 신부가 입에 붙여 드린 테이프 때문에 숨을 못 쉬어서 답답했는지 가슴을 치며 손을 휘저으며 최 신부를 향해 소리를 질러 댔다. 잔뜩 화가 나신 표정으로 최 신부를 다그치는 것만 같았다.

"야, 이 바보야, 죽음이 끝이 아니야. 죽어도 죽지 못하는 게 사람이라고. 히브리 청년이 어떻게 죽었는지 알잖아. 하느님도 당신의 아들마저 십자가에 무참히 살해당하도록 내어버리셨는데 최 신부, 너라고 별수 있었겠어. 아프지, 많이 아프지. 그게 사랑이었어, 이 바보야. 그게 사랑이었다고."

ⓒ 이상룡, 2019

초판 1쇄 발행 2019년 5월 17일

지은이   이상룡
펴낸이   이기봉
편집   좋은땅 편집팀
펴낸곳   도서출판 좋은땅
주소   서울 마포구 성지길 25 보광빌딩 2층
전화   02)374-8616~7
팩스   02)374-8614
이메일   so20s@naver.com
홈페이지。www.g-world.co.kr

ISBN   979-11-6435-329-3 (03810)

이 도서의 국립중앙도서관 출판예정도서목록(CIP)은 서지정보유통지원시스템 홈페이지(http://seoji.nl.go.kr)와 국가자료공동목록시스템(http://www.nl.go.kr/kolisnet)에서 이용하실 수 있습니다. (CIP제어번호 : CIP2019018052)